推理吧男神

藏妖 两色风景 亡沙漏 天下溪 等编著

世界知识出版社

图书在版编目（CIP）数据

推理吧！男神 / 藏妖等编著 . — 北京：世界知识出版社，2016.6
（少年绘系列主题书）
ISBN 978-7-5012-5250-3

Ⅰ. ①推… Ⅱ. ①藏… Ⅲ. ①推理小说—小说集—中国—当代Ⅳ. ① I247.7

中国版本图书馆 CIP 数据核字 (2016) 第 144736 号

书　　名	推理吧！男神 Tuili Ba！Nanshen
编　　著	藏妖　两色风景　亡沙漏　天下溪　等
责任编辑	余岚　刘喆
责任出版	赵玥
责任校对	张琨
出 品 人	赵雷
总 策 划	紫总　袁荣荣　依依
封面设计	樱瑄
内文设计	王梦叶
封面绘制	源雪
出版发行	世界知识出版社
地址邮编	北京市东城区干面胡同51号（100010）
销售电话	010-65265923　010-57735442
网　　址	www.ishizhi.cn
经　　销	新华书店
印　　刷	北京中科印刷有限公司
开本印张	710×1000毫米　1/16　15印张
字　　数	294千字
版次印次	2016年8月第一版　2016年8月第一次印刷
标准书号	ISBN 978-7-5012-5250-3
定　　价	38.00元

版权所有　翻版必究

Contents
目录

01 清风捕头
文 / 藏妖
绘 / 璎珞

28 大人物
文 / Fox
绘 / 百里君兮

52 弑君模式：异类
文 / 亡沙漏

75 男子高中事件簿
编绘 / 言喻

102 油菜花杀人魔术
文 / 璇儿

124 不见光明的侦探联盟
文 / 颜凉雨

148 记忆杀机
文 / 午晔
绘 / 弥生

168 卷福华生的曼妙小剧场
文 / 两色风景

172 藏
文 / 绯村薰薰

200 与世逆行
文 / 天下溪
绘 / 萌畜

230 推理剧里的 CP 亮瞎狗眼
文 / 派拉斯特

234 两人一世界

堆理吧
男神！

绘 瓔珞

清风捕头

文 / 藏妖

南岭州，位处昊庄国东部以东。驼峰县，位处南岭州西部以西。

常年经商的、走江湖的，或许不知道南岭州，但定会知晓驼峰县。

驼峰县有座山，名唤"驼峰山"。有老人说，在某年的秋季，一个子夜，自天上落下惊雷，劈中了驼峰山。胆子大的更夫瞧得真真儿的，那金灿灿的车马从天而降，落在驼峰山中。自此后，驼峰县便富饶了起来。

山不在高，有仙则名。

驼峰县从当初的小有名气，到今天的闻名遐迩，春芽、白雪已不知道交替了多少回。百姓在此安居乐业，平日里没什么玩耍的，难免要围在一起说说家长里短。街头巷尾终有一久盛不衰的"话头儿"，即县衙门的白捕头。

白捕头无父无母。无来历、无根由，就像凭空里冒出来似的。这不打紧，白捕头仍旧是驼峰县头等的风流人物。爱屋及乌，百姓们对草包洛大人也有了几分好感。谁让白捕头是洛大人带回来的呢？

壬申月，丁丑日，子时。

好端端的天说沉便沉了下来，闷声的雷在积云里打着滚儿，从山的东头滚到山的西头，足足滚了一炷香的工夫，戛然而止。闷雷就像谁家的狗吠声，叫过便叫过了，没什么有趣的。过了一刻的工夫，散去了积云，星斗满布的天忽然咔嚓一声巨响！亮灿灿的闪电如一道巨大的白刃，直劈了下来！

稍时，有人急惶惶地跑出，手中敲着铜锣，嘶喊着："东头老吴家走水了，快来人呐。"

衙役们拉着水龙车赶去吴家，打老远就能瞧见冲天的火光，煞是吓人！想到吴家刚刚出生尚不足百日的孩儿，更加心急如焚。靠近了吴家大门，火热的气浪已经扑面而来，火势蔓延到院落，烧毁了不知多少年月的老树，横在门后，甚难进去。急坏了一干壮汉、衙役。有那性子冲动的，披了浸湿的棉被便要冲进去。有人扯住这汉子，急吼吼地说，进不得，会被烧死的！

这可如何是好？眼睁睁地看那娃娃被烧死？

争执之时，忽闻远处一声喝，脆如龙吟，紧随着，清喝传来："闪开！"

众人猛地回头看去。青衫男子在房脊上起起落落，眨眼的工夫便到了跟前。乌黑的长发，清瘦的身形，白净清秀的脸庞，冷冽且清透的眼神。男子如一缕清风，忽然而至。泛着光的宝剑自下而上，将打不开的大门碎了个干干净净，也将横在门后的老树硬生生劈成了两半。青色身影一闪即过，在场的人看也看不清。

"太好了！白捕头回来了。"有人庆幸道。

白祈一路宝剑开路，奔至后园。火苗从窗户里蹿出来，灼热的温度炙烤着脸皮，白祈蹙蹙眉，在嘈杂声中细辨娃娃的哭声。

后园有东、西两厢，娃娃的哭声自东厢传来。白祈冲过去，一脚踢开了东厢房的大门。

东厢后三房中，传出娃娃撕心般的哭闹声。白祈不敢再耽搁，持剑冲了进去！

火势沿着四墙团团围住了中间的小摇车，摇车一侧，竟然有人！那人白祈认得，是吴家老爷吴沈的养子——吴柏桦。这一眼，他看到吴柏桦衣衫血污，面布黑灰，双眼赤红。他手中握有一把匕首，对着摇车里的娃娃。

白祈大喝一声："畜生！"言罢，提剑刺去。吴柏桦惊愕得连连后退，堪堪避过白祈的宝剑。正在此紧迫之时，屋顶坍塌了下来，隔断了两人之间的通路。娃娃的摇车危在旦夕。白祈顾不上捉拿吴柏桦，他抓住摇车用力拉到身边，单手抱起娃娃，反身跑出火场。

再回头看吴柏桦的踪影，早已跳了窗，逃到墙外去了。

白祈从院子里跳出，轻轻打开襁褓，看到一张哭得肝肠寸断的小脸儿。旁边的人将襁褓接过，白祈叮嘱道："送去有新生孩儿的人家好生照料。"不等接手人应承两句，他一个纵身，没了踪影。

吴柏桦不过是平时修习了一些强身的拳脚功夫，在白祈眼中真算不得什么。白祈循着他逃窜的方向追去，很快追到了县境地界的紫竹林内。

忽然，前方人影一闪，速度之快，让白祈咋舌！莫非，吴柏桦真人不露相，是个武林高手？思及至此，他打起十二分警惕，在空中扭转身子，宝剑削掉一截儿竹枝，竹枝浮在空中，被内力震荡而去，直奔吴柏桦的背脊！

"哎哟！"被树皮打中了背部，他从半空中跌落了下来。蹲在地上，抓着后背哎哟连连。

白祈收了轻功，三步并作两步，跑了过去。靠得如此之近，白祈愕然发现，被他打落下来的人并非吴柏桦。这人一身夜行衣打扮，未蒙脸。白祈蹙眉，宝剑直指那人的脑袋，"你是何人？"

男子扭回头。浓眉大眼，眼中尽是愠怒，他气哼哼地责问白祈："你又是谁？"

男子居然不知道他是谁？定不是驼峰县人。白祈面色一寒，直道："报上名来！"

"我说你这人啊。"男子非但没有惧怕，反而起身，懒懒散散地走向白祈，"你看准了再追行不行？在下只是听闻走水，出来凑个热闹。瞧你们人多，也不用在下出什么力，便准备回家继续睡觉。你说你，追一个回家的人做什么？难不成，你想到在下家中一同安歇？"

这人的言辞将白祈弄得面红耳赤，羞恼得无言反驳。瞧他这幅瞠目结舌的模样，男子开心地笑了起来。白祈将手中的剑朝前数寸，抵在男子的喉结上道："方才可见一衣衫褴褛的男子惶急经过？"

"未曾。"

白祈又问道："既然你说出来瞧热闹，为何穿着夜行衣？"

"这……"

见他欲言又止，白祈上前一步，正色道："既说不出缘由，便随我回衙门。"

男子咂咂舌、撇撇嘴，摸着光溜溜的下巴，似自言自语地说："去衙门啊。"

方便与否可由不得你！白祈作势上前一步，凛冽的气息带着不容抗拒的威力，逼得男子急急后退。他忽然瞪圆了双眼，指着白祈后方的天空，喊："啊，快看，有老鹰！"

白祈岿然不动，一阵林风吹过，吹得棵棵紫竹沙沙作响。

男子金蝉脱壳之计未果，反被白祈抓肩头拢双臂，捆了个结结实实！

刚走出紫竹林，男子扯着嗓喉叫嚷："官差杀人啦！"

白祈倒也不恼，冷声问道："你怎知我是官差？"

"你一身官味儿。"男子说道。

白祈一愣，回了头："我？"

"大人，您好有官威！"男子虚假地奉承，得来白祈一枚白眼。他眯眼一笑，不做他说。

　　白祈仍旧不与他计较，说道："我乃县衙捕头，白祈。"

　　男子挂在嘴边的笑意迅速敛去，诚意道："久仰大名。在下也非歹人。南岭州周淮镇人，连嵘。白捕头，在下跟你打个商量可好？放了在下，去追你该追之人。"

　　"因你耽搁脚程，那人早跑了。"说着，白祈扯了扯手中的绳子，"你也莫要在我面前装混，我知你武功不弱。"

　　男子讪讪一笑："真是愧不敢当。在下只有轻功尚可拉出来溜溜，其他的……嘿嘿，不提也罢，不提也罢。"

　　一路走着，一路听着男子半真半假的话。白祈回道："家中做什么生计？"

　　"自幼爹不爱、娘不疼。早早出来行走江湖，家中事早已不过问。"

　　闻言，白祈慢下了脚步，侧头斜睨着，问道："你的路引呢？"

　　男子又是讪讪一笑，说是丢了。

　　行至半路，捕快董大匆匆追来，见到白祈，未开口先抓人。他死死抓着白祈的手腕，喘得上气不接下气。询问之后得知罪犯居然在白祈手中逃脱，又是跺脚又是叹息的。誓以白捕头为首，一同将吴柏桦捉拿归案。

　　白祈却说："我只见他要加害娃娃，未曾亲眼见他放火。真相尚不可知。"

　　听白祈的言辞，董大嘿嘿傻笑。连嵘却是对白祈深深地望了一眼，默默地点了点头。这时，董大狠狠地瞪了连嵘，连嵘只有苦笑的份儿，没有以眼还眼的劲儿。

　　白祈边走边问，仵作可到吴家验看尸首。董大蒲扇一样的大掌拍了脑门，咋咋呼呼地说起，两位仵作都无法行走了。白祈听得糊涂，细问之下才知道，仵作刘大伯因白日里跟自家婆娘打架，闪了腰，在家里卧床；仵作李大伯今晚与邻家大叔喝酒，早已酩酊大醉，雷打不醒！

　　驼峰县就这么两个仵作。

　　白祈无奈，只好说："洛大人可知道仵作的状况？"

　　"大人知道了。"董大说，"大人已在吴家候着你，快些吧。"

　　县太爷洛舟已到吴家，他这个做捕头的哪有缓慢之理？白祈当下运起了轻功。眨眼的工夫将董大甩得不见踪影。被他牵扯的连嵘则是叫苦不迭，跟着跑了一路，也喊了一路的"慢些"。

　　回到吴家大门外，连嵘累瘫，跌撞在白祈背上。白祈急忙躲开连嵘，回头冷冷地瞧着。连嵘讪讪一笑："白捕头好内力！在下自愧不如。累啊。"

　　白祈心中冷笑：你汗未出，色未变，你累在何处？

他二人还在"眉来眼去",等候多时的衙役已经跑向吴家内宅,一路吆喝着:"白捕头回来了!"

闻呼,洛大人一张阴得能滴出水儿的脸,笑开了花儿。他抱着肥硕的肚子亲自跑出去迎接,一步三颤,好似个球!

"白捕头!你总算回来了。"洛大人激动之余,展开双臂迎接他的捕头。白祈恭敬地行了一礼,道:"大人,我回来晚了。"

"不打紧,不打紧。"洛大人未能抱住白祈,退而求其次,抓住白祈的手腕。心急得呛了风,一字未说倒是先咳了起来。

连嵘看着洛大人死死抓着白祈的手,偷偷笑道:"驼峰县还有这等风俗,见人便抓。"

洛大人憋得胖脸通红,好歹算是把气捯匀了。这才急道:"吴家十六口,全部被杀。"

"被杀?"白祈口气虽有些惊讶,心中还是有了些意料中的。他转眼看了看连嵘,眼底尽是悲愤的火气。连嵘无辜地耸耸肩,扭了脸去看别处。

一旁听候差遣的衙役、捕头正揣摩大人的心思。大人是真的没看到?还是我等眼花?有人捅了捅兄弟的肋下:"你说,捕头手里牵着个啥?"

兄弟直翻白眼,这等事我怎么好说?那是谁?白捕头!白捕头一向威武霸气,牵个把男子算得什么?

窃窃私语声终于让洛大人发现了连嵘,他走上去仔细瞧看。人未至,肚皮先到,只道是:个头儿偏低,需仰起头来方能看到连嵘的相貌。虽是矮胖,倒不失官威。片刻后,洛大人煞有介事地挺挺胸膛,咳了两声,退到白祈身边,道:"快去验看尸首。"

就这般放过了?一班衙役满腹狐疑。

连嵘仍旧那副懒散模样,被白祈牵着,走进了吴家。

吴家在驼峰县算是首富,宅子里除了前园堂屋外,还有后园的四栋房屋,分别坐落在院子的左右两边,很是对称。平日里,吴家家主吴沈和夫人廖氏住在东厢房,小妾张氏、刘氏住在西厢房。奶妈带着娃娃住在东厢房的客屋里。吴家其他的房子都是下人居住。

往日绿意盎然的小院已然变得乌漆抹黑,一路之上,随处可见烧毁的物什。

堂屋被烧得只余一半。旁边的捕快告诉白祈,屋内只发现一具尸首,是看门户的老头。死状凄惨,尸首分离。

"只有一具尸首?"白祈不由地问道,"吴家其他尸首在何处居多?"

"东西厢房。东厢不仅有吴沈夫妻俩的尸首，还有奶妈、两个丫鬟、两名小妾的尸首。"

白祈不做他问，径直走进堂屋。

只见，在堂屋东面墙角下一卷曲的尸身，头颅落在一旁，已被烧得面目全非。白祈细细看过尸身，发现此尸身双手负于背后，双手紧握成拳；双腿曲起抵在腹部，双足紧紧拢在一块儿。

白祈问身边的董大："西厢房可有尸首？"

"都是些下人。我等已细细查看过，吴家十六具尸首脖子上都有刀痕。"

白祈闻言深深蹙眉。遂问道："难道说，屋外没有尸首？"

捕快摇摇头，权当回答。白祈当即吩咐一班兄弟，道："梁大哥，你与小六留下来保护这一具尸首；大奎，你等随我去后面看看。"言罢，他便要转身离开，却被手中的绳子扯住了脚步。白祈诧异地回头，只见连嵘面露菜色。白祈不愠不怒地说："随我来。"

"不去行不行？在下有些不适。"连嵘苦苦哀求。

白祈全当他的话是耳边风，一吹而过。用力拉着绳子，连嵘忙不迭地"哎哟"了起来。

穿过中庭院落时，白祈仔细看过周围的状况。摆设虽然被烧毁，却不曾被移动过；地中心的湖水也算清澈，三曲桥近房屋处烧毁严重。这火，只围着几栋房屋烧？

怀着心中越来越多的疑惑，他们很快到了东厢房。

火势还凶猛时，白祈进来救吴家娃娃，不曾仔细瞧看。这一回，他站在门前看了个仔仔细细。随即转头问留守在此地的捕快："可曾找到火源？"

"找到了。"捕快回道，"在屋墙边发现大量火油。可见吴家不是走水，乃是歹人故意纵火。"

看似颇为严重的案情，衙役们、捕快们、洛大人都眼巴巴地看着白祈，盼着他能说出个子丑寅卯。连嵘捂着口鼻蹲在地上，默不作声。一双眼，乌溜溜地到处乱转。白祈神色不改，只说，进去看看吧。

吴沈夫妇住在上首的屋里，与娃娃住的屋子斜对应着。屋子已经被烧得七零八碎，房门也不见。白祈牵着连嵘第一个走进去，乍一看，两具被烧焦的尸首，一个在地，一个在床。

呕！连嵘立时捂住口鼻，干呕起来。不少衙役也受不住这呛人的气味，变了脸色。洛大人吞了口水，硬生生忍住了。

白祈将宝剑系在腰上，走到床边。看尸身衣着，当是吴夫人。

尸身仰躺在床上，双腿双臂摊开，脖颈上有一处刀痕。

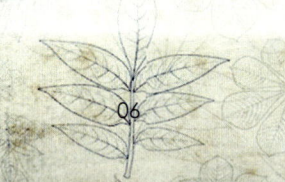

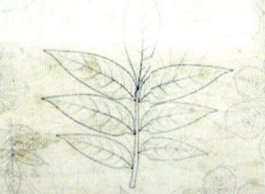

白祈转回身蹲下去，验看地上尸身。可认定是吴沈本人。他的尸身趴伏在地面，左手向前伸展，右手紧握，反置身侧，拳心向上。双腿微分，足心向上。白祈用袖子垫了手，轻轻托起头颅。可见，脖子上被狠狠砍了一刀。

平日里嘻哈打闹的衙役，禁不住愤愤骂道："凶手太残忍！何等的深仇大恨？"

"哎呀，这位仁兄一看便知极能忍耐。"

流里流气的口吻把屋子里的压抑气氛搅扰得一干二净。众人同时扭头看向白祈身后的连嵘。白祈自然也要看。并问道："何以见得？"

连嵘眯眼一笑，"你想，方才前屋的尸身，被烧得成了花卷。再看他，平平整整，好似一条棍！可想而知，大火烧到他身上的时候，他未曾动过。在下还没见过这般能忍耐的人。"

男子的话如醍醐灌顶，让衙役们和捕快们纷纷瞠目结舌。白祈却微微蹙眉，一双清透的眼紧紧盯着连嵘。连嵘似乎只对白祈的反应有些兴趣，他凑上前，低声笑道："你也看得明白，何必这般瞧我？"

白祈张张嘴，还是无言反驳。旁边的人看到跟着急。白捕头啊，什么都好，就是嘴笨！

白祈嘴虽笨，脑子却灵活。他从属下手中取来垫手的油布，再次蹲下身细看吴沈的头颅。连嵘忽然使劲向后挣扎，被他牵扯到，白祈险些扯掉了吴沈的脑袋。他愠怒地瞪着连嵘，连嵘却连连抱怨："离在下远一些！哎呀，好端端的一个人，你抱他做什么？快离在下远些！"

白祈自然不愿理会他，他叫人递来火烛，将头颅紧闭的嘴撬开。白祈几乎脸贴脸，看着口中的情况，边看边说："其口鼻内没有烟灰，并非因火而亡。"言罢，他神色凝重，抬头对洛大人说："劳烦大人速速回府找知情人，查清吴沈夫妇可曾与人结怨。"

听得白祈一番话，洛大人如获大赦般叫上人匆匆离去。不待走出吴家大门，便跑去旮旯，大吐一番。

东厢主屋内，只剩下白祈和连嵘。白祈这时才后悔没留下个人做帮手，无奈之余，只好对连嵘说："你来将这头颅扶好。"

"抵死不从！"连嵘愤然道。

白祈不耐道："这里不是你做主。不扶，我将你与吴沈的尸身捆在一处！"

强权之下，不得不屈！连嵘委委屈屈地嘀咕："明明清风般的一个妙人，怎会如此狠心？"

白祈一记眼刀子飞过，连嵘慢吞吞地伸出手，将那头颅接了过去。

使油布将尸身颈处的余灰轻轻擦了些，双掌置于喉下，抬了起来。白祈遂道："慢慢将头颅放下。"

连嵘依法炮制。因为角度有些刁钻，头颅接得很是怪异。白祈埋怨道："你见谁家的头颅是长偏的？要对准！"

"那你且挪一挪，碍着在下的眼了。"

"这与我何干？你接头颅，却不看他，怎能接好？你的双眼在看何处？"

"自然看你。这丑陋狰狞的尸首，有何好看？"

白祈磨磨牙道："做！事！"

许是被白祈吓到，连嵘傻不愣登地把头颅朝下一按，错有错着，头颅竟接了上去，隐秘了一道狰狞的刀口。白祈也顾不得数落他，看着接好的头颅与颈上的伤口居然严丝合缝，不禁倒吸了一口凉气："好快的刀！"

"不是剑？"连嵘质疑道。

白祈摇摇头道："剑的伤口不会如此之宽。来，尸身翻过来。"

仔细查看之下，白祈认定道："前身要比后身干净许多，可见吴沈并非死于大火，而是先被一刀割喉。"白祈浑然忘我，眼中只有焦黑的尸身。连嵘望望屋顶，再看看白祈，嘴角勾起一抹意义不明的笑意。

这工夫，白祈已经再次将头颅接到颈上，查看连接处。介乎于喉结上，有皮肉卷起。白祈指着那处，说："刀，在这里下去。贯穿整个脖颈。换言之，凶手与吴沈面对面。可此处有太多疑点难以说清。"

"什么疑点？"连嵘随口一问。

白祈自顾自地说："吴沈养育了吴柏桦十八载，再如何丧心病狂，敢在正面下手吗？我觉得这一处，不妥。假若凶手真是吴柏桦，他为何要杀害吴家满门？我在驼峰县也有不少年月，知道吴家上下一向和睦。即便吴沈夫妇老来得子，对吴柏桦还是很不错的。吴柏桦何至于下此狠手，连个娃娃都不放过？"

"这等事，不好说啊。"连嵘啧啧道，"如果没有那娃娃，吴沈的家产便是吴柏桦的。再怎样，养儿不如亲儿。况且，这天底下最莫测的便是人心，多少自认心地善良之辈，为了钱银黑了心肠？这要人性命的事，无非是钱银名利，爱恨情长。"

连嵘的一席话让白祈着实吃惊。似乎眼前的男子与紫竹林的无赖、一路上的懒鬼截然不同。这人是谁？白祈不得不另作他想。

收敛了满腹疑虑，他继续猜测道："姑且不论凶手是何人。杀害吴沈时，吴夫人在何处？看吴夫人的尸身并未有移动过的痕迹，可想那时吴夫人还在床上。有人要杀她丈夫，她怎不叫？怎不下来与之拼命？"

此乃其一、其二。其三，凶手为何要将吴家人割了喉颈，又浇火油放火？

其四，本住在西厢房的两名小妾为何死在东厢？以时辰计算，起火前，她们已该安息。况且，小妾的尸身只着内衣。你且想，哪个大户人家的小妾敢在子夜时分穿着内衣跑进主母房中？

他的话音刚落，连嵘便道："还有一处关键。十六具尸身各在何处？若是一一残害，会用掉多少时间？"

对啊！怎么忽略了这一处。白祈双眼放光，甚少有变化的脸居然有了笑意，清透的眼中带着一点惊喜，看着连嵘。

乍一看白祈如此精彩的表情，连嵘愣住了。

好在屋外传来了叫嚷声，让白祈有了避过连嵘灼灼目光的机会。

原来酒醉的仵作终于从梦中醒来，趿拉着鞋，及时赶到。白祈也不同他啰唆，只叮嘱一事："仔细验过厨房里的物什、吃喝。"随后便急着带连嵘回衙门，好问个清清楚楚。

只可惜，被投入牢房的连嵘倒头便睡，被白祈摇醒。连嵘烦躁不已地说："白捕头若有真凭实据，大可去你们大人那里告我。口说无凭，手中无证，白捕头还是让在下先睡过再说。"

白祈面露愠色。

连嵘嘻哈道："哎哟，白捕头，你面色不好，多久没睡了？来来来，这牢房虽然简陋潮湿，多纳一人绰绰有余。来与在下一同安歇，明日睁眼，便可得到一个神态清明的在下了。"

白祈被他的胡言乱语气得动了怒，打也不是，骂又不会……一转身，气鼓鼓地走了！

一夜过去，第二日晌午时分，仵作差遣小徒弟告知白祈："验尸还需些时辰，切莫着急，切莫催老头儿。老头儿我就怕催，一催，便什么都不记得了。"

县衙上下有谁不知仵作老头儿的毛病？急归急，当真催不得。白祈比谁都要急切，细问小徒弟所谓的"需些时辰"到底是多久？小徒弟苦哈哈地说："白捕头，十七具尸首啊。"

"怎会是十七具？不是十六具吗？"

"非也非也。"小徒弟说起来还有些后怕，"昨夜你走后，在井中又找到一具。是吴家的一个下人，同样是被割了喉颈。"

"大人可知晓？"

"师傅并没有禀告大人呢。"小徒弟说，"师傅说，十七具尸首都验过，再与大人说个仔细。"

白祈也想问个仔细，偏偏有人来找他，说是南岭府那位邹子恒——邹大侠到了。白祈打了个愣，才想起邹子恒与吴沈乃至交，便是跟自己也有过数面之缘。他此番前来，定是为了吴家的灭门惨案。

刚走到客厅前，便听到洛大人爽朗的笑声。白祈心中纳闷，一向不喜欢江湖人士的洛大人怎么亲自招呼了邹子恒？

正与洛大人相谈甚欢的邹子恒听到脚步声，转过头来，顿时双眼一亮："白兄！"

白祈见了谁都是一个模样，不喜不厌的。虽说邹子恒远道而来，礼数却是不能乱了。白祈先对洛大人行了礼、问了好，才转回头来，对邹子恒说："邹兄，别来无恙。"

"有劳白兄挂念，邹某不请自来，叨扰了。"目光流转，邹子恒眼神暗淡，神色悲怜，"邹某前来，是为了吴兄家中的案子。"

"邹兄何时得到的消息？"白祈问道。

邹子恒说："我本就在不远的云谷镇。今日一早，便听说了吴兄家中遭逢巨变。快马赶到驼峰县，先行见过了洛大人。"

白祈歪歪头。若是熟悉他的人见他这般，便会知道，白捕头心里有疑惑了。他的眼睛澄亮，看着邹子恒，问道："邹兄到临镇有何事？"

"家兄在云谷镇做生意，不慎染了重疾。我去接家兄。"

合情合理的缘由，白祈自然要多安慰邹子恒几句。邹子恒只说："家父找了好的大夫，家兄病情虽重，却无性命之忧。"话到此，邹子恒神色一暗，道："听闻已经有了眉目，可真是那吴柏桦所为？白兄可抓住了他？"

"尚未确定。"白祈说，"虽然我亲眼所见吴柏桦欲加害娃娃，却不曾见他纵火行凶。这凶手的罪名，还需详细查问。"

他的谨慎众人皆知。邹子恒虽有些失落，却胜在信任白祈。他说："若白兄不弃，邹某愿为吴兄一家惨案尽绵薄之力。"

余光一瞟，白祈瞧见洛大人对着自己使劲摆手，似示意：哎哟，快打发了他吧。

还没等白祈想好婉拒的理由，邹子恒说："邹某已广发江湖英雄帖，请江湖朋友帮忙，寻找吴柏桦。邹某信得过白兄，姑且不认定他是真凶。但吴柏桦定然知道一二，找到他可查出不少事情。"

瞧见洛大人对着自己使劲点头，示意：快答应他！这等不花银子白来的劳力，何处去找？

白祈在心中叹息，他家大人……

"那就有劳邹兄了。"白祈道。

邹子恒坦然一笑,道:"只要能为吴兄一家十七口讨个公道,邹某定将竭尽全力。"

闻言,最喜的自然是洛大人。一高兴,周公便来唤他。白祈知道洛大人嗜睡,必然是要回去再小憩一会儿,当下恭送大人回房。

待这些人都走得七七八八,他才回到邹子恒身边。

邹子恒无奈地笑了笑,说:"这位洛大人怎么还是如此使唤你?吴家灭门惨案,居然不开堂审案,反倒让白兄劳心费力。如此下去对白兄不公。"

洛大人过于依赖白祈,整个驼峰县……不!整个南岭州的人都知道。无奈,谁让白祈太能干,而洛大人太无能呢?总之,这是一件人人都知道的,秘而不宣的事实。可邹子恒将此番不中听的话摆在桌面上说,白祈便有些不悦。殊不知,大人对他有知遇之恩。

见白祈还是闷不吭声的模样,邹子恒继而叹了一声,道:"看来,邹某想拉拢白兄一事也是无望了。"

拉拢……

白祈木讷的脸上一片惊讶之色。邹子恒连连解释:"玩笑而已。白兄怎还当真?"

有这么玩笑的?白祈有些气恼。邹子恒则是连声苦笑,压低了声音,说道:"白兄莫不是生我的气了……"

他的话未说完,白祈断然拒绝道:"白某愧不敢当。只是,我入庙堂那日便发过誓,此生追随大人,不作他想。如此,只能辜负了邹兄的好意。"

"你啊……"邹子恒摇摇头道,"罢了,还是吴兄家中的事紧要。"

这是自然。白祈无心与他周旋,所有心思都在灭门惨案上。

而此时,洛大人并未回到自己的卧房,而是偷偷摸摸去了牢房。

连嵘正躺在干草床上。嘴里咬着一根草,跷着二郎腿,哼着小曲儿。听到动静,昂首一瞧……

"大人,什么风把你吹来了?"连嵘也不起身,斜睨着洛大人,真真是狂妄至极。

洛大人眯眯着小豆眼,细看连嵘那张脸。上看看,下看看,看到最后,脸色都白了。哆哆嗦嗦地憋出一句:"这是要我的命啊!"

"此言差矣,大人。"连嵘笑着起身,懒散地依靠在墙上,"大人在此地与世无争十几载,不都是平安无事吗?只是,不知大人厌倦了无风无浪的日子,又要掀起什么腥风血雨来?"

洛大人欲言又止。再看连嵘时,豆大的眼中尽是说不出的复杂。他叹了口气,什么都没说,转身走了。

直到洛大人的脚步声消失在耳中，连嵘浓浓的笑意才收敛得干干净净。他剑眉紧蹙，眼底深暗。遂深吸一口气，叫嚷道："在下要见白捕头，有要事相告。"

白祈正苦于如何摆脱邹子恒，有人来报，说昨夜抓到的男子叫嚷着要找他。白祈当即甩了邹子恒。邹子恒一把抓住白祈的手道："白兄，凡事多小心。有事可到悦来客栈找我。"

不再自称邹某，而是"我"。无形中，拉近了彼此的距离。见他真切，白祈点点头，说："好，若有时间，我定去找你。"

话后别过，白祈匆匆地赶到牢房。

所见之人，正在床上盘膝大坐，一手酒壶，一手鸡翅，好不快活！白祈扭头看看身后的牢头，牢头嘿嘿讪笑，一缩脖子，溜了。

这些不长进的！白祈暗中气恼。

"白捕头，吃了吗？来跟在下喝一杯如何？"连嵘当真不要脸皮，极尽无赖之本色。

白祈自觉不能与他动气，质问道："你找我何事？"

"喝一杯，在下便告诉你。"

白祈强压住跳动起来的眉头，以缓解挥剑杀人的冲动。冷静道："莫要耍花样，快说。"

连嵘不再说话，笑眯眯地将酒壶递到白祈面前。白祈极力忍耐，告诫自己：你是捕快，不是杀手。

连嵘似笑非笑地说："你可想清楚。你既没抓我行窃，也没抓我杀人放火。我不过是倒霉而已，恰好在紫竹林被你追上。你有何罪证押我？我予你说，是我对你有几分敬仰，不予你说，任谁都挑不出我的不是。白祈，你说，这话对不对？"

白祈愣了……

认识白祈的人都知他嘴笨。但嘴笨之人被惹火了，才更可怕。白祈直接抓住他手腕，将人拖出了牢房，一路朝着外面而去。

见白祈浑身杀气的模样，凡是见到的都有些诧异。白捕头这是做什么？莫非是那人惹火了他，他要用私刑？哎呀，没看到，我什么都没看到。旁边有人附和："啧啧，今天的天儿真晴朗啊……"

连嵘被白祈扯到了练武场上，这才得空开口："白捕头，在下心直口快，说得不中听，还望你多多包涵。"

白祈阴沉着脸，显然是在气头上，凭他如何解释，也不会轻易放过。连嵘只好深深鞠了一躬，笑嘻嘻道："在下给你赔不是还不行吗？白捕头，莫要生气啦，气

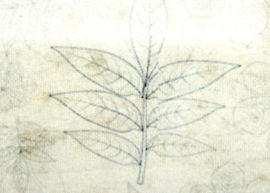

大伤身啊。"

白祈忽然大吼一声："董大！"

"我在，我在呢！"捕快董大屁颠屁颠跑过来，"白捕头有何吩咐？咱是活剐了他，还是清蒸了他？"

"你的刀，给他。莫说我欺负手无寸铁之人。"白祈看也不看董大，抄手将他随身常用的刀抢了过去，直直抛给了连嵘。连嵘不得不伸手接住。

白祈道："你我大战一场！若你赢了，我放你走；若我赢了，将你所知之事尽数道来！"

连嵘闻言，嘴角微微翘起，淡然一笑："白捕头，说话算话？"

"君子一言快马一鞭！"

好！连嵘爽快地应了一声，提刀杀了过去。

董大及时退到场外，招呼留守府衙的兄弟们出来为白捕头助阵！一时间，花生糖、枣泥糕、卤煮火烧、小笼包，纷纷从兄弟们的手里飞出来，落在董大面前。董大恨铁不成钢地数落着：你们这是为白捕头助阵吗？

兄弟们嘻哈归嘻哈，眼珠子紧紧盯着场中二人，眨也不眨。只见，白祈上下翻飞，灵如狸猫；连嵘大开大合，稳如磐石。练武场上一片刀光剑影，一股煞气翻腾。董大跟随白祈多年，早已看出白祈的功夫压了连嵘一头，可为何他迟迟拿不下？

不知何时，兄弟们口中的零嘴儿都掉在了地上，记不得多久没见白捕头这般拼命了。

白祈早料到连嵘武功不弱，但竟能与他打成平手，着实让白祈大为吃惊。不消多时，白祈已经将师门绝学都用上。闪着寒光的剑尖，忽然变了路数。转瞬抖出无数朵剑花来，分辨不清哪是真，哪是假。

本来应对从容的连嵘立时变了脸色，手中大刀横在胸前，欲化解真假难辨的剑花，岂料，凭空里横来一脚，狠狠地踹中他的胃！连嵘不着力，猛地向后跌去。仅这一呼一吸之间，宝剑没了繁多的花样，真真切切地抵住了喉咙。

连嵘躺在地上，看着高高在上的白祈。午后的阳光倾洒在白祈的身上，好似为他镀上一层薄薄的光晕。短暂的失神后，连嵘苦涩一笑："在下输了。"

白祈并未带他回牢房，而是又给他捆了绳子，牵好了朝着吴家去。一路上，连嵘哼哼唧唧说胃疼，白祈也不理他，也不催他。没多会儿，连嵘讪讪地挠挠鼻子，说："白祈，在下并非歹人。"

白祈驻足，眼睛一眨不眨地看着连嵘。连嵘傻笑以对，大有看谁瞪得过谁的架势。

架势十足，底气欠奉，连嵘很快败下阵来。说来也怪不得他，饶是谁，都受不住那双清澈明亮的大眼瞧着，还瞧得仔仔细细，认认真真。

连嵘无奈道："唉，与你明说了吧。在下是个贼。"

"我不曾见你这般傲然坦白自己是贼的人。"

"白捕头谬赞。"

白祈的眼神表达了他的心内所感——嫌弃！

连嵘苦笑一声，道："在下不过是一个小贼，偷鸡摸狗而已。这身夜行衣，也是为了方便行事。"

白祈心想：这人气度不凡，容貌绝佳。虽常常猥琐胆小，头脑却是清晰灵活。贼？普天之下，有这样的贼吗？

不待白祈想个明白，连嵘继续道："四日前的夜晚，未到子时。在下想在县中瞧看一番，确定好下手的人家。刚好瞧见吴柏桦从吴家门口出来，身背包袱，手扶胸口，惶惶急急。行至巷口便与看门户的大爷撞了满怀。二人私语了一番，吴柏桦便被大爷推搡着离去了。那时，在下瞧见吴柏桦抹了泪。"

照他这么说，发生此事的日子，便是灭门惨案的三天前。白祈示意连嵘继续。

"在下不敢贸然行事，便守在一旁看着。吴柏桦与大爷说了什么，不曾听清。后见吴柏桦不愿离去，朝回里冲跑。大爷数次将他推出，推搡间，可不见谁对谁抱有怨气。"

这是何意？白祈狐疑地问道："说清楚些。"

连嵘咂咂舌："说不清楚。来来来，我推给你看。"说着，连嵘反客为主，拉着白祈行至一无人巷中。

连嵘说，你试着越过我，到后面去。我来阻挡你。切记啊，吴柏桦可没你这等的功夫。

白祈是干脆利落之人，并不觉得连嵘的法子有何不妥。当下他系好宝剑，朝着连嵘跑了过去。连嵘单手推在他胸前，力不大，却很坚持。将白祈推出两丈外。

"再来。"连嵘说道。

二扑，白祈使了些力气，险些将连嵘撞倒。连嵘还是推着他的肩膀，把人赶了回去。见白祈脚下踉跄，连嵘伸手去扶，白祈稳稳当当地站在原地。谁知，连嵘忽然抓住他肩头，将人转了回去，轻轻推了一把他的背脊。

白祈恍然大悟！

"落了泪，便是动了真情。可见，吴柏桦并非真心想走！"白祈说，"但大爷出于何种原因，必须将他赶离吴家？"

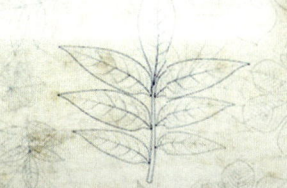

连嵘回了身，对着白祈竖起拇指："白捕头果然机敏过人。"

连嵘口中的消息对白祈而言，是惊喜，而非惊讶。自然而然的，他的脸上多了几分笑意。连嵘愣了愣，下意识走到他身边，问："你不觉得意外？"

"不。"白祈明言，"吴柏桦自幼在吴沈身边长大，他对吴沈的养育之恩铭记在心，这一点我是知道的。故此，即便亲眼见他要杀害娃娃，我也是有些不信。况且，我见到吴柏桦时，他手上的凶器是一把短匕首，并非可砍下头颅的快刀。随后，我们找遍整个吴家内外，都没发现快刀。"

另一则，白祈还觉得案发过程有些蹊跷。

大火，应该在吴家人都被割了喉颈之后才燃起。以放火顺序来想：吴柏桦必然要先将火油洒在几个房屋周围，再去杀人作恶。仵作的小徒弟曾说：有几个下人是被火烧死，火烧中被割了喉颈；有的人则是在火烧前被割了喉颈。就是说：吴柏桦要一边杀人，一边跑出去点燃火油。

听到这里，连嵘哈哈大笑，道："吴柏桦倒是很忙。"虽是戏言，却也道明吴柏桦不可能那般作为的真相。连嵘说："吴家满门都死于非命。其中至少有八九个该是壮力大汉，为何不反抗？吴柏桦的武功很高？"

"不，他只是会些强身的皮毛拳脚。与一般的看家护院一般。"

"那就怪了。"连嵘啧啧咂舌，"几个壮汉还打不过一个青年？若不是酒水饭菜中下了药，那便是……白捕头，在下也知你怀疑吴家的吃喝被人动了手脚，不然怎会叮嘱仵作老儿查验厨房？"

白祈愈发琢磨不透连嵘。此人看似无赖，却能看透自己的步步猜疑，当真不像个贼！

岂料，连嵘抱着胳膊斜靠在墙上，吊儿郎当地笑言："哎呀，在下也是胡言乱语。"

连嵘的顾左右而言他让白祈脸色凝重。不喜与他人相触的白祈，竟抓住了连嵘的手，说："我记得，你曾说吴家十六口被割喉需多久时间？"

"对，怎么了？"连嵘糊里糊涂地点头。

白祈缓缓摇头，道："不怎么。当务之急是找到吴柏桦。"

怪，也是怪在这里。出县的几条路都有衙役看守，严格盘查进出的每个百姓。为何就不见吴柏桦？这人身上有伤，白祈也命人在各药店、医馆附近暗中观察，至今尚未发现吴柏桦的身影。莫非这人已经死了？

想到此，白祈说道："如果他死在紫竹林内，也不是找不到。"

"哦？偌大的紫竹林，你打算一根竹子一根竹子地挖出来找？"

白祈斜睨了连嵘一眼，竟笑得有些顽皮："我自有办法。"

一个时辰后，连嵘拖拉着木车，木车上装有满满两桶酒、酽米醋。白祈当他骡马一般使唤，他只有唉声叹气的份儿。

白祈大张旗鼓地在镇子上弄了两桶酒和酽米醋，在紫树林入口处开始泼洒，朝着追丢了吴柏桦的方向而去。一路上，白祈紧蹙眉头不声不语，连嵘面朝黄土背朝天，任劳任怨。

眼看着，已经过了他与连嵘相遇的地点。忽然间，不知从何处袭来一股劲风。白祈思索得过于入神，反应得不及时。连嵘猛地丢下酒勺，飞扑过去。

"白祈！"连嵘惊呼一声，将白祈扑倒，护在身下。

突发的变化让白祈顾不得许多，急忙将连嵘推下去。本要去追暗中下手的歹人，却发现连嵘面色苍白，嘴唇发紫，后肩上中了一镖。

"镖上淬了毒！"白祈吓得速速点了连嵘几大要穴，"撑住，我带你回去解毒。"

连嵘已然是出气多，进气少。他手上的力道丝毫不减，勾住了白祈的脖子，把人拉至嘴边，在他耳边低语："回……吴家。"

说完，便昏死了过去。

背着连嵘疾奔出紫竹林，心中无助时竟看到洛大人骑着马，溜达过来。

洛大人一瞧白祈的模样，当下很是骇然。白祈顾不得说清缘由，将连嵘放在了马背上。

白祈将缰绳塞进洛大人手中，忙道："速带他去医馆，他中了毒镖。"

洛大人手都抖了，没有半句啰唆，催马奔着医馆而去。

转回头来，白祈深深吸了口气。运起轻功，几个起落回到连嵘中镖的地方，静候。

等了多时，也不见谁来偷袭。白祈的心有些乱，有些恼，一脚将车上还没用的酒、醋踢翻在地。瞬间，刺鼻的味道蔓延开来，酒醋也在地上缓缓流淌。白祈忽见一处泛起了黑色，那处该是血迹曾经滴落过，遇酒醋后起了反应。找到了！？

拿起连嵘还剩下的小半桶醋来，沿着黑处继续泼洒。一炷香的工夫后，白祈找到了栖身在一个小茅草堆下的吴柏桦。

吴柏桦身受重伤，奄奄一息。见到白祈，浑浊的眼仅仅闪过一点光亮，便隐没了去。白祈将随身的金疮药都给他使了，遂又扶他起来，准备带回衙门。

此刻，吴柏桦却清醒，靠在白祈身边，断断续续地说明：自己活不久了，白捕头你定要为我吴家讨个公道。

看吴柏桦的气息细若游丝，白祈心中悲感，轻手轻脚地放下他，问道："有何冤屈，尽管说来。"

16

吴柏桦咳出了血，吃力道："白捕头可知金精？"

这时，外面传来熟悉的气息。白祈回头一看，原来是邹子恒。他手中提着剑，手臂染了血。

"白兄！"邹子恒有些狼狈地走过来，"伤着了没？"

"没有。邹兄怎么在此？"

邹子恒说："洛大人听闻你要了很多酒醋，便约我来帮忙。刚到紫竹林外，我见有人行踪鬼祟，便舍了洛大人前去追赶。那人武功甚是高强，我与他过了两招，不慎伤了手臂。那人逃得快，我又惦记着你。故循着地上的湿痕找来。"

言罢，邹子恒发现了奄奄一息的吴柏桦，眼中顿时燃起怒火！白祈单手扣住邹子恒的剑柄，说道："他并非凶手，邹兄切不可鲁莽行事。"

不过是几句话的工夫，吴柏桦已经气若游丝。邹子恒看看白祈，最终还是信任了他，将一股内力度给了吴柏桦，让他稍作缓息。白祈看得明白，这人已是回光返照了。

吴柏桦见到邹子恒，流下了眼泪。他的手颤巍巍地伸向邹子恒，说道："邹大侠，我可见到你了。家父，家父死得冤啊。"说着，他摸摸胸口，继续道："我本有家父书信一封，要转交南岭府知府大人。我本想先投奔邹大侠再作打算。可恨我实在太无能，走到临县被人伏击，书信也被歹人夺了去。我不曾看过书信，不知其内容。只知，信中所写有害我吴家的罪魁祸首。我出不去临县，又担心家父，便趁夜赶回。不料，家中竟然……"

"慢些说。"白祈给他喝了一口水，顺顺气。

"图，还在家中。"吴柏桦倒着气儿，说。

什么图？白祈和邹子恒都急了起来，却又不敢碰触已经快咽气的人。白祈急着想要知道究竟是什么图，邹子恒则是急着为吴沈一家报仇，急着问吴柏桦哪怕一点蛛丝马迹。

吴柏桦双眼涣散，邹子恒将他抱在怀中，问："吴大哥未曾提过贼人的名字吗？一点暗示也可，快想想。"

吴柏桦张张嘴，无声无力。白祈见邹子恒只顾着愤恨，气得推了他一把："俯下身，听他说些什么。"

最后一句话，吴柏桦在邹子恒耳边说完。家仇未报，死不瞑目。然，邹子恒听完他最后一句话，竟然是瞠目结舌，面色惨白。

"邹兄！"白祈摇晃着邹子恒，"他说了什么？"

邹子恒再看白祈的眼神，忽而变得警惕起来。白祈察觉到他的敌意，不禁纳闷："你这般看我做什么？"

"你……"邹子恒犹豫了，"白兄，你知我并非行侠仗义的大侠，从不自诩疾恶如仇。但于我兄弟，我却是肝脑涂地。谁若伤了我的兄弟，我誓与他不死不休！"

什么意思？白祈愣了。

邹子恒慢慢地抱起吴柏桦："我会好生安葬他。至于白兄，你好自为之吧。"

怀抱着渐渐冷却的尸身，邹子恒走得决然。一柄利剑拦住了他的去路，他不为所动。一刀两断之意，尽在瞬息之间。

白祈气急，质问道："莫非，吴柏桦方才说的是我？"

"自然不是你。但，所去不远。"

这一招，着实让白祈措手不及。如此一来，更不能让邹子恒离开。他上前一步，说道："你重义气，够坦荡。江湖人士提到你，都赞你是'生死同，一诺千金重'的好汉子！为何对我如此隐隐藏藏？不把话说个明白？"

邹子恒怒目圆睁："我劝你多行善事，莫要等我砍到你头上，再来后悔。"

眼睁睁看着邹子恒带走了吴柏桦的尸身。白祈愣在原地，久久难以平静。邹子恒的话究竟何意？吴柏桦最后到底说了什么？为何邹子恒看自己，好像看到了仇人？

况且，邹子恒说，吴柏桦所指之人与自己相去不远；多行善事，莫等我砍到你头上……

思及至此，冷汗打湿了衣衫。

难道说：吴柏桦最后所指之人是：洛大人？！
不好！连嵘！

等白祈急匆匆地赶到最近的医馆，老大夫却说洛大人未曾来过。白祈又找了好几家医馆，都说洛大人不曾来过。白祈越想越心急，直奔县衙而去。

县衙内，无人见到洛大人出门，更不提看到他回来。至于连嵘，也是无人知晓。白祈搓搓不停渗出冷汗的手，强迫自己——镇定！

还有图，吴柏桦临终前，提到了图。不论凶手是谁，势必要拿到那张图的。这方是最后的祸根。

一日忙碌下来，白祈回到吴家废墟时已是戌时。本该有衙役捕快留守的废宅内空无一人。他走到后园，行至东厢。重又进了娃娃的屋子。

娃娃。那时，吴柏桦是要救你的吧？抑或，他在你身上找什么东西？

摇车被烧得黑漆漆的，好在只是变了色，未曾损坏。白祈手快地拆开了摇车，甚

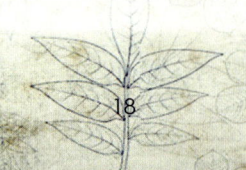

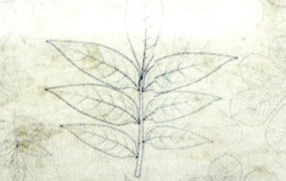

至撕毁了铺在里面的被褥。在小枕头芯里，一个小小的油布包赫然出现在白祈的眼前。

他并不惊讶，这一切都可推想出来。那么，剩余的便是等待。等待有人来与他抢夺这张驼峰山地图。

宁静夜，乌黑天，风声鹤唳，更声旦旦。一个身影悄无声息地落在东厢门前，他走过之地，毫无声响。白祈在娃娃房中稳如泰山，闭目养神，静候外面那人来袭。

晃过月光照不到的门外，来人站在白祈面前，竟也不觉得惊讶。倒是白祈，见到他颇为意外。

"连嵘？"白祈低声惊呼。

连嵘哪里有中毒的模样。他面色红润，精神十足！只是因为脸上意味不明的笑意，使人觉得他一身杀意。

连嵘定睛瞧着白祈，笑道："以为我死了？"

"洛大人呢？"

"走了。"

"去了何处？"

"该去之处。"

"杀人灭口？"

"他自己选择的。"

白祈深深吸了口气，握紧手中宝剑。他双目澄明，直视连嵘，道："你究竟是何人？"

"你将图交给我，我便告诉你。"

哼！白祈冷笑一声，只说二字：打吧！

刀光剑影，闪躲腾挪。俩人从屋内打到园中，从园中打到屋顶。如此声势居然无人问津，好像整个驼峰县的人都睡死了过去。

白祈的身上数不清的细小伤口，连嵘嘴角淌血，内伤不轻。俩人各自退到一边稍作喘息，白祈甩掉剑上的血，冷声道："原来你隐藏了内力。"

"白祈，你也未曾于我动过真本事。你我彼此彼此。"

"既然如此，我们不必来虚招。最后一次，你可伏法？"

连嵘冷笑道："我也问你最后一次，你可愿意去死？"

话音未落，剑已经到了眼前！连嵘不躲不闪，不知道搞了什么鬼祟，白祈如被点了穴，一动不动。他垂眼看着胸口上的伤，立时咳出血来。

连嵘第一次露出真实的笑容。苦笑，苦到了二人心里。连嵘黯然道："其实，我本不想如此。"

"我知道。"

连嵘的眼神一暗："对不起，白祈。我……"

这话，真是讥讽。白祈带着一点嘲讽的笑容，缓缓瘫倒，从屋顶跌落在园中。连嵘眼睁睁地看他跌落，脸上尽是惊愕之色。

"不，不可能！我没用几分力啊。"惶急间，连嵘纵身跳下。

真的死了？连嵘脸色煞白，狠狠咬着嘴，将自己咬出了血！血腥味提醒他还有要事需做，他只能压制着内心的自责，在白祈的尸身上找图。搜遍了身体，再去看他的鞋子。图，藏在鞋底，叠成小小一块儿。连嵘的脸上并未露出喜悦之色，他深深瞪了白祈一眼，为他抹去脸上的脏污，整理错乱的衣衫，让白祈走得体面些。这时，一柄刀横在了连嵘的脖子上。

连嵘神色不变，继续给白祈整理。只是，他失落地说："黄雀在后吗？你倒是能忍，这时候才出来。"

持刀之人冷冷地笑道："劳烦你帮我做事。把图给我。"

连嵘忽地喷笑出来，扭头，瞧着对方："邹大侠啊，你当你是谁？你当我是谁？"

邹子恒面目狰狞，使劲横了一刀。刀刃在连嵘的脖子上划出一道血印。他说道："不管你是谁，图是我的！"说完，便要一刀砍了连嵘的脑袋。

连嵘避开了邹子恒的刀，却见那刀奔着白祈的尸身去了，他急忙踢脚，踹开邹子恒的刀身。连嵘将白祈的尸身抱起，运起轻功落在稍远的墙根下，轻柔地放在一旁。转回头来，怒视邹子恒："莫要伤他。你，不配！"

邹子恒狂妄地大笑起来，嘲笑杀人者居然去珍惜一具尸首。连嵘不与他废话，二人当即动起手来。

连嵘与白祈打斗了一番，已经是强弩之末。对上邹子恒，很快就要败下阵来。邹子恒不断诱骗他交出图，并承诺饶他一命。连嵘最后不敌他，被他踢倒在地，刀刃再度横在了脖子上。

连嵘有气无力地说："你骗了所有人。"

"那又如何？快交出地图！"

说时迟那时快！突然杀气袭来，邹子恒被伤及右臂，倘若不是他躲得快，一条手臂就被砍断。邹子恒怒视偷袭者，看清后，丝毫不比地上的连嵘惊讶少。

两个人愣愣地看着死而复生的——白祈！

白祈还是白祈，清风般的人，俊秀、漠然，月光下的君子竹一般，屹立笔挺。他的脸色虽不好，气息可沉稳许多。看了看狼狈不堪的二人，说道："我不杀人，你们其中一个不是人。"

"小祁啊！"连嵘忽然号丧似的叫了起来，"你还活着，太好了！"

对于新出锅的称呼，白祈自动无视。他转眼看着邹子恒："邹子恒，邹大侠。哼，真是好算计。"

被当场捉住，邹子恒纵有千张嘴，也说不出个"误会"来。不过，枭雄也要有枭雄的样子，他不再伪装出一副大侠的模样，露出原本贪婪成性、嗜杀成瘾的嘴脸，问白祈："你装死，为的是我，还是他？"

白祈伸出一手，指着邹子恒。

邹子恒眼中寒光毕现，咬牙切齿地问道："何时？从何时开始怀疑我？"

"第一次，在县衙后堂。"也是邹子恒刚到此地，见他那时。白祈说："你来此的理由，合情合理，我并未怀疑你。直到，连嵘的一句话提醒了我。"

连嵘完全不在乎脖子上的刀，好奇地问："我说过好些话，小祁你指的哪句？"

"十七。"白祈说道，"邹子恒，你在县衙后堂与我说，要为吴家十七口人报仇雪恨。然，那日清早，仵作才确认吴家人死的不是十六人，而是十七人。而洛大人并不知情。此事，只有白祈、仵作、仵作徒弟知晓。不，应该说还有一人知晓。"白祈看着邹子恒，"便是杀了吴家十七口的真凶！"

那时，白祈还未察觉到异常。只当邹子恒随口立下的誓言罢了。今日下午，白祈和连嵘在巷子里拉拉扯扯，连嵘说，"十六个人，割喉需要多久时间？"

那一刻，白祈猛然想到了邹子恒。

啪啪的巴掌声响起，连嵘为白祈鼓掌，赞扬道："小祁真是冰雪聪明，我也不能不甘拜下风，看邹大侠一表人才，在下愿为邹大侠详说一二。"

如白祈所料，吴家惨案不可能是一人为之。又要洒火油，又要割喉的，忙死忙活，也未必能阻住吴家人外逃。想来，是邹子恒带了人，先困住了吴家人。尤其是吴家两个小妾、娃娃和奶娘。将一干家眷拘在主母屋内，以她们的性命威逼吴沈交出地图。

那时，吴柏桦已经悄悄潜回吴家，看到家人惨死。他不得已先行点燃了火油。

连嵘说："这便是，为何吴家人有的死于火势，有的死于刀下。你们见大火已经烧起来，不得已才杀了吴沈夫妇。而娃娃，你们完全没有放在眼里，弃之不理。"言罢，连嵘冷哼一声："算你还有些人性，没杀害不足百日的娃娃。或是说，你留下娃娃另有他用，却怕娃娃的哭声搅扰了一干人等，来不及带走？"

而那吴柏桦知道自己的力量是螳臂当车，只有等你们离开后，才能进去救娃娃。恰巧，白祈赶到。误以为，吴柏桦是凶手。

说到吴沈，那也是个硬骨头，宁肯死了全家，也没有屈服在邹子恒的威胁之下。

这样一来，地图所在，势必要追问吴沈的养子，吴柏桦。这也是邹子恒为何急着抓住吴柏桦的原因。

连嵘言罢，白祈紧跟着接上，道："你很会演戏。今日暗中派人随我到紫竹林，怕我们先你一步找到吴柏桦，便使毒镖暗算我。岂料，连嵘救我一命。"

"洛大人的确与你一同前去，却不是他邀你，而是你邀约了他。我将连嵘托付给洛大人返回紫竹林，你见一计不成，便装作与人打斗，身负伤势的姿态出面。"

若吴柏桦指认他，邹子恒便是要杀了白祈灭口。但吴柏桦也是个精明的人，他并未告诉白祈真凶是谁，只是暗示了白祈。

白祈说："吴柏桦的言谈中很多环节极不合理。他说，赶到临县时遇到伏击，被抢了书信。担心养父一家，连夜返回。但，此等情况下，不是应该想尽办法找到援手，救护养父一家？他一个受伤之人回去能干什么？当下，我便想：不是他不想找援手，而是这个援手找不得。因为他见到你！知道你是抢夺书信之人。"

听到此，邹子恒不得不说："白祈啊白祈，邹某最大的漏算就是你。我当真该第一个杀了你！我带吴柏桦的尸首离开后，自有人向我禀告你的一举一动，那时你百般纠结，又跑了好多家医馆找洛大人。我以为你已经上了当，原来你才是深藏不露的赢家。什么清风般的人物，不过是个表里不一的狡诈之人。白祈，邹某且问你，连嵘这厮来历不明，他可有杀人嫌疑？"

"不是他。"白祈毫不犹豫地说，"杀害吴家人的凶手惯用刀，好刀、好刀法。我以被他激怒为由，与他拼过刀。"

"董大！"
"在呢，我在呢！"
"你的刀，给他。莫说我欺负手无寸铁之人。"

连嵘捶胸顿足！
老实人骗人，一骗一个准儿！

一番试探下来，白祈看得出。连嵘惯用的并非一般刀剑，而是另一种兵器。杀害吴家十七人的真凶不是连嵘。

听到这里，邹子恒杀意四溢，举刀就要砍连嵘的脑袋！忽地，一个黑黝黝的庞然大物从天而降！硬生生地磕断了邹子恒的刀。

邹子恒惊呼一声，急急退开。看着连嵘手里的兵器，不由得惊呼："蛟海乌侯戟！"

蛟海乌侯，昊庄国开国元帅——董霸，所用的兵器"戟"！

蛟海乌侯乃是战场上的霸主，杀敌千万的利器。江湖人士手中的刀怎与之相提并论？

相传，董霸元帅过世后，他的乌侯被朝廷供在护国寺内，以怀念这位战无不胜的大元帅。时隔百年，昊庄国再出一位帅才，当今陛下钦赐乌侯。

"这，不可能！"邹子恒难以置信所见的一切，紧盯着连嵘，"你，你究竟是何人？"

连嵘将蛟海乌侯立在身侧，深深插进地里。乌侯通体乌黑，在月光下泛出瘆人的光芒。连嵘如同他的战戟一般，一夫当关万夫莫开！他咧嘴坏笑一记，"太上皇是我爹，皇上是我哥。你说我是谁？"

邹子恒哆哆嗦嗦地说："四、四王爷，司马连嵘！"

白祈眼神黯淡，将脸扭到了一边。连嵘毫不顾忌邹子恒的惊愕，只对白祈苦笑道："小祁，我无心骗你。我只是……我家大哥，他……哎呀，说不清了！"

岂料，白祈恭恭敬敬地给他跪下……

"小祁，你做什么！？"

"南岭州、驼峰县县衙捕头白祈，参见四王爷。"

连嵘一口气没缓上来，险些憋死！一股脑的怨恨都发泄在了邹子恒身上，真真是越看他越有想砍几刀的心思！

"邹子恒！今日我不砍了你，不姓司马！"

若太上皇听到这话，又该哭了。

白祈始终跪在地上，冷眼看四王爷把邹子恒打得抱头乱窜。没多一会儿，已经趴在地上，昏死过去。

司马连嵘出了一口气，还觉堵得慌。他丢下蛟海乌侯，急急跑到白祈面前，将他搀扶起来。

面对冷静如初的白祈，司马连嵘急得抓耳挠腮："你，何时知道我是……"

"回禀四王爷，小人并不知道。只猜测您绝非寻常人物。"白祁如实道来。

司马连嵘挠挠头，低声说道："小祁，我当真不便说明身份。且也不是有意为难与你。朝廷早接到消息，说南岭州一带有人私招兵马、囤积钱银。大哥让我来查个水落石出，我便查到了邹子恒身上。"

白祈冷冰冰地说道："为了金矿。吴家的金矿。"

这一回，司马连嵘惊呆了："你知道？"

怎会不知？吴柏桦临终前问他，"白捕头可知金精？"

古有云：玉精为白虎、铜精为僮奴、铅精为老妇、金精为车马。百年前，有人目睹惊雷之后金色车马落在驼峰山中，想必那就是金矿即将现世的预兆。

白祈对道家学说一向缺少兴趣，他也是从吴柏桦的话中推想出，山中有金矿。而谁都知道，吴家祖上传下两座山头，想必，那金矿就在吴家山头上。

司马连嵘道："吴沈发现金矿后，跟朝廷联系过。本朝有法，金银矿必须上报朝廷，可惜，他的第二封信未能及时送出。"

"吴柏桦丢失的书信！？"白祈问道。

司马连嵘点点头，道："我也晚到一时，被邹子恒的人抢了去。"言罢，他神色郑重地握住白祈的手，道："我本该与洛大人说情，让你助一臂之力。但，邹子恒突然出现，我拿不准你们的关系。所以，迟迟不能断定。"

所以，你假装是真凶，来刺探我？

司马连嵘苦笑："你也给我挖了坑，下了套嘛。先是诱我使刀，后又装死耍诈。小祁，你比我奸猾啊。"

白祈抽回自己的手，恭敬道："请四王爷定罪。"

"你别这样好不好？"

"再请四王爷告知，洛大人身在何处？"

"咦？他不是回府了吗？"

白祈自然要说没有！从紫竹林一别，到现在洛大人也没出来。司马连嵘愤愤地磨牙，想到半路上自家侍卫追过来，给他服了解药。早已知他身份的洛大人疾呼着回去召集人手彻查紫竹林，跑得飞快。原来是躲了起来！司马连嵘愤愤地骂洛大人是老狐狸！

说谁谁到。洛大人带着衙役捕头，大老远开始吆喝。司马连嵘本还要跟白祈说些私话，怎奈他的侍卫脚程更快，纷纷从墙外跃了进来。齐齐跪地，喊道："四王爷，我等来迟，还望王爷少打几棍。"

白祈一见人多了，黯然退下，也给司马连嵘跪了。洛大人一干人等也赶到，见到司马连嵘，扑通一声跪倒在地，急呼："王爷啊，您可吓死下官了！快快快，恭请四王爷回府。"

司马连嵘咬牙切齿，指着洛大人的鼻子道："你来得还真是时候！"言罢，他不得不离开吴家园子。

王府侍卫急吼吼地追着，喊着："王爷，乌侯啊！您还没拿乌侯呢！"一直跟随在司马连嵘身边的暗卫悄无声息地飘了出来，看看被侍卫扛在肩上的蛟海乌侯，嘀咕着："老子扛一路了，谁爱扛谁扛。指望王爷？哼哼……"

白祈打量了一眼暗卫，猛地想起，救火之夜，第一个从他怀中接过襁褓之人。

暗卫知道白祈在看他，一脸正色走到他身边，说："白捕头，我代王爷十二名暗卫对你表达敬仰之情。王爷，也就您能管得住。"

管什么？白祈不愿细想。他只想回家，睡觉！

吴家十七口惨案，仵作的验尸还未得结果，便在一日内告破。气得仵作老头要一头撞死在白祈家门口。

朝廷嘉奖了洛大人，重赏了白捕头。白捕头还是那样，领了赏，谢了恩。只是，以往不喜言笑的白捕头，变得更加沉默。从早到晚，也说不了几个字。

四王爷司马连嵘好像梦里的人，来过、离去，不留半点痕迹。白祈就当自己做了一个梦，醒来，继续当他的捕头。

一晃，便到了冬至这一天。白祈从家中出来，到了熟悉的小摊子上吃早点。

要了一笼包子和一碗粥，上来的却是鱼翅羹、圆滚滚的饺子。锦衣公子坐在他身边，笑道："冬至冬至，补嘴空。多吃些，补补你这张少言寡语的嘴。"

在白祈怔愣之时，胖乎乎的洛大人走来，扯着嗓子喊："白祈接旨。"

一道圣旨，打发白祈跟随四王爷继续调查乱党反叛一案。白祈叩谢龙恩。起了身，对着司马连嵘傻乎乎，呆愣愣的。

司马连嵘笑道："傻了？事情还没完呢。邹子恒受何人指使？他们的老巢又在哪里？究竟多少人参与谋反？小祁，你可有得忙喽。"

冬日的阳光晃了白祈的眼，唤醒他呆滞的神态。他打了个激灵，看看圣旨，再看看面前嬉皮笑脸的四王爷。白捕头照旧给四王爷冷脸，只道："四王爷，卑职还有一小贼尚未擒获，不能随王爷前去。"

司马连嵘蹙蹙眉，为难地抓抓头发道："小祁……"

"请王爷恕罪。"

"你这是抗旨啊。"

"十八年后还是白祈。"

当朝四王爷急得直跺脚，最后朝着暗卫伸手。一根绳子递过来，司马连嵘低声道："找个无人之处再捆行不行？"本王的脸面啊！

白祈会心一笑，如天上的日头，温暖灿烂。

{END}

绘 百里君兮

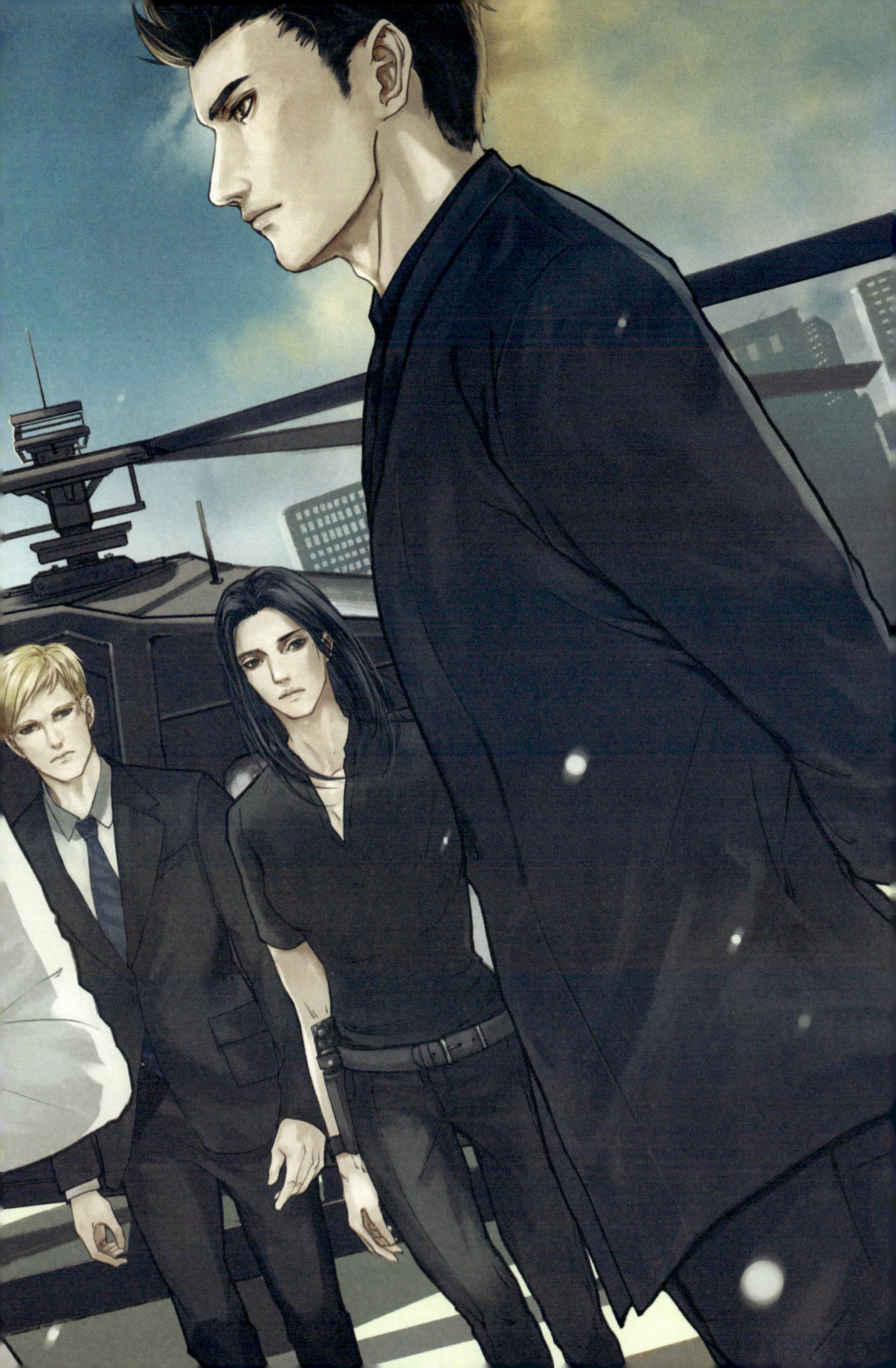

文 / Fox

大人物

　　休斯紧张地整理了一下外套，站直身体，希望给伦纳德先生留一个好印象。
　　他和警局的几个人正站在停机坪上，等待联邦调查局的一班探员到达，休斯满心想的都是伦纳德先生，此人是联邦调查局行为分析部的主管，一位站在本行业巅峰的传奇人物，不知多少连环杀人狂都是经他的手送进监狱的。如果不是出现重大的案件，他才不会屈尊出现在栗树镇这样的小地方。
　　想到这里，他又站直了一点，希望自己看上去高大英俊，是位可靠的警员。
　　他的前方，直升机缓缓降下，通体是很酷的黑色，漆着联邦调查局的标志，看上去昂贵又有品味。
　　飞机还没停稳，门就被一把推开，一个人狼狈地从里面冲出来，他冲到旁边的草坪上，弯下腰，吐了个一塌糊涂。
　　休斯茫然地看着这一幕，冲出来的人个头不高，有点太瘦了，一头棕发被吹得乱七八糟，从他啥也没吐出来的样子看，应该是在飞机上把能吐的东西都吐完了。
　　一位穿深蓝色套装的黑发女人跳下飞机，朝他们露出一个完美无缺的客套微笑，和警长、副警长，还有一看就是跑腿的休斯握了手，她自我介绍叫诺瓦，并介绍了同来的几位探员，休斯忍不住不停地看那个在呕吐的人——一个金发探员走到他跟前，递了瓶水过去，他一副快死掉的样子接过来，然后没忍住又是一番干呕。
　　诺瓦客套的微笑不变，说道："伦纳德先生恐怕得先到酒店去休息一下。"
　　休斯一脸空白地看着那个人，还没法从满脑子的"这样的大人物对我留下好印象，是我飞黄腾达的机会"上转移出来。
　　有人推了他一把，他这才反应过来，警长加里正瞪着他。

"什么？"休斯说，"那是伦纳德先生？"

"诺瓦小姐在问酒店！"警长加里恶狠狠地说。

"啊，当然，酒店！酒店都安排好了，就在栗树湾酒店！"休斯说。

这会儿，那位筋疲力尽的主管终于转过身来，他的样子让休斯想起曾有一次和一个借调到FBI的同事聊天时说的话。

那人说伦纳德先生的样子……比较温文尔雅，当时他觉得这是一个夸奖，但现在他突然意识到，那人恐怕不是在表扬，而是在说他娘娘腔。

伦纳德先生比休斯矮了半个头，五官线条过于柔和了，像个搞艺术的，而非一位警察。因为刚刚吐过，他眼圈发红，在阴郁的天色下显得可怜巴巴的，好像随时会被严酷寒冷的大自然撕碎，反正不像能在残酷的警界，或是他传说的遭遇中活下来的样子。

他病恹恹地站在几个精英的同事之中，见面仪式匆匆而过，伦纳德先生心不在焉地和栗树镇警局的人握了手，作为一个晕机晕得一塌糊涂的人，他还算是态度客气，笑容可掬。

他的声音完全不同于新闻上的强势镇定——一般都是发布罪犯画像的新闻，样子威严又专业，也比实际看上去高——可能是因为晕机的关系，他说起话来轻声慢语，声线柔和，半死不活，像个无害的艺术家。

副警长邓肯小声问了诺瓦女士一句："伦纳德先生还好吗？"

"不好。"那位优雅的女士说，"他需要休息。"

就这样，车子直奔酒店而去，远道而来的伦纳德先生无精打采地坐在后座，看着窗外凄凉的景色，脸色苍白，像是随时准备冲出去再呕吐一番，或是直接昏倒了事。

休斯不禁想起当年，伦纳德先生在那件全国知名的大案中受了重伤，可只休息了三个月，便回到了工作岗位，不只没有像大家想象中一样被彻底毁掉，还一路做到了行为分析部的主管……

休斯不确定怎么跟伦纳德提起这个话题，表示出自己对他很关注，考虑到他的脸色，这像在戳人刀子。

一路上，伦纳德先生半死不活，只和邓肯说过几句话——他们以前认识，邓肯作为曾经的明星警员，在匡提科培训过，还借调过去FBI一阵子，他说话的样子与其说是来查案，不如说是来看朋友叙旧的。

他们当然也交流了案件的进展，但着实没啥可交流的，因为什么进展也没有。

这桩案子被当地警方私下称之为"栗树镇挖心案"，但没人敢当着FBI的面说，这说法太不专业了。

案子起因是半个月前，一位遛狗的镇民在鸟骨沼泽发现了两具尸体。

其中一具是莉莉·德莱，是位十九岁，棕发绿眼的姑娘。警长解释了一下，说她在社交上十分活跃——在栗树镇，这可不是什么好词，她失踪前和家人吵了架，说要去大城市找工作，再也不回来，因此她消失后没人报警，镇子上有很多这样一去不回的年轻人。因此他们一直没发现她失踪。

另一具尸体是麦克·塞西尔，镇上小报的记者，写一些类似于"猫困在树上爬不下来，惊动消防队"之类的事情，但他一直没有放弃写出大新闻的梦想。他是小镇上的另一种年轻人，——曾在大城市生活过一段时间，但是搞砸了，于是灰溜溜地回来，做了份不怎么样的工作，但仍然满心不甘。

发现他们时，这两位年轻人都变成了沼泽中腐败的死尸。

因为天气已日渐寒冷，两具尸体的腐败程度不算太严重，能顺当地完成尸检，而非只能在碎骨头上做文章。要知道在鸟骨沼泽那种地方，死尸就是一顿大餐，不出一个月，恐怕就只剩骨头可查了。

而从残破的尸体上，他们震惊地发现两人的心脏都被挖了出来，然后有人又细细地缝上了胸腔的切口。

这和六年前的那桩"挖心杀手案"一模一样，其中缝合的细节也如出一辙，这些细节甚至是警方从来没有向外界公布过的。

休斯对这桩旧案可谓耳熟能详——那桩案子大致上是说，一位叫艾迪·霍德尔的牙医杀死了至少九个人，挖出他们的心脏，再把尸体缝合好，打扮妥当放置在路边。

这桩案子当年就是由伦纳德负责的。

那时他还年轻，是联邦调查局里的明星人物，意气风发，前途大好。当时已有三具横陈在外的尸体，所以当他接手挖心杀手的案子时，媒体一派欢天喜地。

伦纳德的工作卓有成效，成功地总结出了那人的犯罪特征，在报纸上和罪犯"对话"，一次甚至差点就把他引入了陷阱。总之，他紧紧跟上罪犯的脚步，而一旦被这样的探员盯上，即使你智商高达一百五十，也是难以甩脱的。

可是不知怎的，那人反过来盯上了伦纳德。

照电影里的说法——没错，这事到后来拍成电影，挖心杀手自视甚高，只杀死普通人已经无法满足他，于是他转过头来，目光盯上了警方追捕阵容中的翘楚人物：弗安·伦纳德。

那之后，他先后杀了两个人，还把他们的心脏寄给伦纳德，作为礼物。

他可能觉得自己的行为很优雅、很残酷、很有高智商犯罪的格调，不过联邦调查局也不是吃素的，他寄出第二枚心脏的第二天，以伦纳德为首的调查小组就锁定了他的身份——一位叫艾迪·霍德尔的牙医，并实施了抓捕。

可惜抓捕不太顺利，霍德尔当过兵，上过前线，而且智力极高，他既然犯下罪行，对意外事件也早有防备，而且运气十分不错，最后，他在联邦调查局的包围下狼狈地逃走了。

按理说，接下来将是一系列的搜捕活动，但谁也没想到，他会转了一圈，杀了个回马枪。

2008年圣诞节前一天，伦纳德和他的搭档亚当斯在出门调查一桩案件的路上，牙医霍德尔开着一辆悍马撞了上来，亚当斯当场殉职，而他从车子里带走了处于昏迷状态的伦纳德。

这次绑架乍看上去算不上成功，因为两天后，联邦调查局的人就成功地在一个破旧的集装箱里救出了伦纳德。但休斯总有一种感觉，这就是霍德尔想做的事。

这位连环杀手没有尽其所能，而是跑得无影无踪，证明他的计划性太强了，这一系列行为的目的，似乎就是想单独和伦纳德待一段时间，他也确实达成了目标。休斯现在还记得当时疯狂的舆论风向，他们认为霍德尔毁了这位联邦调查局的新星，这是一场多么可怕，又无可转圜的悲剧，就像世界上的很多悲惨故事一样。

两天说起来不长，但足够做很多事了。

培养一个这样的顶尖探员很困难，但是想毁掉，不过是转眼间的事。

只是照霍德尔的看法，直接杀死他未免太过简单粗暴，他太"喜欢"伦纳德了，于是要做出更严密的计划，把毁灭的过程变得更为细腻和漫长，也让伦纳德更加痛苦。

像大部分连环杀手的"聪明"的点子一样，这种为了满足欲望，不顾后果的冒险行为最终把霍德尔引入了绝路。两天后，FBI的人就找到了伦纳德——他在一天前设法送出了一条消息，透露了霍德尔的计划和他们的行踪。

那次的行动，场面宏大得堪比好莱坞大片。经过一系列的追踪、围剿和枪战后，最终他们救出了身受重伤的伦纳德，但却没能找到霍德尔的尸体，最靠谱的猜测就是他葬身于深海之中了。

现在，关于霍德尔的官方说法是"死亡"，但对民众来说，这说法可不够安全。

对于普通人来说，更糟糕的版本就刺激多了——那部电影弄了个开放式结尾，大结局时那个盯着伦纳德的怪异影子让人发寒。休斯心想不知道伦纳德看了这部片子后，该有多大的心理阴影。

休斯开着车，转过山间的又一条弯路，他忍不住又看了眼后视镜，后座是伦纳德，休斯觉得那人看着像是在坚持着不昏过去。

伦纳德千里迢迢地来到此地，迎接他的很可能是旧日最残酷的宿敌，休斯不知道当年他怎么在那件事里活下来的，但现实是，他眼前有一场硬仗，并且不得不打。

休斯继续专心开车，把大城市来的客人们一路带到了栗树湾酒店。说是酒店，其实就是个小旅馆，居住条件简陋，但确实是镇子上最豪华的店面了。

伦纳德先生走在最后，进房间的样子像只野生动物在探索陌生的环境，他打量屋子的模样倒像是随时会尖叫一声逃出去。

他凑过去看了看床铺，说道："这是血迹吗？"

休斯也凑过去看了看，心里承认确实很像。"也许是番茄酱？"他说。

这表情一点也没有说服那位客人，他瞪着那张床罩，表情谨慎，像在看凶案现场。休斯很害怕他会转向自己，义正词严地说他是绝不可能住在这种地方的，然后要求给他立刻找个有充足的暖气的总统套房，这种房子就是对联邦调查局的侮辱。不过幸好他最终没那么做，只是说道："我必须换掉这张床罩，还有被单和毯子，最近的超市在哪儿？"

他一边说，一边伸手打开自己的超大号行李箱，去拿里头的大衣。休斯看了一眼，里面放的衣服和洗漱用品全用密封袋装好，各种药物占据了箱子的半壁江山，一些是止疼药，还有一些是治疗失眠的，不过这些药数量有限，毕竟分析部主管是不可能药物成瘾的。

"你不能出去。"正在和警长说话的诺瓦立刻回过头来，"这里太冷了，你必须待在室内！"

"好极了，那我就在这里待着，穿件老人衫，戴个睡帽，喝杯热牛奶，看一晚上电视！"伦纳德说。

"那你还想怎么样，去街上跑个五千米？"诺瓦说。

"我们是你上司，诺瓦，如果你还没忘的话。"伦纳德说。

"如果你需要什么，我可以去帮你买。"休斯连忙说。

伦纳德打量他——这是他来到这里后第一次真正注意到休斯——他从到达以后就半死不活的样子，可是在这一眼中，休斯看到了其中有老练猎手般冰冷的衡量，他站直身体，觉得自己像在进行一次格外严格的面试。

然后只听那人开口，说道："我要买全套的床单、被褥和床罩，我还要一床厚实点的毯子，还有……"

休斯连忙拿出个小本子开始记，他希望自己显得足够专业。

伦纳德一刻不停地说了一大堆东西，他的声音仍然柔软斯文，但显然是个习惯命令别人的家伙。休斯这才知道自找了多少麻烦。

休斯到下午上班时才回到警局。伦纳德先生挑挑拣拣，他要买的东西全都要特定的牌子、精确的款式，幸好栗树镇虽然只是个镇子，却并不小，而且算是半个交通枢纽，休斯才不需要再跑到市里去买。

伦纳德接下那堆多如搬家的物品，并不如何欢欣鼓舞，他一脸厌倦。休斯心想，他像在参加一场并不热衷的狩猎。

他回到警局，这里发生的事跟电视上演的一样。

FBI的探员一到此地，便接管了工作，他们西装革履，和一派乡土气的小镇警局一点也不相称，让人觉得他们这些年的技能都白学了。

休斯去茶水间倒咖啡时，纳尔探员正在说话："真不敢相信，卷宗里夹的这是通心粉吗？……好吧，不过讯问笔录在哪里？"

然后他发现茶水间不只他一个人，几个同事都杵在这里闲聊，多半是为了躲那些东挑西拣的探员。

有谁正在说："有什么办法……现在不流行硬汉了，娘炮一点反倒容易升职。"

"身为警长，你得是所有人的榜样。"另一个同事说，"FBI以前可不会留这种人，那边一个个都是铁打的硬汉。但有什么办法，现在世风日下，流行些什么娘娘腔的专业技术……"

休斯本来想说，伦纳德不是他们说的那种人，他当年在联邦调查局的搏击和射击项目中连拿了三年冠军，但接着他又听到警长说："我记得他还有部电影。"

几个人笑起来，休斯决定还是算了，他曾经尝试和同事们就某个话题争论，他不喜欢那种感觉，对一件事太认真让他觉得自己太幼稚，像个孩子——他也的确是最年轻的——执着于一件事，非要弄个明白，是孩子才做的事。

所以他只是倒了杯咖啡，和他们打了招呼，甚至一起开了两句不相干的玩笑，然后就离开了。

那几个联邦探员还在翻资料，估计有不少问题要问，可休斯想在天黑前再到抛尸现场去一趟。

休斯知道现场照片里事无巨细地记录了所有细节，所有可疑的物件都在证物袋里，有机器分析它们的成分，也有人查询出其所有的来源和细节，从哪一年投产，到商家的购买记录，数据中的东西远比双眼瞧见的更多。但他就是想到案发现场看看，现场本身似乎有种力量，当他待在那里，意识到在之前的某个时间，罪犯和尸体都曾真实存过，那片土地、林木和天空见证了一切，他便觉得没有什么是真正隐秘、无法看透的。

休斯来到目的地，停下车子，结果看到了警长的车也停在路边。

他不确定地走上去，果然在凶案现场看到了加里，他独自一个坐在一旁的石头上，表情冷峻地盯着找到尸体的地方。

加里是那种典型的老式警察，年轻人会觉得他跟不上时代了，不过目前还是他说了算。

他抬头看休斯，一脸的不动声色，那一代人流行这副样子，你难从表情上看出他在想什么。

"警长。"休斯朝他打招呼，对方照例一脸冷峻地点点头。

然后就冷场了。

不过休斯也习惯了，他默默走过去，站在他上司跟前打量这片土地。

山林在深秋一片萧瑟，秋天尸体腐败要慢得多了，他为什么一定要在这季节杀人？如果他在盛夏时分把尸体丢在此地，肯定两个星期就什么也不剩了，狗顶多能找到一些残骨，可能压根发现不了是挖心杀手的杰作，也不会引来FBI。

当然了，他是连环杀人狂，如果能控制欲望，就不是他了。

当年那桩案子也是，他看似聪明绝顶，却根本无法自我控制，他太想表现自己了。

——伦纳德的事弄得全国人尽皆知，并不是警方公布的，警方巴不得把所有的事都封上个保密袋，怎么可能公开这种事？那是霍德尔公布的。

他绑架了一个探员，还在网上发布信息，实时更新，详细叙述他要干的事，这绝不是一种正常的虚荣心。这件事自然增加了伦纳德的痛苦，让所有人都知道他，知道他受了哪些罪，又失去了哪些人。如果不是这件事，媒体不会老盯着他；人们看到他时，也不会露出同情的眼神，不会知道他经历过最悲伤和难堪的状况。

但对霍德尔来说，这做法肯定并不聪明，任何一个谋杀犯把自己推向社会对立面的风口浪尖，都不是件聪明的事。

正在这时，警长开口说道："你觉得那个伦纳德怎么样？"

"他是个传奇人物。"休斯说。

"在这个岁数成为传奇人物是件可怕的事。"警长说。

休斯第一次听到有人用"可怕"这个词形容伦纳德的遭遇，但感觉似乎还算合适。

警长接着说道："你知道五年内，他经手的案子里罪犯的死亡率是多少吗？"

休斯摇摇头，警长说道："百分之七十五，我托内务部一个朋友查的。活下来的那几个，都是他没参与抓捕的。好家伙，他简直是警界的连环杀人狂。"

"这么说有点夸张吧？"休斯说。

"反正，我不喜欢这种人待在我的镇子上。"警长说，"他受了很大的罪，但仍然活蹦乱跳，还身居高位，我不喜欢这样。受了伤的猛兽总是格外可怕，食物、温暖和同伴都无法安抚它，你知道因为什么吗？"他盯着休斯，"因为痛苦。"

加里忧心忡忡，脸色阴沉，他不喜欢任何一个进入自己领地的不明人物。

休斯回去后一直在想警长的话。

他洗了个澡，躺在床上，旁边放着两本伦纳德写的书，那是两本犯罪心理画像方面的作品，是这行的权威书籍，上课时的常规教材。书已经被翻得很旧，里面有很多的笔记和标签。

这书的作者给人感觉充满力量、优秀而且对自己的技能充满信心，虽然他实际上并非无所不能，也不只是新闻视频里那个威严专业、不惧一切的人，他是个经历过灾难的人，他的身体情况很糟，——霍德尔可不只会精神虐待而已。

而精神虐待无疑是最可怕的，和伦纳德单独待在一起的两天中，霍德尔先后杀死了三个人，强迫他在旁边观看整个过程——霍德尔给伦纳德注射了药物，这杀人狂花了很长时间策划这件事，力求每一处细节都滴水不漏。

他一定是在此事上得到了巨大的乐趣。

即使如此，最后仍被伦纳德找到机会把消息传了出去，不然照霍德尔的计划，后面肯定还有很多"菜色"要给他尝试。

休斯很难想象伦纳德活当时在一个什么样的世界里，夜里又会做什么样的噩梦？

而那位传说中的连环杀手……真的在他们的小镇上吗？他曾经见过吗？在超市、路口，或是随便什么地方一眼瞥过？

不，不，他没有见过类似的脸。休斯知道那张脸，文质彬彬，眼神冰冷，如果那人还活着，警方现在都逮不着他，休斯几乎可以肯定他整了容。

霍德尔选择了一张什么样的五官当自己的新面孔？而谁能透过一张整过容的脸，看出一个人的疯狂？为什么他对伦纳德有那样的执念，他在想什么呢？

杀人狂是否还关注着那个害他落到如此地步的伦纳德？

而面对这样的未知，伦纳德又在想什么呢？休斯曾试着思考过，但是他完全无法想象，一个人怎么能碰到这样的麻烦……还在步步高升的？

第二天差不多十点时，休斯才再一次见到伦纳德先生。

当时大家正在开案情汇报会，那人姗姗来迟地出现在警局的会议室，脸色也就是比昨天好看了一点点，他坐在角落的椅子上，一言不发，听警长对案件最新情况的介绍。

警长正在说关于两位死者的调查，他们的生活环境、交集可能发生在某些地方之类的事。

镇子并不小，可能发生交集的地方还挺多的，于是可疑人员很难锁定，而由于栗树镇外来人员太多，汇报中还含糊其词地提到一个高大男人，一个月前他穿着雨衣出现在案发地点，但还没查到更多的细节。

——也就是说，虽然会议开了一天，但像样的进展还是一点没有。

这会儿时间，整个会议中，那位主管一个字也没说。休斯不停地转头看他，他独自坐在角落，看上去十分镇定，还带着本书，休斯几经观察，发现是本小说。

在会议的间隙，伦纳德偶尔抬头看看，但总体上还是面无表情，看不透他在想什么。

他的脸色倒是苍白得要命，休斯注意到他悄悄拿出个小药瓶，干吞了几粒药。

会议告一段落，休斯偷偷离开了警局，外面的天气越发阴沉，天气预报说中午有场大雨，这是很有抓捕连环杀人犯的氛围。

休斯刚离开警局，雨就下起来了，幸好药房就在街对面。他买了个热水袋，灌满热水，然后又倒了杯茶，拿到坐在会议室角落的伦纳德跟前。

对方抬头看他，有点惊讶，却也没表现出来。

"我爸以前膝盖受过伤，一到下雨就腿疼。"休斯说，"他是个老警察，我七岁时他殉职了……抱歉，我一紧张就没完没了地说话。我只是想说，我知道腿疼是什么样子，热水袋会有点帮助。"

伦纳德朝他笑了，休斯觉得他以前一定是经常笑的人，眼角有细细的笑纹，微笑时温柔又自然，像个随意和你聊天的好朋友。

他从休斯手里接过热水袋，放在自己的膝盖上，轻轻舒了口气。

很难想象这种人遭遇过那样可怕的事，休斯无意识地去看他的膝盖。伦纳德说道："是的，是当时的伤。"

"抱歉，我没有……"休斯说。

伦纳德笑了："我没那么脆弱，这件事我在报告里一个字一个字地敲出来过，每年都要跟心理医生说几次，不然他们会觉得我心理问题严重，除了待在病房，什么也不能干。"

"我高中时关注过你的案子，看了你回来就职时的新闻。"休斯说，"你说你从小就想当个警察，并始终朝这方向努力，干这行打交道最多的就是罪犯，不能随便为一个人渣改变职业计划，太酷了！我当时想，我想成为你这样的人……"

休斯尴尬地停下来，觉得又说得太多了，他本来觉得自己已经挺成熟了，但显然不是这样的。

"和我说说这地方。"伦纳德说。

休斯想了一下，那位叫纳尔的探员警惕地看了他一眼，好像他会意图不轨似的，休斯没理会他，说道："这儿总体是个平静的地方，也有些麻烦，但从没有过这么恶性的案子。"

"这种地方，很多年轻人都想到大城市去。"

"是的。"休斯说，"总有些人无论如何只想离开这里，到外面看看。"

"失踪案呢？"

"啊……"休斯说，"很多人会无声无息地离开……我们很少接到这方面的报警……"

伦纳德点点头，说道："和我说说塞西尔。"

休斯怔了一下，不确定他为什么突然问起第二个死者。他说道："他是《栗树真相》的记者，是本地人，去纽约待过一阵儿，但大城市不好混，两年前他又回了镇子，我猜这些你都知道了……"

"你认识他吗？"

"这种小地方大部分人都互相认识。我在镇里的聚会经常见到他，入夏时他还来过警局，说是来查资料什么的……"

"说说看。"

伦纳德那双绿瞳看人的样子有种全心全意的专注，当他盯着你看，你会觉得自己没有任何秘密是这双眼睛看不透的。

虽然不知道他为什么对塞西尔那么感兴趣，但休斯还是把知道的和盘托出。作为一个警察，他确定对一个警察问题最好的回应，就是和盘托出。

"塞西尔经常来警局，每次来还都会带甜甜圈。我不知道他在查什么，他口风很紧，大概觉得会是个独家新闻。我知道他在四处问些问题，但他的工作就是四处问问题，而且他和大家关系还不错，也没人找他麻烦。"他说。

"你最后一次见他是什么时候？"伦纳德问。

"11月份的时候，我在苹果园小径那里看到他，他穿着件驼色的夹克，他车子的尾灯坏了，我叫停他，跟他说得把车灯修一下，他看上去有点紧张……"

休斯说了很多，伦纳德安静地听着，不时问两句，他裹着件大衣，病恹恹的，毫无威胁感，嗓音轻柔得能催眠。

休斯从不知道自己能记住这么多细节。一些本来应该已经忘了，但却如此有条不紊地描述清晰，他简直可以直接到法庭上去做证。

他想起伦纳德的资料——一个审讯高手。

邓肯叫休斯过去帮他整理一下档案，电脑的事，局里有一半的人根本搞不定。

伦纳德喝了口热水，他一直都显得无声无息，可休斯才在办公桌前坐下，他就站了起来，敲了敲办公室的桌子。声音不大，但是足够引起人的注意。

休斯抬起头，屋子里所有的警察都转头看向伦纳德。他说道："抱歉，我想问一下……"

这人看上去……温文尔雅，病恹恹的，声音很温柔，他说道："为什么任何资料里都没写塞西尔先生去世前，调查的最后一个案子的情况？"

"什么？"警长说。

"他死前的一段时间在忙一个新闻。"伦纳德说，"听说他像所有的记者那样，一直想写篇足够重大的头条。但我没听到这个新闻的任何信息。"

"因为重点是死者的心脏被挖了出来。"警长说。

"我知道大家都很想找连环杀人狂，但连环杀人狂毕竟是少数，我们应该先把目光转向更传统的方向。"伦纳德说，这情景仿佛两具没了心脏的尸体不存在，而他是警校的教官，正在教导一群好高骛远的菜鸟。

"在确定是更可怕的那个结论之前，我们应该先排除最明显的可能性。"他说着露出一个微笑，这个笑容仍然很温和，但里面有某种强硬的东西，让人紧张。

然后他不等任何人说话，便下了断言："接下来，我们会把注意力集中在塞西尔先生身上。"

"但案子仍有可能是霍德尔犯下的。"警长说，"如果方向有误，第三个死者很快就会出现……"

"那也要照规矩办。"伦纳德说，然后他便朝外走去，还不忘拿上休斯给他的热水袋。警长怒气冲冲地瞪着他，他客气地朝对方点了点头，说道："抱歉，我不太舒服，先回去了。"

他走到门口，又回了一句："还有，沼泽的搜索要加强，我们并不能确定只有两具尸体。"

然后他转过身，离开了办公室。

这肯定就是警长之前的噩梦了，休斯想。他连忙跟上伦纳德，他最近几天他基本是伦纳德的跟班，而且看那人的腿的情况最好还是不要开车。

他到门口时，那人已经站在车子旁边，看到他走出来，直接把钥匙丢给他。休斯接过来，坐进驾驶座，发动引擎，对方像所有的大人物一样理所当然地坐到后座上去了。

休斯从后视镜观察伦纳德，他忍不住就想去看，也不知道想从那人脸上找出什么。他想知道伦纳德是个什么样的人，可是毫无头绪。那人的一部分和他想的一样，可也有一些完全对不上号。

他本以为伦纳德的那些伤痛会呈现在面孔上，一眼可见，但其实不是特别明显。

一些黑暗之物似乎消隐了，深深地藏了起来，变成不同的东西，他试图想象，但也许他还太年轻了，他真希望自己已经是个警界老手了。

他试探地朝伦纳德问道："那么，第一个死者的事要不要也查一下，她一直在跟她男朋友吵架……"

"还是先把塞西尔身上的事查清楚再说。"伦纳德说。

"你知道……你也许应该单独和加里说，直接在办公室那么说，他们不会喜欢的。我是说，这是个小地方……"休斯说。

伦纳德朝他露出一个微笑，说道："我知道。"

之后好一阵子，休斯都在想，那个微笑和"我知道"到底是什么意思？

但到了第二天下午，他都没有再见到伦纳德，倒是一次偶尔的机会，听到纳尔在走廊尽头打电话。

他的声音压得很低，应该是工作上的事。

休斯拿着杯咖啡，去证物室找资料，正听到他在说："得了……那枪开得一点问题也没有。拿到任何地方都是这样，安吉拉，调查结果写得很清楚，这件事到此为止了……如果你说是站队，那就站队吧，我会站在他那边……那几个人该死，你知道他们手里有多少条人命吗？……他当然不好，他进医院了……昨天晚上，他突然发烧，你知道他的身体……"

纳尔停下来，冷冷地看着站在后面的休斯。

休斯心想，电话那边的事一定有一个他不知道的复杂故事，无论是在政治上，人际关系上，还是在人性上。

他做了个投降的手势，说道："我不是故意偷听，我只是想问一下，你刚才说伦纳德先生在医院？"

休斯开车到达医院的时候，天已经快黑了。

他拿着束花，忐忑不安地朝伦纳德的病房走去，纳尔告诉他地址后，他交了手里的活，立刻就赶了过来，但到现在他才开始有点紧张。

他远远看着前方的病房，满心想着些"这种关头，门口怎么可以没有守卫"之类的东西，理论上是应该有的，毕竟挖心杀手明摆着针对他，而他病着，看上去完全不能反抗。

——照纳尔的说法，伦纳德昨天晚上开始发烧，所以送到了附近市里的医院，但烧怎么也退不下来，于是医生不让走。院方说不清是什么原因，也不知道他什么时候能出院。

他身体一直不好，纳尔说，没人能说清那些折磨人的病症来自何方，有一部分肯定是心理上的，他恢复得很好，但六年前的事毕竟不能当作没发生。

休斯沿着走廊继续向前，想到那人的面孔，不知为何他的心跳得很快，也不知道在紧张什么。

他走到门口，正听到里面传来一个声音："我真不敢相信他们会这么干！"

是副警长邓肯的声音，他想，停下了脚步。

"你知道内务部那些人。"伦纳德说。

他声音很轻快而随意，像在和一个老朋友聊天一般放松。休斯知道他们以前在FBI似乎合作办过案子，直到邓肯因为妻子的病又回了小镇——至少他自己是这么说的——现在看来他们关系还不错。

"他们就是群毒虫。"邓肯说，他从窗边看到了身影，正伸手比画什么，他是个大个子，高中时打橄榄球，和谁都能说上话，一度是小镇的风云人物。

然后他听到伦纳德一阵撕心裂肺的咳嗽，相对于邓肯，他的样子越发显得脆弱纤瘦，一阵风就会从空气里吹散了一样。

休斯身体无意识地绷了起来，好像那种疾病和伤痛也烧灼到了他的灵魂，即使那和他毫无关系。

"你脸色可不太好，老弟。"邓肯说，"说真的，你现在是大人物了，这鬼地方冷得要死，效率也比不得大城市，犯不着自己跑过来的。"

伦纳德仍在咳嗽，邓肯扶住他。

"我觉得你应该立刻回匡提科去。"副警长不确定地说，"要真是霍德尔，惹来了你们，早不知道逃到哪儿去了。"

"要是霍德尔，我在这里，他不会走的。他等这种机会很长时间了。"伦纳德说，他的呼吸有些乱，但声音里透出冰冷的执着。

他说道："我来这里，为的就是这个。"

邓肯有一会儿没说话，不知是不是惊讶于这古老的仇恨，它带起来的血腥气这么多年也未消散。但接着伦纳德说道："但我觉得不是他干的。"

站在屋子外面，休斯都能感到邓肯的惊讶。

"但所有的作案特征都符合。"副警长说，"特别是尸体上缝线的手法，不是什么野路子的罪犯都能模仿。我知道你放不下塞西尔的事，但他就是个狗仔，麻烦就没断过，不过也不至于惹出这么大的事来。"

伦纳德没说话，邓肯接着说道："你确定？"

"基本上确定。"伦纳德说，他又是一阵咳嗽，邓肯拿了杯水给他，他的疾病让这场对话缓慢艰难。

"这地方对你的健康不好。"邓肯说。

"帮我查查塞西尔的事，好吗？"伦纳德说。

"我会查的，但是……"

"找不出凶手，我是不会回去的。"伦纳德说，"我的人也不会。"

他的声音微弱，却带着不容忽视的偏执，有些事情永远不会消失，它的影子在生活的角角落落清晰可见。

"如果是本地杂种干的，我无论如何也会把他揪出来。"最终邓肯说道。

他们沉默了一会儿，看上去达成了某种协议，接着邓肯便告辞离开了，休斯避开了他，他不知怎么和邓肯说话，虽然就普遍的人际关系来说，他们处得不错，但这就像一双不合脚的鞋子，别人怎么说好看，你自己知道事情并不那么简单。

他曾有一次听见邓肯在背后跟人一起开伦纳德的玩笑，他猜副警长希望和大家"城里来的家伙都是娘娘腔"的态度保持一致，工作时，装模作样有时是必须的，但他仍不喜欢他在伦纳德跟前时这么一副亲密老友的样子。

这么一打岔，他突然不确定要不要进去了，正在这时，病房的门被拉开，伦纳德朝他微笑。

"看到你了。"他说。

医院里暖气很足，伦纳德只穿着件衬衫，袖子折了两折，露出手臂。

休斯第一次见他这样，没有全套的西装，也没用大衣把自己裹得严严实实，头发有点乱，床边放着看了一半的书，看上去是本小说。

他注意到他左腕上有道旧伤，看上去很吓人，小臂上也有，长长的一直延伸到衣袖里，他立刻把目光转开，觉得自己看到了什么不该看的东西。

"我听说你生病了。"休斯说，"我……我带了点花……"

伦纳德笑了，说道："你自己找花瓶插上吧。"

休斯硬着头皮找了个花瓶，把一小束雏菊插好，摆弄了半天，他不知道能说些什么，也不知为啥觉得紧张。

但花总是会插好的，于是他只能回过头，朝伦纳德露出一个微笑，笑得有点局促，他希望自己在任何情况下都游刃有余，但显然他现在还不具备这样的能力。

"你看上去……"他说。

他本来想说"好多了"，但这实在是自欺欺人，他看上去一点也不好。

"不用勉强，我知道我看上去是什么样。"伦纳德说，示意他在旁边坐下，"你犯不着特地过来的，最近警局应该很忙。"

"我想来看看你。"休斯说，"如果打扰了你……"

"没什么打扰的，反正我也只是在这里看看小说。"伦纳德说，看了眼打开的书，"医生说我需要放松一点。"

"您确实应该放松一下，反正案子一直在查……"休斯说，又无意识去盯着他裸露的小臂。

相对于这样一个人来说，他的手臂过于瘦削了，让伤口显得越发触目惊心，可以想象以前他的遭遇有多么可怕。

事情发生时，休斯还在读高中，他母亲因为工作关系一直在关注这件事，他也是那时知道这位坠入深渊的明星探员的。

他妈当时很确定，这位探员算是毁了，不只是身体上，他的精神将一辈子承受痛苦，这种痛苦足够让一个人再也无法站起来。

后来警方总算是发了话，尽可能简洁地表示伦纳德探员确实伤得厉害，不过没有生命危险，实际上只要经过一段时间的复健，他就能恢复正常的生活，谢谢大家对此的关注。

休斯很清楚这是胡扯，经历过那种事，一个人的生活再也不可能"恢复正常"。

但只过了三个月，伦纳德就完成了复健，回到了工作中，一举破获了当时震动全国的多人碎尸案。

他办案的风格精确而冷酷，毫不留情，休斯很难想象他如何在面对那些尸体、折磨和扭曲的欲望时，保持这样的冷静和稳定。

谁也没想到伦纳德探员回归后的工作会这么棒，他没有远走他乡，没有精神崩溃，年年的心理评估也毫无问题——虽然他这种人骗过心理评估再容易不过，但好歹档案上很漂亮——而有了霍德尔案那样的"勋章"，他一路顺风顺水，年纪轻轻就当上了行为分析科的主管。他简直就是励志的典范。

这种发展让很多想看热闹的人大跌眼镜，休斯经常想，如果霍德尔没死，看到伦纳德混得这么好，不知道是什么感觉。

注意到他的目光，伦纳德说道："是的，是那时候留下来的。"

"抱歉……"休斯说。

"我听过很多'抱歉'，不需要更多了。"伦纳德说，"我过得好好的，没什么可抱歉的。"

他把袖子往下拉了拉，这看上去是他的下意识动作，然后他笑了笑："你很好奇，是不是？很多人都很好奇。"

"抱歉，我不是……"休斯说。

"我说过，我不需要听更多的抱歉了。"伦纳德说，"他对我做的事是精心计划好的，完全针对我的性格。我那时……像很多你这样的年轻人一样，有点不切实际，觉得自己是个英雄，我一路也的确顺风顺水。"

他毫不避讳地说起过去的灾难。

"他在我跟前杀死那些人，而我什么也做不了。他知道怎么玩那套游戏，通过你的身体削弱你，步步紧迫，逼你崩溃，毁掉你的精神。我尽全力尝试了，我反抗，也照着他的要求做……但没有任何用处，我的尊严被踩在脚下，他希望我记住这个。他当牙医真是屈才，他该当心理医生的。"他说。

"但你现在……"休斯说，"我是说，你是行为分析部的主管，你没像他希望的那样垮掉。"

"是的，这就是重点。"伦纳德说。

"什么？"休斯说。

"我自杀过两次。"伦纳德心平气和地说，"我晚上不吃药就睡不着觉，我一到阴天腿疼得厉害……他在我身上留下很多东西，但我不会让他毁掉我。"

他朝他微笑，说："我可以辞职，把生活变成一场漫长的假日。我也可以休息几年，直到感觉好一点再回去上班，有这样的过去，他们永远都会接纳我。我也能去当讲师，做些轻闲的工作。我可以什么也不干，只靠版税过日子，但我回去了，我把失眠的时间用来加班，我没救到那些人，但这些年……"

他停了一会儿，好像这些年是一段过于复杂、不可言说的时光，然后他说道："我手里救过的人命有七十三条。我会继续做下去，有他留的这一身伤，我五年之内还会再升职的。"

他看着休斯，模样文雅，但是在阴郁的天光下，他的眼睛里有隐隐的杀气。

"我会活得好好的。"他说，"非常好，我不会让他这种人毁了我。"

休斯心想，真不敢相信局里那些人觉得伦纳德太柔弱，他觉得这人比那些最粗暴的硬汉都强大。

他们又说了会儿话，伦纳德问起塞西尔的事，还问他刚才为什么不直接进来，休斯说因为邓肯在。这话有点儿蠢，那是副警长，从小看着他长大，不是什么需要避开的人物。

"他是我上司，我是说……"休斯说，他简直不知道自己想说啥，但伦纳德看上去知道他在说什么。

他点点头，说道："他是个好人，但有点喜欢支使人。"

"是的，在他跟前，我总觉得自己是个菜鸟，需要被呼来喝去。"休斯说，"我知道怎么干活，只是有点怕他。"

"总有这样的时候。"伦纳德说，"我们比自己想象中更容易受影响，在有些人跟前，我们不确定自己应该说什么，应该怎么做，可能还会假装做不像自己的人。"

休斯点点头，他很少深入思考类似的问题，人生中有很多这样的事，显得尴尬和不自在，只想远远避开。不会有人追根究底，自己也不会。

"其实这满正常的，我是局里最年轻的，而哪里都有这样的人……"休斯说。

"但在世界的任何文化中，你都是个成年男人了。"伦纳德说，"你是个警察，大部分人会无条件地相信你，在你生活中的某个时候，一些人的命可能就握在你手中。"

休斯怔了一下，突然不知道说什么。伦纳德看他的表情很认真，他接着说道："你还年轻，但你不是个孩子了。"

休斯站直身体，他有些紧张，但从未感觉到自己拥有这样的力量。

后来他回忆起那段谈话，相对于电影的悲情，充斥着的苦涩和不幸，在现实世界中，六年后，那位受害者干的事根本就是把可怕的过去变成了他的勋章，变成他一路高升的资本。他甚至用来教育年轻人。

他把那个灾难利用到了极点。

但第二天，伦纳德依然没能离开医院。

纳尔说他一直在发低烧，医生不敢让他出院。而如果不是情况真的很糟糕，休斯知道他一定不会错过这个案子的。

警长说那是因为过去的事仍然在耗损他，经历了那种事，鬼才信有人能再过"正常生活"。

而在身体越来越糟的同时，倒是他吩咐他们查的东西，居然查出了点头绪。

塞西尔死前查的新闻的确涉及一件谋杀案，似乎和某个女人有关，他们有过一段还算正经的交往——不过警长断定那家伙和谁都不会有正经的男女关系——但后来塞西尔去了大城市，女人则堕落了，靠和人睡觉赚钱。

待他回来后，发现女人失踪了。因为某些原因，塞西尔认定她死了。

在死前，他的确查到了一些和她死亡有关的东西，照他的说法，"能让一些杂种下地狱"。——说这种话的人经常会被杀人灭口，这个人也没例外。

当然了，霍德尔也可能主导了一切，只为引伦纳德过来，再一次玩他的游戏。对伦纳德，他花费多大的心血也不奇怪。

他以前干过类似的事，大家相信他有这样的能力。

休斯每天往伦纳德那里跑，后者说他不用这样，但休斯觉得自己必须过来，而且他也并不觉得累，他想看到伦纳德，这种冲动不可理喻，但异常强大。

他不断对那人说他不应该独自待在医院里，至少让纳尔或是谁过来陪他，但伦纳德打定主意让他们待在警局——照他的说法，他已经添够了麻烦，拜托就让他自己待一会儿吧——而且没找到那个假装霍德尔的人之前，他不会离开的。

当说到"霍德尔"这个名字时，他的眼中带着恨意。

邓肯对他说，他与其花时间劝伦纳德，不如给他带束花点缀病房，美观实用。

后来休斯回忆起来，惊讶于自己居然没发现这件事。

在读伦纳德的书时，他曾觉得那人是个娴熟的猎手，有着卓越的技艺，不过捕捉的对象是钢筋水泥丛林中的连环杀人狂。

但是现在，休斯心想，也许他更像一个钓鱼的人。

从来到栗树镇开始，他就已经在等待了。

后来休斯总结了一下那天晚上的情况。

当天入夜的时候，伦纳德独自待在病房，他这样身份的人当然有独立病房，而如他自己的要求，外面并没有人守卫。

他正在看一本小说，这会儿已经过了探病时间，房间里很清静，但总有人有办法进来。

他看到进来的人，并不惊讶，两人打了招呼，对方把花放好。客人戴着手套，不过最近天气很冷，这并不奇怪。

更晚些时候，当休斯忧心忡忡，前来拜访的时候，会发现自己最恐惧的事真的发生了。房间里空无一人，花束上放着一张字条，写着他带走了他的"礼物"，下面画着破碎心脏的标志。

但在此之前，情况其实很平静。

伦纳德和客人出去散步，这个时候外面没什么人，十分清静，他们聊了一会儿工作和案子的事，在一处没有人的角落，那客人悄悄拿出早就准备好的麻醉剂，突然伸出手，朝伦纳德的颈动脉注射过去。

他本来十拿九稳，伦纳德很虚弱，而且毫无防备，正在和他说工作上遇到的麻烦，对他充满信任。凶手可能还心怀轻蔑，心想他果然不适合做这样的工作，这样的身体早该告别警界，退休养病；或者觉得自己十分狡猾，是位成功的罪犯，能让这样一位主管向他倾吐心声。

但是他失败了，伦纳德早有防备，在他伸手的一瞬间伦纳德微一侧身，躲开了攻击，这一闪而过的动作极为利落，绝不是重病在身的人会有的动作。

而在那一瞬间，他也看到了伦纳德的目光，极为镇定，那是等着猎物落网的猎手的眼神。

与此同时，这位据说重病的主管一把抓住他的手腕，擒拿的手法极为娴熟，确实是行业内连着拿过三年冠军的人，那是知道怎么对付攻击，并且熟悉此人的动作。

伦纳德手上的力量很大，把他的手腕往反方向拧去，凶手尝试着挣脱，可对方根本不照规矩来，朝着他的胫骨就是一脚。

他几乎听到骨头折断的声音，痛中，他已模糊地意识到自己中了陷阱，可这念头也是一瞬间，很快他就没有力量思考了。

伦纳德用力一拧，那下可绝不只是为了制服他，他的力量大得吓人，有着和那张斯文面孔不匹配的暴力，袭击者发出一声惨叫，那人折断了他的手臂。

他以前声称自己从来不会惨叫，但真经历了才知道有多疼，他摔倒在地，挣扎着想把枪拿出来，他准备好了枪，上面还有消音器，一切本该无声无息，十分顺利。

他才刚拿出枪来，就被对方一脚踢飞，显然对方早有准备。

休斯后来想，不知道那一刻凶手是否感觉绝望，终于意识到一切其实都在这位看似病弱的探员掌握之中。

凶手挣扎着想爬起来，想无论如何得离这个人远一点，那么也许他还可以想出办法……可是接着他僵在那里，伦纳德的枪抵在他的脑袋上——没错，这人和他散步，却带着枪——不是虚指着，而是拉开了保险，狠狠地戳在他脑门上，冷冷地看着他。

他一动也不敢动，看着伦纳德的眼睛，后来他说，他当时很确定那人会扣动扳机。

伦纳德朝他微笑，和他向所有人笑时一样悠哉，一副不慌不忙，总会得偿所愿的样子。他说道："装挖心杀手好玩吗？"

凶手一个字也说不出来，他不确定对方知道多少，他知道有多少罪犯是被捕时一时冲动，说出了一辈子都后悔的话。

但对方接下来的话打碎了他的幻想，伦纳德接着说道："那是什么时候的事？刚结婚那阵子，是不是？和艾米莉一起太单调了，那天你出去，是想找个妓女来点刺激的，但你一时没控制住。

"你一直都有这样的需求，总是会弄伤那些女人，你觉得没什么大不了，她们都欠教训，但你也聪明地知道，这想法是绝对不能暴露出来的。

"你并不觉得这有什么大不了，只是个妓女而已。你还杀过别的女人吗？"

凶于只是瞪着他，没说话。他接着说道："你没想到这么多年以后，塞西尔能再找到线索，她这种人难道不是应该无声地死掉吗？你非杀了他不可。而杀莉莉·德莱只是因为你想把一切都装成霍德尔的手笔……她死得毫无意义。为什么选中她？因为你觉得她毫无价值？"

枪口下的人仍瞪着伦纳德，凶手把一切都计划得很好，他已经想好如果失败了该怎么办，如果撞上了某个探员，或是伦纳德反抗了又该怎么办，但从来没想到会是这样，一切突然间逆转，拼命隐瞒的过去摊呈出来，本来应该很隐蔽的。

但没有罪行是无人知晓的。

休斯就是这时候出现的。

昨天伦纳德把他打发回去后,他本来不准备再来的——至少要推迟一天吧。

那天他回到家,决定收拾一下屋子,然后看了一会儿伦纳德的书。

他一直很喜欢他的书,那乍看上去只是些枯燥的教材,但即使他轻描淡写,讲的永远只是过程与要点,可是在字里行间中,他能感觉到专业者的自信,一种一流狩猎者的自信。

而当你过深地进入一个领域时,它必然影响你的行为,即使那疯狂又危险,但你再也不会是曾经的你了。

这本书里,伦纳德客观地描述一桩案子,他说当发现自己的仇恨时,他并没有立刻冲出去,而是冷静地利用了这种仇恨……

休斯僵在那里,他想起他和自己说过的那些话,他的疾病与偏执,毫不犹豫地把自己处于险地……他突然意识到,他并不是被仇恨蒙蔽了双眼,他很固执,但是他绝对不笨。

他是故意的。

如果霍德尔在这里,即使明知情况危险,也会来找伦纳德的,这个曾光芒四射的探员现在已变得如此脆弱,濒临崩溃,正是验证他成果的时候。

伦纳德把自己当成一个诱饵。

想到这,休斯立刻跳起来,换了衣服,发动汽车,他决定驱车到市里的医院去,他不会让把伦纳德他打发回来,他必须得守着那人。六年前他只能在电视里看着,但是现在他已经是位警察了,他不会让伦纳德独自面对这种事情。

休斯来到医院,探病时间自然结束了,但他出示了证件,顺利地走了进去,这里的防备着实很不严密。

接着他来到伦纳德的病房,却发现那人不在房间里,而桌上有一束新鲜的玫瑰,和冷清的病房一点也不相称。

他紧张地拿起花翻看,立刻找到了藏在里面的一张卡片,也是粉色的——霍德尔给他寄信时总是粉色——上面写着:我带走了我的礼物,他注定是属于我的。

后面还有一个破碎心脏的标志,他知道这是谁的标志。

休斯浑身发冷,他冲出去,拉起一位路过的护士询问,对方表示并不知道,他问起摄像头,她惊慌地说这两天系统升级,所以都没有打开,这件事并不是秘密。

休斯一边跑出去,一边拨通手机,祈祷着他们没有走远,也许就在附近,也许在公路上设下的哨岗能帮上忙,虽然他知道,如果是霍德尔,他一定早有了万全的准备。

这些念头在胸口翻腾,冰冷而令人窒息,他像无头苍蝇一样四处走动,试图寻找,他知道这不会有结果，但他无法停下来。

也许会有结果的，他对自己说，很多绑架案是这种情况，警方只要多拉开一扇车门，或是强硬地要求看地下室、后备厢之类的地方，就可以制止一场死亡，也许他只要再多走过一个弯角，就能救下伦纳德，那人绝不该再遭遇到这么可怕的事，他无法想象……

这些念头在脑子里尖叫，休斯觉得自己要疯了。

母亲当年病重时，他常来这家医院，所以知道大部分隐秘的地点，这会儿他下意识去查看所有的角角落落，然后他就看到了那一幕。

休斯想象过再遭遇霍德尔，而当时的情况会有多么的激烈，但没想到会听到这样的对话。

他茫然地看着这一幕，试图把事情串联起来。

他看到副警长邓肯抱着右臂，保持着想要爬起来的姿势，手臂的角度很不自然，右腿似乎也有问题，伦纳德的枪抵在他的额头上。

他脚边横着一支针管，还有不远处装了消音器的格洛克，后来他发现这是一把没有序列号，无法查询的黑枪，照邓肯的说法，每个警察都有把这样的枪。

邓肯说道："你怎么知道我不是他？"

伦纳德笑了，他笑容温柔，里面又有些什么让人不寒而栗。

"因为他已经死了。"他说。

休斯茫然地听着，伦纳德语气镇定，并无恐惧，也不愤怒，像在说起一个生命中早已结疤的伤痕。

休斯心想，他是什么意思？

那个轰动全国的杀人狂，反复在恐怖电影里出现的不死怪物死了？

他怎么能确定的？当时的确发生了一场大爆炸，但他们从来也没能找到尸体啊。

还是……伦纳德亲眼看到了他的死亡？在某一天，身体恢复了的霍德尔再次去拜访他的探员，可是这一次他不是那个狩猎的人，而是被猎杀者？或者……其实是伦纳德找到的霍德尔？把他从自己的避难所里揪出来，在他毫无反抗能力时一枪爆了他的头？

但为什么？伦纳德要把这件事悄悄埋在黑暗中？

他有十足的理由杀霍德尔，没有任何一个检察官会起诉他，也没有陪审团会判他有罪，他为什么要把霍德尔的生死悬在空中，供人谈论？

因为霍德尔把他的一切公之于众，所以伦纳德要把他的死亡永远藏起来，变成自己的私有物吗？

像电影里那些藏于黑暗中的怪物一样，只是这次藏起来的是一位探员，一位曾经的受害者，带着他已手刃怪物的秘密，看着人们编排出各种恐怖故事。

然后还能用这事来钓杀人犯。

在他跟前，邓肯的行为一定像孩子的戏法一样可笑。

休斯不知他在想什么，做过什么，经历过什么样的危机，他在黑暗中思考，也许也在等待伦纳德射出那么一枪，可伦纳德并没有开枪。

他把枪管放低了一点，歪头看着邓肯。

"我不会杀你的。"他说，"你知道最近我的处境不太好，杀了你会有点麻烦，影响我升职。"

"你说过。"邓肯说，他的嗓音低哑。

"你这种人，我一天光是各地警局的求助申请里，就不知道能看到多少个。"伦纳德说，"你是个罪犯，该干的事是去坐牢。我是行为分析科的主管，不会为了你跟前途过不去。"

他把枪收起来，转头看休斯。休斯下意识地站直身体，小声说："我只是……有点担心你……"

"戴手铐了吗？"伦纳德说。

休斯连忙去找手铐，邓肯想爬起来，伦纳德朝他的小腹就是一脚，对方惨叫一声，摔倒在地。

休斯小心翼翼地把手铐递过去，伦纳德利落地把那人铐起来，完全不顾他骨折的手腕。

休斯看着这一幕，过了一会儿，说道："所以，你没生病，是不是？"

伦纳德转头看他，露出一个微笑。

好吧，他看上去健康得很。

休斯没敢问霍德尔的事，虽然他好奇极了。他想知道伦纳德经历了什么，感受过什么，脑子里想的都是什么，但他也知道伦纳德什么也不会说。他决定不说的话，没人敢在他跟前提及。

最终他只是问道："你什么时候发现是邓肯的？"

"来之前。"伦纳德说，"这镇子上，只有他知道挖心杀手案未被公布的细节，他在联邦调查局干过，有机会接触旧案的原件。来时的车上，说案子的时候，他说他们死了'一个多月的时间'，但法医报告上写的是二十到三十天，很少有人会把它形容为'一个多月'，可能不认真的警察会，但邓肯并不是那种心不在焉的类型。"

休斯心想，他自己也在车上，但却完全没注意到这么个小句子，当时还想副警长和伦纳德先生看上去很熟嘛。

"就凭这个？"他说。

"还有些别的细节。"伦纳德说道，"我当然能慢慢找证据，但他是警察，这种事多半做得很干净，一点点找太费时间了。所以我做好圈套，在这里等他。"

他看了表情越发茫然的前副警长一眼，说道："我工作很忙。"

到了这会儿，警方才姗姗来迟——看来这事儿FBI也不例外。诺瓦怒气冲冲地跑过来，说道："他换了辆车！他那辆车是个修车工开的，直接回了栗树镇！"

休斯想，显然他们早就在盯着邓肯了。

"得啦，这边搞定了，别那么激动。"伦纳德说。

不过诺瓦冲上去时，看上去想踹邓肯一脚，但职业素养占了上风，她只是满脸不高兴地把他拽起来。

"所以……"休斯在后面说，"你晕机也是装的？"

伦纳德笑起来。"我虽然装了场病，但仍然是来查案，不是演戏的。"他说，"我身体确实不太好，不过没到演的那份儿上，不然FBI的医生是干吗的，不可能让我再继续干这行。"

这会儿，警长也赶了过来，他一脸的阴沉，好像在说"我就知道他会给我惹麻烦"，伦纳德过去和他握了手，客气地说感谢他的配合，他不情愿地接受了。

然后他转过身，朝诺瓦说道："谢天谢地就要回家了，这地方冷死了。"

他的笑容甚至是温柔而憧憬的，凄清的夜色都在这样的笑容下显得暖和起来，看上去是他一个拥有美好未来，并且知道怎么到达的人。

休斯盯着他看，他仍无法判断他是个什么样的人，一个真正的好人还是危险分子，是否打猎太久，以至于一只脚已经踏进了黑暗的国度……

但他知道，伦纳德着实是个捕猎高手。

伦纳德离开后，他们还真在沼泽里又找出一具尸体。

尸体埋得极为谨慎，找到时只剩下骨头的残渣，如果不是目的明确，他们根本发现不了。

最终，他们从实验室里得到结论，死者是个女人，死了差不多十年，正是邓肯那件案子的尸体。

事情也和伦纳德说得差不多，那时邓肯还是个年轻人，因为一次意外，无法控制脾气地杀了个妓女，他小心地埋藏了死尸，而且心里知道，小镇不会在意一个这样的女人失踪的。

他从没想过这么多年后会有一个人回来找他，如此的执着，还那么了解他，不光找到了他的日记本，甚至还有两个目击证人——他干那事儿时可真不怎么小心——都是间接证据，也许他最后也找不到能定罪的东西，但已经足够他慌乱了。

有时休斯想，他为什么不把塞西尔的尸体埋得更为隐秘，这样被发现的概率会更小——他确实藏了尸体，把挖心之事当成后备措施，但离第一具尸体的谨慎差得远了——后来他想，也许他潜意识中是故意这么做的。

邓肯想给那些把他踢出来的FBI看，告诉他们他是有能力的，可以愚弄别人，不该只困在一个小小的镇子当副警长。

如同伦纳德在书中所说，他们被抓，几乎总是因为过于强烈的表现欲望，而这是人类最基本的欲望。

上飞机的时候，休斯看着伦纳德的面孔，突然想起那句话。他一直觉得自己的愿望大概就是当个警察，离开小镇，像所有年轻人一样希望有远大前程，感觉再正常不过。

但那一刻，他有一种强烈的欲望：想待在他身边，成为他生活的一部分，知道他到底是一个什么样的人，看到他藏在黑暗里的东西。

休斯突然意识到，他的梦想并非如此，他想要离开，是因为想看看外面，看到黑暗和光明，理解更复杂的事情，变得更成熟，知道自己是谁，遇到更好的人。

伦纳德拍了拍他的肩膀，说道："你是个优秀的年轻人，希望有一天我能在匡提科看到你。"

休斯点点头，他因为突如其来的强烈渴望说不出话来，能与这渴望相比的，也许只有当年在电视上，看到那位遭受了重大伤害的年轻探员朝着镜头说："我从小就想当个警察，无论发生什么，我都绝不会改变计划。"

"我会去的。"休斯说。

他是个成年男人了，知道自己能干什么。他从没这么确定过一件事——他要去那个地方——匡提科。

{END}

弑君模式：异案

文/亡沙漏

Chapter1 鹤

沈修鹤悠悠醒转时，王野正坐在一边跷着二郎腿，在削苹果。见他醒了，王野一把将苹果塞进他嘴里道："我说你什么毛病呀？知不知道自己是人民警察？人民警察揍人民，揍完就晕，你这是什么剧情……喂喂喂你干什么？躺下，躺下！你再不躺下我可报警了啊。"

沈修鹤晕晕乎乎地拔掉了点滴，起身下床。王野拦不住他，只好扣上警帽跟了上去。这个搭档让他很不省心。

沈修鹤这个人，什么都好，就是有点"恋童癖"。但凡犯罪事件中牵涉未成年人，他就能直接爆炸，上去不管不顾地把犯罪分子一顿胖揍，王野根本拦不住他。这导致两人至今升不了职。

今天也是。

晚上八点，有人报警说城外某废弃工厂出了人命。等他们赶到的时候，救护车什么的全到了，一名浑身血污的男人坐在车后接受紧急治疗，除他以外躺了一地的人。之前到达的警员向他们介绍："初步判定是帮派仇杀，死了五人，有两人被斩首并焚尸，手法残忍。活下来的四人目前重度昏迷，救护车里醒着的那个就是嫌疑人。哦，对了，死者中还有一名未成年人，大约15岁。"

王野一听，心里就咯噔一下：不好！

果不其然，身边黑影一闪，一直沉默着的沈修鹤已经冲到救护车前，按住嫌疑人就暴打一顿，根本停不下来。嫌疑人原本精神状态就很恍惚，现下跟只鹌鹑似的倒在地上，双手拢着自己的脖颈自卫。

王野咬牙切齿地埋怨小警员："你多什么嘴？"

小警员一脸正直地说："沈警官最关心的就是有没有未成年人牵涉其中，我不说，他也会问的。"说着拍拍王野的肩，又说："认命吧。"

王野抹了把脸，和医生一起把沈修鹤拖开，道："这么多人也不定就是他打死的，乌漆麻黑谁知道谁捅死了谁……"

沈修鹤在他身前喘着粗气，眼神狰狞，连瞳孔都泛着红光。每当这种时候，王野总是难以把他和平常那个斯文白净的男生联想在一起。就好像变了一个人似的。

这时，法医将一名死者抬离原地，经过了两人身边。沈修鹤无意中扫了一眼，直挺挺就晕过去了。

"喂！喂！人家被打的都没事，你晕什么晕啊！"王野匆忙搀住他的腋下，医生也一拥而上前来帮忙。

在大家手忙脚乱之际，王野抬头望向刚才经过的死者，发现那是一张极为年轻的面孔，应该就是小警员口中15岁的未成年人。

苍白，艳丽，妖娆得惊心动魄。

王野收回目光，盯着沈修鹤冷淡的脸，问："你怎么看到漂亮男孩子就激动得晕倒了？"

Chapter2 黑

一走出病房，沈修鹤就四处张望："那个人在哪里？那个少年。"

"法医征用了太平间。"王野嚼着苹果含糊道。

沈修鹤二话不说就冲向一楼，王野气急败坏地跟在他身后喊："跑那么快你赶着投胎啊？"

"你为什么那么无聊？"沈修鹤怒道。

"你还不许我开玩笑，做人没意思。"王野破罐子破摔。

沈修鹤厌恶地瞪他一眼，随后顾自进了太平间。

法医刚做完解剖，摘了橡胶手套丢在垃圾篓里。手套的表面沾染着黑色的不明液体。

"哟，醒了啊？"他调笑沈修鹤。

沈修鹤却在看见少年的一瞬间忘记了周围的一切。他缓下了脚步，屏住了呼吸，尽可能放轻脚步走到他的病床前。

少年拥有苍白的皮肤和妖异的面容，轮廓却与他记忆里的那人极为相像。

沈修鹤颤抖着握住了他的手。

冷的。

"小沈怎么回事啊？"法医递给王野一个疑惑的眼神。

"我也不知道。"王野搭上法医的肩膀，与他走到走廊上说话，"怎么样？"

"这起案子有点古怪。"法医一推眼镜，"这五个人死法各不相同。有两个是死于斩首后焚尸，还有两人是死于失血过多。"

"打架斗殴、断胳膊、断头、流点血，那都挺正常。"

"可失血过多而死的那两个，身体全被掏干了，我却根本找不到他们身上的致命创伤。"

王野哼笑："菜得抠脚。"

法医表示不服道："我跟急救医生联系过，送去急救的几个重伤昏迷的，也是失血过多但找不到创伤。可事发现场没那么多血，挺干净的，血是凭空蒸发了吗？"

王野觉得有点邪门道："那还有个人呢？"

法医往太平间里张望了一眼。沈修鹤单膝跪在病床前，双手握着少年的手贴在脸边。少年胸腹处有白色的Y形缝合线，表明他方才接受过尸检。

"就那个小的，"法医压低声音道，"我看他长得漂亮把他先剖了。"

"然后呢？"

"身材真好。"

王野扭过头看着他说："看不出你好这口？"

"只是工作习惯。"法医耸了耸肩，"他是唯一一个不一样的，他是被毒死的。"

"毒？"

法医掏出一支试管，试管里是黑色黏稠的半凝胶状液体，他说："他的血管里，全是这种东西，哪哪儿都是，吓得我根本不敢细剖。看着白，谁知道肚子里全是黑的。"

"居然是个石油王子。"王野抚了抚下巴，"知道是什么毒吗？"

"我得查查，可能是某种动物的毒素吧，蝰蛇毒就能让血清变成这副鬼模样。但是被蛇咬死的尸体，就是一个大写的丑，你看他的样子，白白嫩嫩的，小沈还宝贝似的搂着呢。"

说到这里，王野和法医一同偷窥着沈修鹤。

"而且蛇毒也没办法把躯体里所有的血液都转化，一是没那么大剂量，二是还没等你转化完，人就死了，血液不流动也就无法扩散。可他，一滴干净的血都没有，五脏六腑也都乌漆麻黑的一团。"

王野叹了一声："怎么摊上这种案子？"

"急救医生说，过会儿还有几个要送来我这儿剖了，你要不再等等？"法医问。

"有这闲工夫，我还是先拷打拷打这个恋童癖。"王野说着，大步流星朝沈修鹤走去。

Chapter3 白

王野在沈修鹤面前站定，才发现沈修鹤一直在哭，眼泪满脸纵横，可就是一点声响都没有，跟他的性格一样，总是安安静静不太爱说话，怎么看都不像个警察。

"修鹤，他是你什么人？"

沈修鹤神情很恍惚，他说："我、我有点乱。"

"理一理。"

沈修鹤沉默良久，缓缓说道："我有个'发小'……"

沈修鹤坐在圣心孤儿院一角，望着不远处阳光下的同伴。

这里是教会为无家可归的男孩子们设立的孤儿院，平日里在神父和嬷嬷们的照拂下，这里像一个其乐融融的大家庭。孤儿们来到这里以后，精神状态都变得很好，在这样的天气里，他们经常在空地上踢足球。

除了他。

正走神间，沈修鹤余光瞥见有阴影袭来，旋即感到脑袋一疼。球一弹一弹滚到一边，被砸中的他捂着脸，一脸呆滞地望着哄堂大笑的大家。

"愣着干什么？快去捡啊！"赵景奇冲他喊道。

沈修鹤"哦"了一声，笨拙地捡回了球，跑到他面前，害怕得不敢抬头。

"放下。"

沈修鹤吓得松手，球滚到了花坛边上。

下一秒，赵景奇揪住了他的衣领说："你怎么回事，故意跟我作对吗？"

"不、不是的……对不起。"沈修鹤红着脸道歉。

"那还不快去捡？"

沈修鹤挣脱开赵景奇的钳制，跑到花坛边捡起球，再一次跑回他面前。刚想松手，赵景奇就托住了球的另一面："你笨手笨脚的，好好放下。"

说着，低头示意自己的脚下。

沈修鹤明知这是没有什么尊严的事，但还是乖乖地照做了，人群中响起更响亮的嘲笑声。

赵景奇异常得意，一把揽住了沈修鹤的肩膀，将他整个人往怀里带，说："你这个白毛妖怪，真是一点用都没有啊。叫你做什么就做什么，你是狗吗？"

"我、我不是啊。"沈修鹤小声争辩，"我只是想跟你们一起玩。"

"一起？"赵景奇冷笑，撩起他的下巴拍拍他的脸，"你把领养你的人全给克死了，我们允许你在这儿待下去，就已经很仁慈了，你还想得寸进尺？"

沈修鹤垮下了肩膀，抿着嘴不言不语。

赵景奇捏着他的脸细细打量，突然改了主意道："也不是不可以。"

沈修鹤抬起脑袋，眼巴巴地望着他。

"这样吧，你让我们看看……你身上，是不是所有毛都是白的。"

赵景奇带着一帮子人把沈修鹤堵进厕所里，命令道："脱。"

沈修鹤犹豫了一阵儿，乖乖地把裤子褪到了脚踝上。其他孩子夸张地笑着，赵景奇却觉得呼吸一滞。

阴暗的厕所里，天光从破旧的窗户中透过，照在哆哆嗦嗦的少年身上。十三岁的少年刚刚开始发育，四肢纤长又清瘦，可他白得可怕，连皮肤都仿佛在发光。

赵景奇咽了口唾沫。

"好了没有啊？"沈修鹤涨红着脸问。他虽然懵懂无知，却也隐约感觉到屈辱。

"等一下。"赵景奇命令道，"把衣服撩上去。"

沈修鹤糊里糊涂地问："啊？"

赵景奇暴躁地说了句"少废话"，上前就把他推倒在地，撩起他的T恤摸到他胸口。少年的皮肤入手滑腻，肤如凝脂，激起了他强烈的施虐欲，他狠狠掐了一把。

沈修鹤看这阵仗就被吓破了胆，挣扎得厉害，可他又瘦又小，轻得像片羽毛，那点力道在16岁的赵景奇手里根本不够看。

"你放开……放开！我会告诉嬷嬷的！"

"别听他瞎说，没人会信他的话，快按住！"赵景奇抓住沈修鹤的双手道。

他在孤儿院里年纪最大，其他孩子都听他的，原本听说沈修鹤要告状还有点犹豫，此时按住他不停弹动的四肢，好玩似的去扒他的衣服。沈修鹤感觉到许多双手在他身上乱摸，吓得一口咬在赵景奇的手腕上。

赵景奇又惊又怒，反手就是一耳光，用力之大，将沈修鹤直接打懵。他掉着裤子淌着鼻血往前爬去，只想找个角落躲起来，可赵景奇揪着他的满头白发逼迫他抬头道："还想跑？"

说着又用力地揪他的头发。

沈修鹤吃痛道："你放手！"

赵景奇却压着他不肯松手道："我说你长得那么好看，你做我的跟班，我就带着你玩，怎么样？"

沈修鹤不太懂赵景奇的意思，但他被攥得疼，本能地反抗起来道："我不要！我不要了！"

"由不得你。"

这时，隔间打开了。

大家都不料厕所里还有其他人，都是一愣。赵景奇起身，收敛起调笑的神色，如临大敌地面对着来人，道："这里没你什么事。你什么都没看到，那大家以后还能相安无事，否则的话……"

这时有一只手按住了他的脑袋，用力往墙壁一撞，墙壁直接被撞出蛛网状的裂纹。赵景奇软绵绵地滑下来，在墙壁这时有上留下一道血痕。

白煜抬眼，一扫众人道："滚。"

空无一人的厕所里，沈修鹤艰难地撑起身，发现白煜正蹲在他面前认真地盯着他瞧。

白煜是新来的孩子，明明只是14岁的少年，看上去却异常高大。听说以前把领养家庭的兄弟打到住院，整个孤儿院里没有人敢跟他说话，也没有人这样尝试过，所以他总是独来独往。

沈修鹤感到他的乱发被温柔地拨到耳后此时，白煜说了一句"果然，全是白色的。"

他红着脸系好了裤子。

"真漂亮。"白煜懒洋洋地笑起来。

"不是值得骄傲的事……和别人不一样。"沈修鹤把头发的污水拧干，"你刚才不应该这样做的，你会被孤立。"

"我们都是异类，你以为呢？"白煜把玩着他的长发，"话说回来，谁想跟那种家伙混在一起？"

沈修鹤脸上热热的。他年纪小，听别人骂他妖怪，不和他玩，还是会伤心，会眼巴巴地坐在一边羡慕着。现在他仿佛觉得白煜嘲笑的就是自己。

"哦，你在期待赵景奇那种混蛋吗？"白煜一眼将他看穿了，"可怜的小孩。"

"你不是小孩吗？"沈修鹤反问。

白煜深深地凝视着他，然后把手递到他面前道："不，你可以当我是哥哥。"

沈修鹤一愣，心里忽然变得轻飘飘的，郑重其事地握住他的手："你只是小哥哥。"

"那你是什么？"

"我叫沈修鹤。"

"哦，原来是小鸟。"白煜笑。

"修鹤！修鹤！"王野在他面前挥了挥手。

沈修鹤终于回过神来道："啊？"

"啊什么啊，你有个'发小'……，然后呢？"王野暴躁道，"说了一句愣老半天，你想急死谁？"

"我有个'发小'叫白煜，然后他死了。"沈修鹤无从说起，索性干脆利落地结束了故事。

"哈？"

"有人杀了他，在 15 岁时。"沈修鹤红了眼圈，"十年了，犯人依旧在逃，我做警察就是想查清这桩陈年旧案。"

"所以你也看不惯有人对未成年人下手……"王野脱下了自己的警帽，放在胸前，觉得自己终于慢慢开始了解这个沉默寡言的搭档了。

"我不知道为什么会有人想杀白煜。白煜他明明，明明……"

"那这个人呢？这个少年。"王野问。

沈修鹤凝视着少年精致的面庞，说："他……他长得很像白煜。"

"靠！"王野翻了个白眼，"就因为长得像吗？"

"15 岁的白煜就是长这个样子的！"沈修鹤有口难辩，"就是以前没那么好看罢了。但是……反正他就是白煜。"

"你不能有奶就是娘啊，做人要讲道理。白煜去世十年了，你非得说人家爬起来；爬起来就算了，还又死一回，你不要太过分！而且就算他当年没有死，现在也断然不会是 15 岁时的模样。"

"所以我说我有点乱。"

沈修鹤盯了少年胸前的丫形缝合线半晌，才穿上外套出门。

"你去哪儿啊？"王野在他身后喊道。

"圣心孤儿院。"

"案子呢？"

"我不要管了！"

"靠！"王野大骂一声，瞥了眼身边的尸体，"都是你！把他惯成这样来祸害我！"

58

Chapter4 鸟

沈修鹤来到圣心孤儿院的时候，穆先生正挽着裤腿蹲在篱笆边莳花。自十年之前白煜遇害伊始，孤儿院就变得门庭冷落，现在是穆先生一人在勉力支撑。见到小时候的住处变得陈旧与破败，沈修鹤心里涌出许多往事。

穆先生哟了一声："大忙人今天有空啊。"

沈修鹤把手里的零食交到他手里，说："给孩子们带的。"

孤儿院里规矩多，小朋友们每次分到他的零食都很开心。

穆先生笑着放在一边，说："今天来得这样晚，孩子们都睡了。是有什么事吗？"

"我见到了白煜。"

穆先生愣住了。

"嗯……应该说是……很像白煜的人。"

穆先生松了口气道："修鹤，白煜已经不在了，你比谁都清楚。"

沈修鹤沉默良久，淡笑了一声："只是有时候你没有办法接受有些人……就这么消失了，永远都不再回来。我始终都觉得他还在我身边，在某个角落。"

他说这话的时候眼神凄楚，神情却悠远。

穆先生低声道："你只是太想念他了。"

"那个晚上到底发生了什么？关于那个穿黑色长袍的男人，真的一点线索都没有？我清楚地记得我跑过走廊的时候见到他站在门边上，就是这个角落，"他走到记忆里的地点，用脚尖点了两下地面，"手上还拿着一张弓或者弩之类的东西。他的穿着打扮看起来像是教堂的人。"

穆先生摇摇头说："那天晚上没有出门的神父。"

"那白煜的死因呢？是被射死的吗？"

"十年之前没有那么专业的诊断。"穆先生捡起地上的花洒，"我只听说白煜送到医院的时候就已经断气了，医生想给他输血都来不及。"

沈修鹤无能为力地垂下了手。

"但他应该没有严重的外伤，不然也就不会被判定为自杀。"

"我以为那是你们的把戏。"

"不，教堂还没有那么手腕通天，况且孩子自杀对孤儿院的名誉损伤更大。"穆先生苦笑道，"医生是真的找不到创口。"

沈修鹤皱起了眉头说："可是您说他输血都来不及，没有创口怎么会大出……"

他突然想到了什么，没有说下去。

"怎么了？"

"白煜的情况，和我手头上的一起案子一样！"沈修鹤蓦然抬起了头，拔腿就走，"对不起啊穆先生，我下次再来！"

沈修鹤一坐上车就给王野打电话："我发小当年好像也是这么死的。"

"哈？"

"失血过多，找不到创伤。"

"创伤找到了。"王野在急诊室外徘徊，"在脖子上的大动脉处，有两个小洞，很小很小，跟小指甲盖差不多。"

"脖子上两小洞就能大出血？"沈修鹤摸了摸自己的脖颈，"照常理来说，飙血了我会拿手堵一下啊。"

"看来在大出血以前他们就失去了行动能力。"

"太奇怪了，把人放倒之后往脖颈上扎洞……可既然同一事发现场都有斩首甚至焚尸发生，为什么不全是这样？"

"还有更邪门的。"王野压低声音道，"那两个洞，是人类的牙印。"

沈修鹤吓得紧急刹车，避开了迎面而来的一辆大卡，差点没栽到田间地里去。

"创伤是牙印，体内的血液都被掏空了，现场也没有看到血，这是吸血鬼啊修鹤！我觉得我们要是破了这个案子就能火，能升职！"王野兴高采烈道。

沈修鹤呵斥他："大半夜的你别吓唬我。"说着往窗外看了一眼。这地方前不着村，后不着店，公路上除了暗弱的路灯外漆黑一片。沈修鹤忍不住松了松领带。

"我不骗你，我跟你讲解一下，嫌疑犯是吸血鬼，这个假设完全是讲得通的，信我！"王野在电话另一头说得眉飞色舞脑洞大开，"这件案子中，其实有三方势力。被斩首且烧死的那两个，肯定就是吸血鬼，吸血鬼就得那么杀，我看过《暮光之城》，我知道——那是部烂片你别去看——然后其他人就全都是被豢养的人畜，都是给吸血鬼吸血的。有些被吸光血死了，有些还没来得及所以失血昏迷，没有什么好说的。但偏偏，来了另外一个人，把那两个吸血鬼全给杀了！那个人就是你的发小。你'发小'肯定是个吸血鬼！你看，他十年之前被吸血鬼吸干了，大家都以为他死了，但是他经过初拥变成了个吸血鬼，所以十年之后依旧童颜，哦不，容颜未改。"

沈修鹤打了个寒噤，却不得不反驳道："改了，变漂亮了。"

"人变成吸血鬼都会变漂亮的，人家是种族天赋，不懂别瞎讲。"

"我还是不懂。"沈修鹤有点懵圈，"什么吸血鬼什么初拥……我是共产党员，我信仰马克思唯物主义。"

"你这个人怎么一点想象力都没有？！"王野痛心疾首道。

"你行了，好好查案子去。"沈修鹤重新发动车。

"我靠！我不敢去！你家那个就在太平间躺着，他要是爬起来怎么办！"

沈修鹤隔着手机都能看见王野一蹦三尺高的怂样，他问："那你想怎么样啊？！"

"有一个最快的办法，可以验证我的推理是正确的。"

沈修鹤想要挂电话，他不以为然道："你就瞎扯。"

"刨坟！刨他的坟！坟里没人，太平间里那个就是你发小，没跑了！"王野赶在他挂断前大声嚷嚷。

沈修鹤简直要晕过去了，他说："你太平间都不敢去，你要我刨坟？！"

"刨出一抔枯骨就是你发小，什么都没刨出来你们就破镜重圆了！你刨不了吃亏刨不了上当，你为什么不刨呢？"

十分钟后，龙山公墓。

沈修鹤站在白煜的坟前，他往自己手心里吐了口唾沫，举起了十字镐。

"你在这里做什么？"

背后突然传来白煜的声音，沈修鹤像受了惊吓的兔子，转过身摇了摇头道："没有。"

庭院里传来生日快乐歌，沈修鹤攥着拳头，很明显是想藏起什么。

白煜并不戳穿他，径自把蛋糕摆在桌子上，沈修鹤的眼睛瞪圆了。白煜莞尔，拆下泡沫包装，将蜡烛插在奶油上。上头用红色的果酱写着: 祝小鸟十四岁生日快乐。

沈修鹤先是一愣，而后流露出委屈的模样，丢下手里的彩色米粒扑到白煜怀里道："赵景奇说在你的饭里放耗子药，就会叫大家一起给我过生日……我没有做。"

白煜亲了亲他的额发道："我知道。"

沈修鹤停止了哭泣，抬起了头道："诶？"

"赵景奇找我麻烦不是一天两天了，他怕我，又无可奈何。"白煜淡笑了一声，就着他的手分蛋糕。

沈修鹤微微使力道："你知道他找我吗？"

"知道啊。"白煜凝神望着蛋糕上血一样的字，"因为小鸟是唯一一个可以伤到我的人。"

"我没有做。"沈修鹤再次重复。

白煜沉默地摸摸他的脑袋。

"你其实不相信我对吗？"沈修鹤放开了刀，想从他怀里挣脱，"我不要吃了。"

"不论小鸟做出怎样的选择，我都会给小鸟买蛋糕，因为那是你想要的。"白煜的怀抱收紧了，"小鸟想跟其他孩子一样，过个普普通通的生日，和我还是和其他人一起吹熄蜡烛，都会很开心。"

　　"没有其他人，他们都觉得我是妖怪。"沈修鹤争辩。

　　"做掉我就能取悦他们呢？"

　　沈修鹤反身搂住了他的腰，藏起了眼中的羡慕道："他们才没什么好。"

　　"我只有一个人，他们却有很多。"

　　"我只要白煜。"

　　白煜低笑了一声，哼起了生日快乐歌，沈修鹤贴着他的心脏，觉得楼下的喧嚣忽然就远了。

　　沈修鹤抱着怀中的白煜，摸出手机打电话给王野："这次你错了。"

　　"不可能！棺材一定是空的！"

　　"他在我怀里。"沈修鹤闭上了眼睛。

　　月光下，一滴眼泪滴落在枯骨上，是肋骨的位置。

　　"我不信，我要验他的DNA！"王野在电话另一端撒泼。

　　"你够了！"

　　沈修鹤挂掉了电话丢在一边，在墓碑前抱着怀中的枯骨哭泣。直到王野带着法医赶到时，他依旧保持着这个姿势。

　　"喂！"王野气喘吁吁地跑到他跟前，"打你电话为什么不接啊？！"

　　"不要再打扰我们了……求求你不要再……"沈修鹤的情绪崩溃得一塌糊涂。

　　"修鹤！"王野拽住了他的胳膊，"他回来不是更好吗？为什么不敢试一试，相信我也相信他呢？"

　　沈修鹤颤抖着哭泣道："你提了什么不正经的建议呀……我连他的棺材板都挖破了……"

　　"他是被人一锄头敲死的吗？"一旁的法医问道。

　　"啊？"沈修鹤这才发现王野还带了一个人。

　　法医蹲下身摸了摸头盖骨："此人死于颅骨碎裂。"又看了眼骨盆道："成年女性。"

　　沈修鹤一下子甩开了怀中的枯骨，愣了两秒钟后，又撑着地面往后退去，打了个寒噤。王野大笑起来，笑得不能自已："我真是个天才……一眼就看穿了偷天换日！我说什么来着，你发小还活着，就在太平间底下，还是个吸血鬼！你们见面一定要请我吃饭。"

　　沈修鹤此时再是不信，也不得不承认这其中有些蹊跷。

王野把他搀起来往车里走去，说："你不信我，没事，回去咱们给他验个DNA，就能水落石出。"

Chapter5 斗

三人开车回医院。

"有个问题，基因库里可能没有他从前的DNA。"准备下车的时候法医突然说道，"十年前就没了的人，我没有办法找到对比DNA去验证他的身份。"

"这根本不是个事儿，修鹤身上肯定有白煜的毛发。"王野解开安全带下车。

沈修鹤很烦躁道："你这人……"

"住口！就说有没有！"王野打断了他的话，回头拿手指着他。

沈修鹤不再看他，生无可恋地抱着臂坐在副驾驶上，不言不语。

"果然有！啧！想不到你竟是这样的变态！"

这时候，医院的方向传来一声尖叫。沈修鹤和王野对视一眼，拔枪朝医院奔去。

跑进医院大厅，王野拽住逃跑的护士，问："发生什么事了？"

"警察同志，有恐怖分子闯进来了！"护士颤抖着说。

"哦，那他吸血吗？"王野看上去异常兴奋。

护士一愣，突然喊："这个警察有精神病啊——"

她尖叫着跑走了。

沈修鹤瞪他一眼，王野一脸无辜，两人逆着人流朝太平间赶去。刚跑下楼梯，暗处就飞来几束箭支，"噗噗噗"钉在墙上，走廊上传来激烈打斗的声音。王野赶紧缩回脑袋："我靠，竟然用弩！什么年代了！"

沈修鹤跟他并排躲着，总想探头看个究竟。王野抬手拦住他，让他乖乖贴墙站好："不是你家那位。他是吸血鬼，很厉害的，根本用不着这些冷的热的，咬一口就能要人命。"

"那会是谁？会不会是来杀他的呀？"沈修鹤不知不觉就接受了王野的设定。

"你当我百度啊，什么都知道？说好一起查案的，成天就会问'那会是谁''这怎么了'，team work在哪里？"王野没好气道。

沈修鹤被他说得没脾气了。

就在这时，太平间里传出巨大的碰撞声。沈修鹤再也按捺不住，冲到了走廊上，就看见一名穿黑色舍兰尼长袍的男人从太平间里直直飞出来，重重地撞到墙上，然后和他的同伴滚落成一堆，手上掉落一柄银色的十字弩。

沈修鹤突然就想起了那个晚上。

雨夜，雷电，孤儿院，站在墙边的高大男人，恍如要和黑暗融为一体。

"小心！"背后传来王野的大吼。

沈修鹤感到脑袋钝痛，眼前的一切都放慢了。他缓缓跪倒，身后袭击他的人与王野交上了手，而在走廊的尽头，有人步出了太平间。

雪白的皮肤，纤细的脚踝，介乎少年与青年之间的修长双腿。

沈修鹤听见自己的心跳在鼓胀，呼吸变得悠远。他想抬头，但是他控制不了自己的身体摔倒在地。

他越走越近了。

沈修鹤感觉一只温暖的手揉了揉自己的头顶。

血色随即漫渍了他的视野。

那年春天白煜被领养了，这让大家都很意外。连嬷嬷都觉得他年纪大了，又不合群，然而那户人家偏巧需要一名年纪大点的男孩子充当哥哥的角色，照顾家里娇惯的小少爷。于是那半个月里，白煜都被羡慕嫉妒的眼神包裹着。

"小鸟最近忧心忡忡。"白煜拿着梳子梳理着沈修鹤的白色长发时，这样笑着说。

"没有啊，我很替你高兴。"沈修鹤慌张道。

"是吗？"白煜引着他转过身，自己松松垮垮地撑着床面，"你不让我走，我就不走。"

"这怎么可以？你很快就会过上正常人的生活，我高兴都来不及，怎么会不让你走？"沈修鹤说着言不由衷的话，不敢看他的眼睛。

"做正常人，就这么重要吗？"白煜轻声问。

沈修鹤答不出来。

"如果他们想要领养的是小鸟，小鸟会离开我吗？"

"不会有这种事情发生，我是个妖怪。"沈修鹤抓起发梢展示给他看。

白煜淡笑着点点头。

于是沈修鹤就眼看着他坐上汽车离开。

在那一刻，他感到终于无法再掩饰下去了。

为什么要走？为什么剩下我一个？为什么要有其他的弟弟？这些盘亘在心头的想法搅乱了他的思绪，让他不管不顾地追着汽车大叫起来："白煜！"

嬷嬷追了上去："修鹤！"

"白煜！"他追不上，大哭起来。

然而白煜甚至都没有回头看一眼。

那之后的几天，沈修鹤都忘记自己是怎么过的了。他一会儿想着从前白煜对自己怎样好，一会儿惶恐没有白煜以后怎么办，一会儿又想起白煜走时云淡风轻的样子，难过得眼泪湿了又干。他浑浑噩噩地离开了圣心孤儿院，在周围游荡着不敢回去，到第五天的时候，突然就看到白煜站在街对面，依旧穿着走时那一身，手里提着个塑料袋，脸上有些瘀伤。

沈修鹤哭得脑子都傻了，就愣在那里，呆呆地看着他，也不知道跑，也不知道靠近。

因为他知道这个人会对他好，也知道这个人会离开，就搞不明白自己到底应不应该靠近他，享有一时的温暖。

绿灯亮了，白煜过街，走到他面前。

"这几天都没有回去吗？"

沈修鹤听到他的声音，觉得很委屈。

白煜撑开塑料袋，向他展示里面的零食："吃一点吧。"

"你怎么回来了？"沈修鹤抹了抹眼睛，不肯拿他的零食。

白煜牵起他的手塞进口袋里，转身就走。

"我不要跟你走！"沈修鹤犯倔道。

"你还想怎么样呢？"白煜平静道，"你明知道我放不下你，就作践自己要挟我回来。我回来了，又与我怄气。"

"我才没有这样。"沈修鹤又要哭，"我是自己难受才不回去的，赵景奇要欺负我。"

白煜不与他争辩，拉着他走进一家发廊，将他推上了理发台。"给我弟弟染个发，再把头发剪短。"

"染发想用什么药水？我们这里有80、180、280的还有……"

"用最好的。"白煜打断了理发师的话。

沈修鹤趁他不注意想要溜走，他忍不住问白煜："太贵了，你哪儿来这么多钱？"

"我有钱，你别管。"白煜下意识地摸了把脸上的瘀伤。

那天沈修鹤特别高兴。白煜回来了，他吃了有史以来最满足的一顿垃圾食品，还从镜子里看见了黑发的小男孩，他觉得他终于变成了一个普通人，快活地在回孤儿院的路上笑闹。白煜却没有多少笑意，看着他的时候，眼神还有些吓人。

沈修鹤感觉到有什么事情会发生，所以当被白煜拽着胳膊摁在墙上的时候，他也没有太惊讶。

"做个普通人就这么重要吗？让你高兴成这样？"白煜问他。

沈修鹤觉得这个问题根本不需要回答，他反问道："难道白煜你不想跟其他小孩一样，一生下来就有人疼么？你不想跟其他小孩一样，有朋友可以聊天玩耍？"

沈修鹤羡慕地触碰了他的额发说："我因为头发的缘故，从小被人当作妖怪，从来不晓得爸爸妈妈是谁。在孤儿院里也没有人愿意跟我一起。我一直是没人要的小孩，我很羡慕大家。如果有机会的话，当然想变得和大家一样。白煜你不是这样想的吗？你就不应该和我待在一起，这样大家都会不喜欢你。"

"我一辈子，都不会和大家一样，我是异类。"白煜在他耳边低语，热气喷在他的脖颈上，"我想要的，和普通人不一样。"

"为什么？"

白煜沉默半晌，轻声道："等你再大一点，我会告诉你。那时候我会……"

沈修鹤笨笨的，不太懂。

白煜摸了摸他的额头："小鸟，我对你是不一样的。"

"什么？"沈修鹤追问。

白煜凝视着他，不说话，伸手拥抱了一下沈修鹤。

初夏的傍晚，无人的弄堂里，少年们相互依靠，相互疗伤。

那天他们回孤儿院的时候，嬷嬷找得都快疯了。他们一个丢了四五天，一个刚被领养就因为偷东西被踢出家门，回来的时候却手牵着手，跟没事人一样。

"修鹤的头发怎么了？"嬷嬷惊奇道。

"染了。总有人因为头发嘲笑他。"白煜宠溺地摊开手掌，露出一截尾发，那是他在理发店剪下的，"以后再也不会有人嘲笑你了。"

"我也不在乎。"沈修鹤温和地笑起来，背着手紧攥着白煜给他的尾发。

那是，叫作友情的东西。

沈修鹤从病床上醒来时，法医正坐在一边削苹果。沈修鹤吓了一跳，法医尴尬地笑道："别担心，这里不是太平间，你还活着，我只是被王野叫来陪床。"

沈修鹤晕晕乎乎地想要拔掉点滴，却被法医拦下道："你脑袋都开花了，别逞强。"

沈修鹤感到太阳穴一抽一抽地疼："他怎么样了？"

"唔，如果你问你那发小的话……他走了。没有人目击到他，但王野说他感到有东西从头顶飞过。还有，你胸口佩戴的他的头发，和我从他身上采集的毛发DNA吻合，百分百可以确定他们是同一个人。"法医矜持害羞地笑起来，"我验证了吸血鬼的存在，我要得诺贝尔奖了。"

沈修鹤咳嗽了两声，问："那群人是谁？拿银十字弩的黑衣人。"

"他们有配十字架，王野觉得他们是教堂的……猎人。"法医吞吞吐吐道。

"什么？！"

"吸血鬼猎人。"法医做了一次深呼吸，"我不太清楚，我是个医学工作者，比较喜欢看科幻小说。"

"那王野现在去哪里了？"

"教堂。"

王野吹着口哨走进了教堂。

神父迎接了他："需要告解吗，警察先生？"

"不不不，你们的人扣在局子里，涉嫌扰乱公共治安。"王野扫视一周，出示了自己的警官证，"你有什么需要解释的吗？"

"今天晚上没有教职人员出门，更别提扰乱公共治安。"神父和蔼地说。

"他们穿黑色舍兰尼长袍，胸前挂着十字架，手持银色十字弩——你知道机械类弓箭因为强杀伤力都需要公安备案的吗？擅自装备国家严格管制物品，信不信我现在就抓你去坐牢。"王野眼神一厉。

神父失笑："我们所有教职人员都在宗教处登记过，你可以按照表格一个一个去对。你说的那些人，跟我们教堂半点关系都没有。"

"是吗？想不到你们也挺了解法律法规。"

"以备不时之需。"神父微笑道。

"老狐狸……"王野咬牙切齿，"我说你们，是在抓一个吸血鬼吧？"

神父愣了一下道："警察先生，您说什么？"

"我说吸血鬼，Vampire！"

"哦这不属于我们神学的范畴，是都市传说。"神父笑道。

王野什么都没问出来，怏怏地走了，他告诉神父："如果被我知道那些猎人跟你的教堂有关系，我饶不了你。"

目送王野远去以后，穆先生自黑暗中缓缓踱出。

"越闹越大了。"神父的表情变得严肃，"警察也卷进了事件中。"

"请不必担心。我们猎人在端起十字弩的那天就发过血誓，不会把我们的工作向普通人透露，我相信年轻一辈不会让我们失望。"穆先生这样说道。

"我不担心这个。我比较担心的是，当所有猎人都被关押在警察局里的时候，我们教区有什么实力对抗皇族。"

"皇族？"穆先生蹙起了长眉，"谁？"

神父缓缓走上圣坛："半个月前，我收到罗马教廷的密信，密信中说，拉文纳亲王即将亲临S城，完成对其长子的狩猎。"

"拉文纳亲王……"穆先生重复着这个称号，不自禁打了个寒噤。

皇族是吸血鬼与人类的混血，拥有比寻常吸血鬼更为强大的力量。因为像人类一样通过母体繁衍，他们遵循自然界的普遍规律——头胎长子比其他孩子更强大。但是，吸血鬼是不死的，繁衍出强大的后代对父辈来说是一种威胁，所以，吸血鬼皇族有异常野蛮的风俗：杀死头胎长子。

"拉文纳亲王是血族七亲王之一，站在权力顶峰的男人。25年前，他在S城留下了子嗣。过后他才惊觉这个致命错误，可是他已经无法从人类当中找出他的长子。皇族在血统苏醒之前与常人殊无二致，只是很偶然的机会才会展现血族的本性。"

穆先生呆怔道："难道那个孩子……最近苏醒了？"

"是的，"神父凝视着面前的圣母升天圣像，"拉文纳亲王感应到了。血族之间的血缘是非常强烈的羁绊。"

"你应该早点告诉我的！我的刀还没有老。"穆先生低吼。

神父示意他闭嘴："如果亲王只是来杀另一个吸血鬼，那对我们有什么害处呢？"

"你在说什么？！"穆先生难以置信。

"我已经锁定了那位年轻的皇子。"神父瞥他一眼，"让我惊奇的是他是一个猎人。穆先生，你不准备向我解释一下吗？十年前的那个雨夜，在圣心孤儿院，你做了什么？"

穆先生的嘴唇开始发抖。

一辆宾利慕尚缓缓驶进教堂，修长的长腿跨下车门，优雅从容的脚步声从远而近。

"十年前，你放走了年轻的皇族，瞒而不报，而后你因为良心不安退出了猎人组织，却一直和他一起单干，S城的吸血鬼因此被赶尽杀绝。皇族和教廷之间微妙的和平差点被你给毁了。"

脚步声近到无法忽略。

神父转身，微微鞠了个躬，对身着黑色斗篷的英俊贵族道："亲王驾到，有失远迎，失敬，失敬。"

气质凛冽的男人摘下了兜帽，露出淡色的长发，道："我的长子，他叫什么名字？"

神父挑高嘴角道："他叫白煜。此刻应该在穆先生的秘密基地里疗伤。"

Chapter6 弑

王野躲在阴影里，目送拉文纳亲王的宾利慕尚远去，背后突然传来一声冷喝："你是什么人？"

王野回头，站得笔直，大声道："我是警察！"

穆先生张望了一眼神父，趁他不注意塞给王野一把枪和两枚弹夹说："警察先生，你相信世界上有吸血鬼吗？"

"呃……其实你们刚才说的话我都听见了。"王野尴尬道。

"白煜，他现在有生命危险，他却没有求生的欲望，他是去赴死的。我被神父看管无法脱身，你可不可以……算了。"穆先生想要夺回枪。

王野却抢在他之前把枪塞在了后腰上道："可以！有事找警察，什么时候都不会有错。你的秘密基地在哪里，请告诉我。"

沈修鹤接起电话，听到对面传来王野的声音："喂，醒着吗？我查到了些东西。你家那个不是普通的吸血鬼，是吸血鬼皇子，十年前有个猎人去猎杀他，一时心软没有下手，他就诈死离开了孤儿院……似乎是这样，并没有什么人杀他。"

沈修鹤按着太阳穴道："是吗？"

雨夜，雷电，端着银十字弓的男人，手中滴落的鲜血……

"但是他现在似乎有麻烦了。吸血鬼皇族有谋杀长子的风俗，他老爹赶去杀他了。"

沈修鹤猛地从床上弹坐起来，拔掉了点滴，说："报个位置，我这就来！"

王野和沈修鹤几乎同时到达废弃工厂。王野丢给他一枚弹夹道："换上，银的。"

沈修鹤照做，他问："哪儿来的？"

"那个老猎人给我的，他叫穆先生，你认识吗？"

沈修鹤点点头道："他在白煜出事以后，出任了圣心孤儿院的院长。想不到他竟是猎人。"

"十年前就是他放水，现在跟你家那位关系还不错，趁着神父不注意，求我救人。"

"什么？！"沈修鹤一脸被骗的样子。

也就是说……当年那个晚上站在墙边的男人，是穆先生？

他为什么这么多年一直都要瞒着自己？

是白煜的意思吗？

沈修鹤感到头痛又加剧了，胸口有什么想要破体而出。
"你没事吧？"王野问道。
"没事……"

两人冲进工厂的时候，拉文纳公爵正擎着脸色苍白的少年，指爪穿透了他的心脏。十五岁模样的白煜在看到沈修鹤的那一刻，他发出痛苦的啸叫，剧烈地挣扎起来。
公爵奇怪地瞥了两人一眼，道："我的小皇子莫非是有什么心愿未了？"
"先问问你自己的遗嘱吧。"王野对着他连开数枪。
"王野！"沈修鹤倒吸一口冷气。
"别闹，我是出了名的神枪手，看。"
公爵一个趔趄，丢下了白煜，沈修鹤不顾一切地冲到白煜面前将他抱在怀里。
白煜脸色发青，冰冷的手握住了沈修鹤的手，说道："快……走……"
"没事的没事的，王野说你们复原能力很强的……"沈修鹤握着他的手，胸口爆裂般的酸楚与狂喜几乎让他无法呼吸，他边笑边哭地指着他光洁的胸口，"你看，你被开过胸，现在都好了，心脏坏了也是会好的……会好的……"
说着便去堵白煜胸口的大洞，却只见洞中继续汩汩地流出黑血。
沈修鹤堵不住，就再也笑不下去了，眼泪一滴一滴地打在他的伤口上，就像是十年之前的那个夜晚。
雨夜，雷电，站在墙边手持银色十字弩的猎人，他怀里的白煜脸色发青。
沈修鹤觉得自己似乎忘记了什么重要的事。

另一边。
公爵平静地朝王野走去，王野连续不断地向他扣动着扳机。
起先，银质子弹还能让公爵的脚步暂缓一秒钟，后来，他连这一秒钟都不愿意装，挑高嘴角，以精准的步履向他靠近。他身上的所有枪伤都在飞速地愈合，银质子弹接二连三地从他身上掉落。在公爵走到身前时，王野发现他没子弹了。
下一刻，王野连人带枪被一拳打倒在地，睁着眼睛不动了。
"就这么死了？"长筒靴踩上了他的胸膛。
"没死呢！"王野气急败坏地捧住他的靴子，阻止他往下踩的力道，"我子弹都没了，还能干吗呀！躺着不行啊？！没见过放弃抵抗啊！"
公爵冰封似的表情终于出现了短暂的裂痕。他忍俊不禁，是真的感到有趣了，他问："凡愚，你的信念就是如此吗？"
"我是人民警察，信仰马克思唯物主义精神，但你这吸血鬼公爵都堂而皇之地出现了，我还能信什么？我三观撕裂！做人没意思。"王野呸他。

"成全你。"公爵一手成拳，抵在手掌心，缓缓拉开，双手之中凝出一道强光，竟是长剑的形状。

王野看痴了道："靠！"

公爵一剑刺来，王野吓得赶紧闭上了眼睛，结果头顶公爵轻笑了一声，留下一句"等会儿再收拾你"，离开了他身边。

"你就这么不管我了？！"王野坐起来，一脸屈辱。

"管，不要着急。"公爵优雅地转身，面对着沈修鹤与白煜，长剑点地，道："等我先收拾了我的长子，再迎你进门。"

沈修鹤抱紧了白煜朝后缩去。

白煜艰难地抬手，捂住了他的脸，道："你走吧……这不是你的事……"

沈修鹤摇摇头，贴着他冰凉的额头，说："我不会再放你走了，我受够了。"

白煜淡笑着，而沈修鹤则觉得头痛欲裂。他清晰地听见自己的心跳声，听见了自己充满欲望的喘息，他感觉到口渴，有什么黑暗的欲望在看不见的角落里恣意萌发……

沈修鹤仿佛回到了十年前的圣心孤儿院。

雨夜，站在墙边的猎人，流淌满手的血，尖锐的指爪。

白煜在自己的怀里。

而自己呢？

自己是在哭泣着的吧？

因为白煜死了。

不，不，在那之前……自己在做什么？

一道惊雷打落，沈修鹤在短暂的光亮中看到了鲜血，那鲜血顺着白煜的脖颈流下，被缓慢地舔去了。

鲜血是如此美味……

"求求你放过他……"白煜抱着沈修鹤，哀求手执银色十字弩的穆先生。

于是他终于哭泣了起来。

因为并没有其他人杀了白煜。

而趴在白煜身上吸血的人，是沈修鹤自己……

"为什么这样做？"沈修鹤呆呆地问怀里的白煜，"我是……杀了你的那个吸血鬼？"

"因为小鸟……想过普通人的生活。"白煜哽咽着说，"小鸟只是……短暂地苏醒……我不在了小鸟什么都不会想起……"

沈修鹤突然明白过来白煜为什么一直没有露面，却在这一刻暴露了行踪。

"如果我不来，你要沾染着我的气息，替代我，被父亲杀死吗？"沈修鹤轻声问。

白煜闭上了眼睛，似乎在懊悔被他打断。

"可是，你有没有想过……如果没有你，我过上了普通人的生活，又有什么好？"

怀里的人剧烈地一震，沈修鹤知道白煜在哭，但他不知道那是白煜在高兴，在害怕，在被数不清的情绪淹没。他可以在下一秒死去，他做好了赴死的准备，只要那是小鸟想要的，他都可以去牺牲。但他现在退缩了，因为小鸟想要的是他。

那是白煜以为一辈子都无法从沈修鹤嘴里听到的话。

沈修鹤站起身，面对着面露惊讶的公爵，将白煜挡在了身后，一如白煜无数次做的那样。

"我是……会为你，变成妖怪的。"

白发红瞳的年轻皇子在月色下，露出了他最为狰狞的獠牙。

皇族的代际战争起源于极古老的过去，战争本身也一如他们的风俗，野蛮又血腥。

当父与子拥有同样的速度、力量以及欲望，作为人类的王野，只能看到两道光影在废弃工厂内不断制造出可怕的崩裂与撕毁。

黑色的血断断续续地从天而降，然后变成瓢泼之势。

最后，其中一个重重落地，造成方圆一米的地面凹陷。

王野屏住了呼吸，期待沈修鹤出现，但是轻巧落地的是公爵。

"哼，太弱了。"公爵冷笑一声，对着躺在凹陷中央动弹不得的长子举起了长剑。

王野攥紧了拳头急道："为什么还没有起效！"

就在这时，公爵突然面露不适。他捂着腹部，撑着墙壁呕吐起来。艰难起身的沈修鹤不知道出了什么变故，王野却哈哈大笑："果然有用！"

公爵咬牙切齿道："你做了什么？！"

"我在来的路上经过一家便利店，所以在子弹上加了点佐料：蜂蜜、可乐、蓝莓酱、黄油、芥末、炼乳——你最喜欢哪个？"王野兴高采烈地掰着手指头。

"我们血族不能碰除了人血以外的吃食！"公爵咆哮道。

"我知道啊。我知道才这么干的。但是出于鬼道主义精神，我还是要问一下你最喜欢哪个，下次帮你全换成那种。"

"贱人。"

公爵凝出了巨大的羽翼，攀升到空中俯冲而下，他贴着王野飞过，然后消失在黑夜中。

Chapter End

警官宿舍。

王野正做着晚饭，沈修鹤开门进来，牵着背后十五岁模样的白煜。见到他围着围裙，沈修鹤笑笑道："准备吃的呢？"

"等等等！你背后那个怎么回事儿？"王野拿锅铲指指白煜。

沈修鹤天经地义道："搬来和我一起住啊。"

"这可是我们的双人宿舍！"

沈修鹤递给白煜一个"别理他"的眼神，拉着他进门了。

这个时候从他们背后蹿出来一个小哥，捧着一手玫瑰问道："谁是王野王警官？"

"我我我！"

小哥把玫瑰交到他手里道："有位拉文纳先生订花送给你。"

沈修鹤和王野面面相觑。

沈修鹤率先回过神来，噗地笑出了声，王野再是厚脸皮也端不住道："我不要！"

小哥面露难色道："那位先生说如果这束花没有沾染您的气息，他会闻出来，到时候要我的命。"

王野坚信他做得出来，红着脸接过，看到花里夹着一封信。信上写着——

Honey，my love.

"你喜欢蜂蜜关我什么事……"王野絮絮叨叨地展开了信封，里面是一张黑卡。

王野把卡贴紧了心脏。

"他是要收买你吗？"沈修鹤笑他。

"黑卡，拜托，黑卡。别说他要收买我，他要我做儿子都行……"

沈修鹤摇摇头，没办法地系上围裙下厨。

白煜拎着行李打算进门整理，被王野拽住了胳膊。

"你突然出现，真的是为了替他去死吗？"王野眼神一沉，"如果是这样的话，穆先生完全没有必要透露口风。"

"我活该死吗？"白煜轻描淡写地反问。

"你到底有什么企图？之前十年为什么不出现？"

"得不到的东西永远是最好的，没有尝过彻彻底底的失去，他怎么会甘愿和我一起沦为异类，被我彻彻底底独占？"白煜笑着，直视着他的眼睛，与他擦肩而过。

王野遍体发寒，那是狼的眼神。
用所有隐忍和牺牲，交织成不可逃脱的网。
你只要有我就够了，小鸟。

[END]

男子高中事件簿

编绘 言喻

9月新学期刚开始，新生对一切仍很陌生。

新学校规模庞大，不同的教学大楼有不同功能，上其他课程时需要走到相应的教学楼。

选科前男女分班

高1-1班，全男生班。

这个看似普通的班级里，有着两个特别突出的人……

哈欠！
萧不语，自带冷淡气质让人退避三舍的迷之少年，不爱出风头，喜欢把自己藏起来……睡觉……
哈欠~
刚睡醒吗懒虫？
白一弦，与萧不语从中学开始已是死党，个子高大又有点成熟男人的帅气，为人热情主动，幽默风趣，又爱助人为乐。
喏，给你买了零食哦！

你这么侍候萧不语就没什么不满吗？

我说一弦，

不会啊，在不语身边会有源源不断的乐趣，生活才不会无聊嘛。

渐渐地……

班上的同学都不知不觉开始以他们二人马首是瞻……

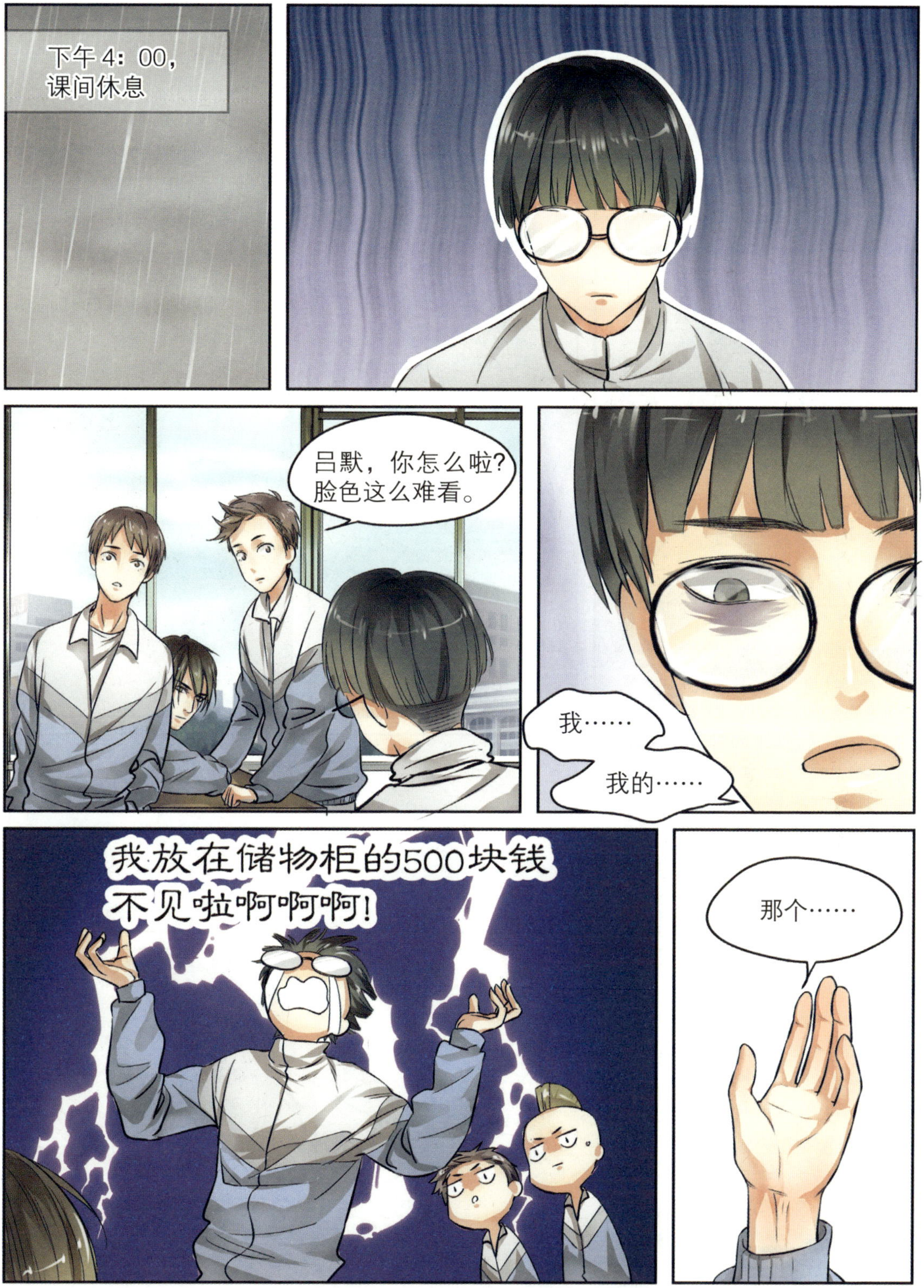
下午4：00，
课间休息
吕默，你怎么啦？脸色这么难看。
我……
我的……
我放在储物柜的500块钱不见啦啊啊啊！
那个……

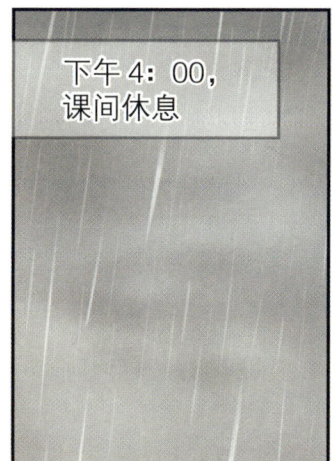

其实我放在储物柜里的课本也不见了……
对啊！听说张建柏的储物柜里也出问题啦！
我吗？倒是没少东西哦，就是多了件衣服。
※抬头

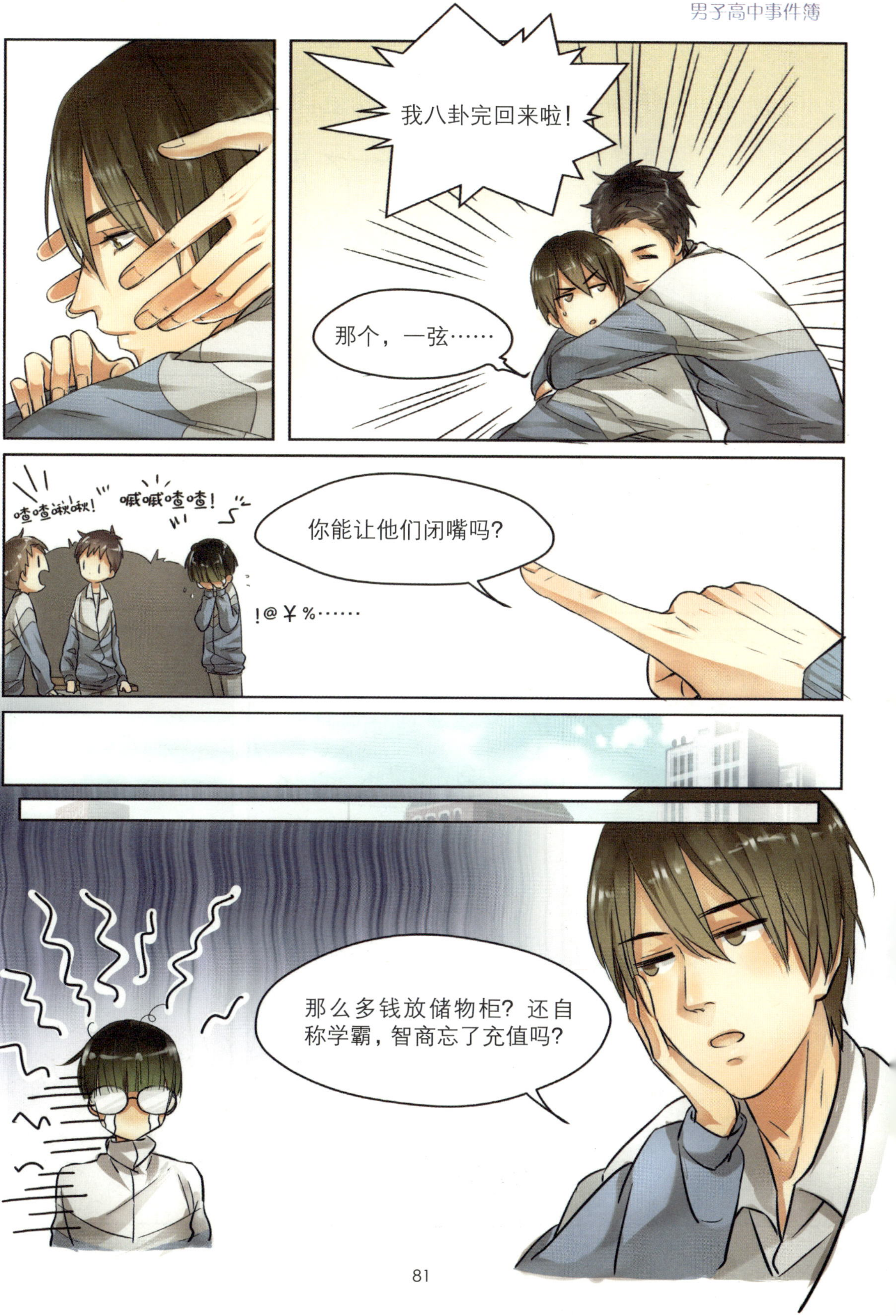
我八卦完回来啦！
那个，一弦……
喳喳啾啾！
嘁嘁喳喳！
!@￥%……
你能让他们闭嘴吗？
那么多钱放储物柜？还自称学霸，智商忘了充值吗？

大概觉得安全吧，
毕竟储物柜是学校发的，只有小测前十的人能免费借用一年呢！
校园失窃吗……
听说隔壁班也发生了相同的事！我觉得……有点邪门。
我听说去年二年级也发生同样离奇的事……我们很快就会尝到“那滋味”……
听说过“吃人的柜子”吗？

我也是听别校朋友说的，传闻有人去了储物柜就再也没回来，后来在储物柜找到他的衣物，但是人就……
哇！不是吧！别吓我啊！
我……
上星期……我想打开柜子时……听到柜子里有笑声……
嘻嘻~
嘻嘻~
准备开柜子时，回头看了一眼……就听到柜子发出像女人的低哑的笑声……
真的！
真的假的？！别瞎编啊！
你们说“吃人的柜子”……会不会在那时……
真不是吓你们哦……

刚才第六节课要换课室嘛，我突然看到一个关着灯的课室里有个披头散发的黑影在晃……
然后，快速地飘走了……
不是吧！
物理②
我看到你笑了，真闹鬼了？
怎么可能，不过蛮好玩的。

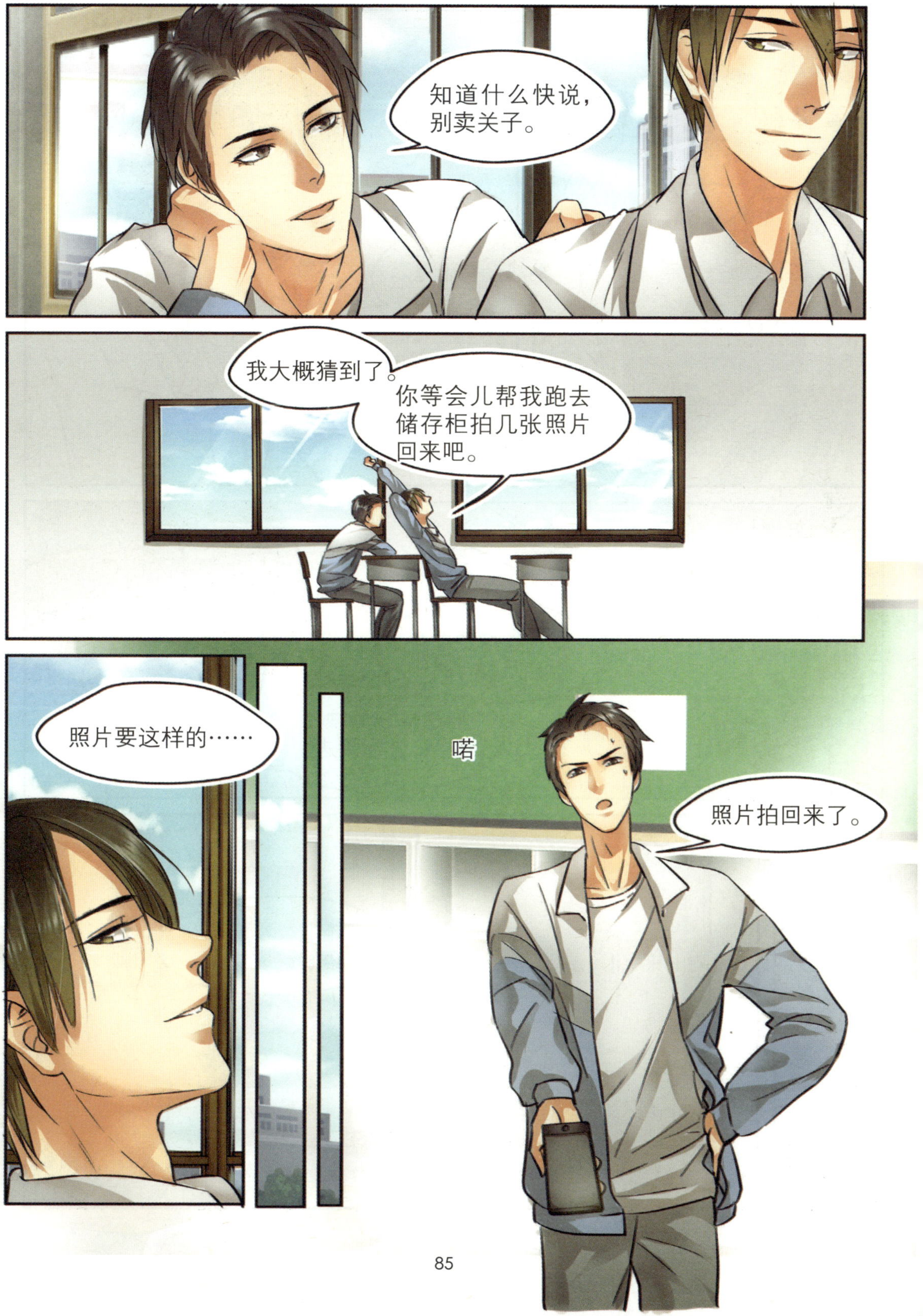
知道什么快说，
别卖关子。
我大概猜到了。
你等会儿帮我跑去
储存柜拍几张照片
回来吧。
照片要这样的……
喏
照片拍回来了。

果然没有闹鬼。

想知道真相的下课后跟我来吧。

好啊！

我要去！

真的能解决才好，等会儿别打脸了。

要不是500块不见了，才不要去。

下课后

太阳出来了！

走啦，看萧不语解谜去！

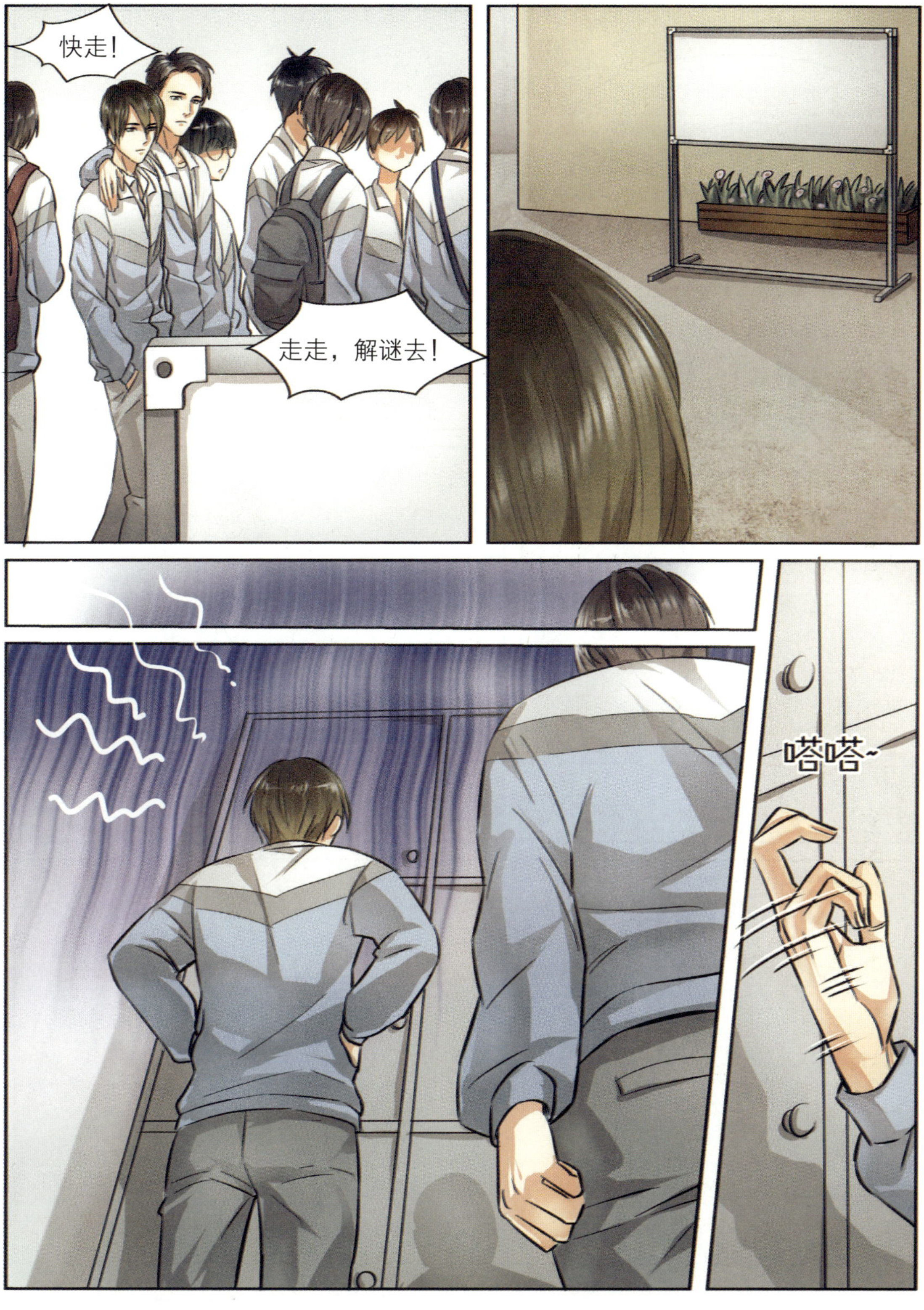
快走！
走走，解谜去！
嗒嗒~

这是你们的吧,打开看看,东西应该回来了,没有丢。

怎么会……

东西都还原了!

明明之前都不在的!

果然是很邪门的“吃人储物柜”！
你们怕什么，全都是自己吓自己啊！
别卖关子了，快说怎么回事？
大家都进了误区，
先确认一下，有储物柜的另外6人，你们有用过柜子吗？
没有……

那么可以说是100%出事了。

上星期……四吧，那天出成绩排名次，当天就发的储物柜。

你们什么时候开始用的？

嗯，首先从结论说起吧，这不是什么灵异事件。

凡事应该先排除不科学的怪异因素，大胆假设，理性思考，才能正确推理。

嗯嗯，有道理！

对比起上星期，今天什么是不同的“非日常”？或者说，跟之前有所区别的地方？
呃……时间表不同……上的课不同。
我们来拿可课本的时间不同。
都在上星期的早上。
上星期跟刚才你们拿课本时，有什么分别吗？回想一下环境？
不如来一起做次实验吧。
你们四人先回课室，再沿路走过来看看。

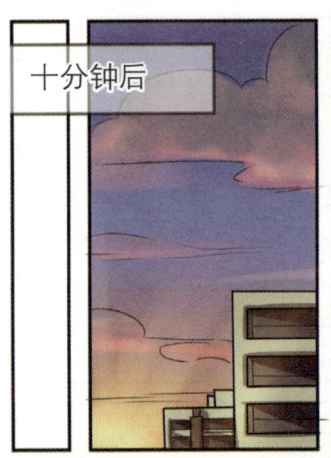

十分钟后

你们再次把储物柜打开看看吧。

柜子里的东西又不见了！一定是你刚才偷看了密码，拿走东西了对不对？！

喂！冷静！我们根本没有碰过储物柜。

究竟怎么回事！

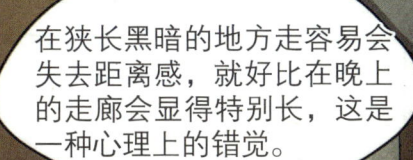

再走一次刚才的路，有没有回想起跟上星期的区别？

呃……啊，走廊比较黑暗。

好像有点异状，但是又说不出哪里不一样了……

是距离不一样了。

什么？什么距离？

在狭长黑暗的地方走容易会失去距离感，就好比在晚上的走廊会显得特别长，这是一种心理上的错觉。

而这次事件中的"狭长黑暗的地方"，就是这栋主楼的走廊。

上星期你们是在晴天的上午来，阳光充足，很容易掌握距离；但刚才下了场很大的雨……

天色昏暗得像晚上一样，在狭长黑暗的走廊中，你们就失去了距离感。

在失去距离感时，看到唯一亮着灯又熟悉的储物柜，你们自然会走过去。就像现在，天快黑了，看到亮着灯，又有我们站着，自然会认为这里是你们的储物柜。

你是说……我们走错了地方？！这不是我们的储物柜？！

对的，你们的柜子不是在这排，而是在再后面的一排。

你们再打开看看吧。

东西真的都在耶！

我晕……明明能打开那边的密码锁的！

我们怎么会一起搞错？！只是失去距离感解释不了吧？

先解释为何你们都一起搞错，其实都是下雨的错……

下雨令天变黑，制造了一个失去距离感的先决条件。
然后……
直接导致了两件事的发生。
推！
这块告示板，原本应该放在教职员室连接主楼的通道处。但下雨时……
它就有了另一用途……
它会被放在教职员室的另一边出入口，摆放雨伞架的地方！

于是在下雨的时，这块原本遮掩着一排储物柜的巨大板子没有了。加上天黑，只有条老师必经的路会开灯。就变成了一个：只有这里的灯亮着，把大家"引"来的环境。

所以小休时，你们走过又长又黑的主楼走廊，失去距离感，告示板又没有了，

唯一光亮又眼熟的储物柜，走过来刚好能打开锁，就发现里面不一样了。

因为那根本不是自己的柜子嘛，当然不一样。

哦～

直到下课后放晴，走廊恢复光明，告示板被推回，遮住这里，你们就正确地找回自己的柜子，东西又"回来了"。

你们还记得分发储物柜时，老师提醒过什么吗？

我还是搞不懂，为什么我们能打开那些锁？

嗯……不让放食物?
……
还有……不太记得了……
还有第一时间去更改自己柜子的密码!
也对，大家得知能拿到储物柜时，都正处在兴奋的状态。因为那是“前十名的身份象征”。
而这种密码式的柜子，同一批次生产的所有密码排列都是一样的。
比如第一排第一个的密码是0101，第二个是0102，那么另一组柜子，相同位置的密码也会相同……
可是你们并没有更改密码……
看来“错误的”柜子主人也跟你们一样没有更改密码，于是同一组密码就能打开相同位置的锁。
又因为生产商图方便，设相同的密码，所有才需要你们自己更改。到年终归还时，学校用专用的钥匙卡一刷，就会变回原产预设的密码，省事。

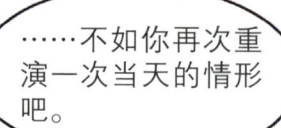

这也解释了二年级生为什么耍我们，大概去年也发生过同样的事……

等等……我听到柜子里有笑声呢？我真的听到了，绝对不是胡扯的！

……不如你再次重演一次当天的情形吧。

记得站得离柜子近一些……

那天我想打开锁，然后后面好像有什么……

我猛地回头……

一看……

柜子里面真的有女人在笑！
啊啊！
这并不是女人的笑声……
借包用下
而是皮夹的表面跟柜面摩擦时发出的声音。
你猛地转身，那摩擦力正好发出那响声。
加上你害怕，令你先入为主认为那是笑声，给了自己一个错觉罢了。
原来如此，吓得我……
还有不语！那我看到的黑影是什么情况？

你们认为，你们搞错了别人的柜子，别人会不会同样地认错了你们的柜子?
你是说，有别班的人开错了我们的柜子?
非常有可能，
别班的人开错了柜子拿错了课本，后来打开书发现拿错了，可又不敢当面归还，只得趁我们不在时偷偷将其放回……
为什么不敢还啊，直接说拿错了不就好了吗?
那你自己想想，有哪些人是不敢直接走进来男生班课室,又“披头散发”的呢?

女……女生班吗？！

但是……我们跟女生班完全没有接触，她是怎么知道我的座位？

你这八卦狂的情报网也不能小看！

不语，对不起，刚才我太冲动了，抓着你摇……

别太小看女生的情报网了，她们大概早有一份我们班的详细名单了。

没事，即使被你摇晕他也会背我回家。

晕！好可恶！

[END]

油菜花杀人魔术

文 / 璇儿

你见过那么美丽的景象吗？金黄的油菜花，看上去仿佛无边无际，金灿灿的开到了天边。天边是湖，蓝莹莹的湖，像海一样的湖。

以前从没见到过这样的油菜田，它只出现在这个高原的湖畔。但是，你知道吗？在这些盛开的油菜花下面，藏着的可能是尸体。只有尸体，才会让这些花开得如此鲜艳，因为它们为花朵提供了最丰富的养料……

程启思拍了一下车窗玻璃道："下来了，你在车上要待到什么时候？"

"反正都没地方住，还不如睡在车上呢。"钟辰轩靠在车座上，连眼睛都不想睁开，"谁叫你不提前订好住的地方？"

"拜托，这地方怎么订啊？湖边的一个小镇，几分钟就能从头走到尾，你以为是城市啊？"程启思拉开车门，把他拽了下来，"我找到了一家旅馆，还有个空房间，是个套间，我把六个床位全部订下，我们今天晚上不用睡车上了。"

他说后面这句话的时候，有点心虚的感觉。钟辰轩狐疑地看了他一眼。过了五分钟，当他看到那"旅馆"的真面目的时候，钟辰轩脸上的狐疑变成了"原来如此"的表情。

"搞对没有，这地方能住人啊？"

程启思气得翻白眼道："你不住，就自己去草地上睡，跟牛羊做伴去！你这么难侍候，我不奉陪了！"

说实话，也不是钟辰轩挑剔，那屋子真是有够糟糕。两间屋子是相通的，每间里面有三张床，都是那种非常老式的木板单人床，硬邦邦的。床单和被子，不要说钟辰轩觉得受不了，程启思一样连衣服都不想脱，他找了瓶矿泉水匆匆地洗了把脸，就准备上床将就着睡一晚。

钟辰轩却坐在那张靠墙的木床上，侧着头，不知在听些什么，耳朵都快贴到墙壁上了。程启思开了一天的车，已经倦得不行，钟辰轩偏偏还不关灯。程启思耐着性子问："怎么了，有什么不对吗？"

"隔壁房间有人住吗？"钟辰轩问。程启思说："有啊，当然有。听旅馆老板说，是一个骑自行车环湖的小团队，一间房挤了六七个人呢。为什么这么问？"

"哦，因为我听见隔壁有人在说话。"钟辰轩说着把耳朵贴到了墙壁上，"你听，又说又闹，好像有什么很有趣的事。不过，好像也有人觉得并不好玩，在吵架似的。"

"睡觉吧，管他呢？"程启思不以为意地说，"听说过一句话吗？要想看出你与恋人适合不适合，最好就是一起出去旅游一趟，这样最能看出对方的缺点。这种小团队，当然更容易让各自的缺点凸显出来了。"

"说得好像你才是心理学家而不是我。"钟辰轩嗤之以鼻，"那我跟你一起出来，算什么？你看出我什么缺点了吗？"

这问题问得程启思无话可答，就算钟辰轩缺点一箩筐，他也只能认栽。

钟辰轩不理他，继续把耳朵贴在墙壁上听，程启思叹了口气，无可奈何地从床上爬了起来，也凑过去听。

虽说这房间简陋，但墙壁却不算薄。程启思只模模糊糊地听到了几个词："尸体……明天……血……"

程启思回过头来，他实在是疲倦得眼睛都睁不开了："我不管了，我要睡觉了。这里能出什么事？不就是一群没事干的闲人来户外活动？就算有危险，也是自找的。何况又不是登山，没事啦！"

程启思把被子拉过来，顿时闻到一股无法形容的气味。他又叹了口气，把被子一脚踢开了，喃喃地说了句："这地方，别说你，我都觉得受不了。"

不到一分钟，他就睡着了。隔壁的什么声音，一概不管了。

第二天早晨，把那脏兮兮的印花窗帘一拉开，刺眼的阳光就射了进来。程启思本能地闭了一下眼睛，外面那些金灿灿的油菜花简直是铺天盖地，灿烂得让他眼睛发花。天也蓝得出奇，在大城市里根本见不到这么蓝的天，几缕白云飘在天上像是半透明的纱一样。

可是在离窗外不远处的油菜花地里，有几个人正站在那里，一动不动。这几个人都穿着十分专业的自行车运动衣，五颜六色，他们动也不动地站在那边，摆着或僵硬或滑稽的姿势，很像是某种行为艺术。

这里的油菜花田，是按每户人家的地，用五彩的长条飘带隔开的。这些彩条，也在那些人的周围飘舞。

程启思从窗户里跳了出去。因为这旅馆的门是对着小镇的正街的（事实上这小镇也只有一条街），如果要走大门，得绕很长的一段路。可他们住的那排平房，则是每个窗户都正对着外面的油菜花田，跳窗是条最好的捷径。

他快步跑向那群人，一路上踩踏折了不少的油菜花。程启思也觉得有点心疼，但是他离那群人站的地方越近，不祥的感觉就越浓，也顾不上那些花了。这种地方就是这样，看起来近，其实挺远的，程启思跑了大约五分钟才跑到目的地。

在这片一望无际的油菜花田中心，躺着一个男人，摆着一种古怪僵硬的姿势。他穿着黑底带深红色花纹的紧身运动衣，戴着墨镜和头盔。这种打扮，绕着湖一路开车过来的时候，程启思和钟辰轩见了不知道多少。七八月是这个湖一年里最漂亮的时候，油菜花在高原上开放的时间跟在平原上是大不相同的。每年湖边都会举行一个"自行车环湖赛"，来参加的人不计其数。

油菜花田里趴着的这个人。手脚都张开，形成了一个"大"字形。这是个男人，身材又高又胖，相当壮健。他的背上深深地插着一把刀，插得非常深，只露出了刀柄，这人流的血不多，但仍然染红了黑色的运动衣。

那些极其灿烂的金色的油菜花，在风里相当温柔地拂过那个死者的脸。

高原的早上，可以说是有些寒意的。湖面上的风吹过来，凉飕飕地灌进了程启思还没扣好的衣领里，程启思不由自主地打了个寒噤。

"这个人是谁？你们的朋友？"

程启思厉声地问那群如石像一样站在那里的人。三个男的，一个女的，都是全副武装的自行车骑手的打扮：头盔、墨镜、彩色口罩，浑身包得严严实实。这是高原，如果裸露着皮肤，肯定晒伤。

其中有个男的说道："他是我们队长。"

程启思再侧过头一看，果然在死者的头边，插着一面金黄色的小旗，那小旗还正在风里飘呢。旗上印着几个字：追风队。

他一瞬间有种莫名的感觉，好像那小旗有点什么地方让他觉得不舒服。但是立即地，一阵莫名的恐惧感把他这种感觉压了下去。

不管那个死者是怎么死的，不管他是自杀还是他杀还是意外，他总得走到油菜花田里去。凶手杀了他，也得走出来。可是，死者周围的油菜花完全没有任何被踩踏的迹象，一株株花都开得金黄灿烂神气十足，而那个死者，是个身高接近一米九，体重该有两百斤的高胖男人，他是怎么进去的？那群人散在他周围，踩踏的痕迹就十分明显。但是在死者躺的大约两米见方的一块花田里，那里绝对没有任何踩踏的迹象。

"这人死得真奇怪。"钟辰轩不知道什么时候已经走到他身后了，只听钟辰轩低声地说，"他是怎么进去的？或者说，凶手杀了他是怎么逃之夭夭的？看看，这四个人在他附近，都多多少少地把油菜花踩折了些，可是，他也就自己的头和身体旁边只有少量压折的油菜花……"

"救命啊！……救命啊！"正在所有人都盯着尸体的时候，从旅馆那边的方向，发出了一声又一声的尖叫。程启思和钟辰轩都吃了一惊，一旁有个戴着墨镜，扎着个卷卷的大马尾的年轻女孩，她失声叫了出来："阿莹！她……她怎么了？"

"救命啊！救命啊！救命啊！青青……救我啊！"那女孩子叫得声嘶力竭，声音又尖又细，像是见了鬼似的。程启思还有点迟疑，对钟辰轩说："要么，我过去看看，你留在这里别走，顺便打电话报警。"

钟辰轩笑了一声，还没说话，众人就看见一匹高大的黑马从旅馆那边冲了出来，马背上竟然还有一个女孩子。这一带让游客骑的马都比较温顺，这一匹却真是脱缰了的野马，它横冲直撞，在油菜花地里左冲右突，那女孩子伏在马背上被颠得不行，吓得在那里直着嗓子尖叫。

程启思也吃了一惊，那马是真的在狂奔，女孩子随时都有被颠下来的可能。那女孩有一头乌黑浓密的长发，被风吹得在空中狂舞。一瞬间程启思有种被施了魔法的奇怪感觉。

"阿莹！阿莹！抓紧，别放手！"几个男人都在那里大叫，那女孩双手紧紧地抱着马脖子，不知道是本能还是什么，她抓得实在很紧，否则早就掉下来了。

眼看那匹马带着那女孩就要冲过油菜花田，再往前走就是湖了，那湖可不是浅浅的小湖，它无边无际的。所有人都捏了一把汗。程启思大叫了起来："跳！往下跳！"

那女孩吓得连叫都不会叫了，程启思也急了，那马再冲下去，肯定掉下湖，结果如何就很难预料了。他大声叫道："你赶快跳！不会有事，我会接住你的！"

女孩总算是横了心，从马上直扑了下来。她是斜着从马上飞下来的，程启思一接，那股力实在是很大，两个人同时滚到了油菜花田里，一大片油菜花被压得七歪八扭，溃不成军。

程启思终于从花田里爬了起来，他也被女孩这一撞折腾得不轻，偏偏钟辰轩走过来还在问："怎么样？断了几根骨头？"

程启思狠狠地瞪了他一眼，从地上爬了起来，去扶那个女孩。那女孩的长发被风吹得乱七八糟，小小的一张脸上全是泪和汗，但那张脸真是出奇的美丽，像块小小的精致的白玉。她早已经吓得瘫软了，程启思几乎是把她抱起来的。

"没事吧？阿莹？你没事吧？"几个男人都跑到她身边，七嘴八舌地问她。阿莹还像个木头人似的，靠在程启思怀里动也不动。众人一连叫了她好多声，她才"啊"地一声回过神来，眼泪"唰"地一下子，涌了出来。

"吓死我了，吓死我了！吓死我了……我还以为我会死呢！简直像是腾云驾雾似的，实在是太恐怖了！……"

她朝周围看了一圈，忽然问道："青青呢？青青在哪里？"

她说的"青青"，很显然就是另外那个扎了个卷卷的马尾的女孩。程启思这才注意到四个男人都拥了过来，但却没看到青青。他一回头，只见青青不知道什么时候倒在刚才站的地方，头盔也掉在地上了，很明显是吓昏了过去。

阿莹不知道哪里来的力气，从程启思的怀里跳了起来，奔了过去。"青青，青青！你怎么了，青青？"

她还没跑到青青昏倒的地方，就看到了那具倒在油菜花田里的男尸，又是一声尖叫，她脚一软就跌倒在地。

钟辰轩已经赶了过去，他扶起青青，捏她的人中。青青"啊"地一声坐了起来，看到软在地上的阿莹，扑了过去，搂住了她，道："阿莹，你没事吧？吓死我了，我还以为你会摔断脖子呢，我居然都吓晕了！"

阿莹红着脸，说："我这不是没事啦？不过……"她的眼神相当恐惧地瞅了一眼油菜花田里的男尸，"队长他……怎么了？"

青青没有回答，只是又看了一眼程启思，虽说她戴着副大大的运动墨镜，但这时嘴唇微翘，那股妩媚不经意就流露了出来，她说："谢谢你，要不是你，阿莹她还真不知道怎么样呢！"

阿莹也抬起了眼睛，看着程启思。她还在喘息，满脸红晕，美丽得像朵开在草地里的野花。"谢……谢你。"

"你是怎么会骑到那匹马上的？"钟辰轩问。阿莹眨了半天眼睛，就像是想不起来似的。过了一会儿她才有点结巴地说："我看见那匹黑马拴在那里，就……就爬上去想骑一下，结果，它就发疯了……"

钟辰轩忍不住笑了一下，没再说什么。那三个男人过来，帮着青青把阿莹搀了起来。程启思说："先扶她回去休息一下吧。"

那几个人朝旅馆的方向慢慢地走了过去，程启思再回头看那个死者，他的黑色运动衣背心上那团黑红色的污迹，在阳光下特别醒目。匕首的刀柄上镶着些假宝石，也在阳光下闪闪发亮。

"先报警吧，我们在放假，这里跟我们的辖区也是天远地远，管不了的。"程启思说。钟辰轩却若有所思地说："赵思翰好像就在这里的，是不是？"

"赵思翰？"程启思也想了起来，"是不是上次有个案子到我们那里，跟我们接洽的那个警官？对哟，他好像真在这里。快打，快打，如果是他那就方便了。"

"我没电话号码啊。"钟辰轩理直气壮地说，"你查一查喽。"

程启思郁闷地哼了一声："好吧，反正什么活都是我干。"

赵思翰赶到现场的时候，已经是两个小时之后的事了。他看到程启思坐在一片油菜花田里面，正百无聊赖地在那里扯着一朵油菜花的花瓣玩。钟辰轩则在远眺不远处蓝色的湖水，还有不时掠过的白色飞鸟。

"哎哟哟，哎哟哟，你们两个真不够意思，到这里来，居然都不给我打电话！好歹让我陪你们玩玩啊！你们怎么会有假期的？我都好久没休假了！那次的事情之后，一直没见过你们，怎么样，还好吧？"赵思翰一脸热情地迎了上去，程启思没精打采地用手里的花茎指了一下不远处的那具尸体，说："省了吧，别客套了，先看尸体吧。"

赵思翰看了一眼尸体，就说："这尸体摆得真是有点水准啊。"尸体正好在两块油菜花田的中间，旁边都是飞舞的彩条，看起来还真有点艺术感。

他又皱了一下眉说："现场是被破坏过了？"

程启思跟赵思翰只是在一桩案子里有接触，赵思翰虽说看起来大大咧咧的，其实是个相当精明且有经验的警官。他也只看了一眼，就看出问题所在了。事实上，现场确实有被破坏的痕迹，但那是受惊的马加上昏倒的青青和阿莹的共同杰作，要骂也没处骂去。

"你问我，我问鬼啊。"程启思更无精打采了，他已经在这里对着尸体想了很久了，但是还是没想出个所以然来。"我要知道，我就能破这个案子了，哪还会在这里对着尸体发呆呢？"

他把早上发现尸体的情况，详细地讲了一遍。赵思翰一边听，一边啧啧地说："哦哦，不可思议的杀人方法啊，我们这小地方居然也有了那个什么金田一类型的案件？啧啧啧，这才叫不可思议呢，我还以为我们这里偶尔会出的杀人案都是喝多了酒一时冲动，抡起刀子砍人呢。话说，你们怎么看呢？"

"不知道。"钟辰轩笑着说，"花田里常常会有游客进来，踩踩不稀奇，但是尸体所在的这方圆两平方米，确实是一根花草都没折断，实在匪夷所思。"

"连你们两个都没想出来？"赵思翰看了看手机，"法医应该快到了，我们局里没有，我从别的地方借过来的。这样，我先去问证人的口供，一起？"

程启思问："方便吗？"

"有什么不方便的。"赵思翰笑着说，"上次不也是承蒙你们帮忙了？"

程启思也笑，说："那是公事嘛。"

"行了，别假客套了。"赵思翰说，"走，去镇上那个报警点，有个房间，可以临时派派用场。"

赵思翰已经叫他同事把自行车小团队的那五个人都带到了那个报警点的房间里，里面也就一张桌子、几把椅子，条件简陋得让程启思都有点不忍心看了，他找了个角落坐了下来。钟辰轩也找了个背光的位置，顺手把房门关上。

"你们是来参加环湖自行车比赛的？今年的人可真多。"赵思翰看着面前的几个人，皱着眉说，"能不能请你们把墨镜和帽子摘下来。还有，请你们出示一下身份证件。"潜台词就是：你们一个个把自己遮成这副德行，叫我怎么看得清楚？

那个叫青青的女孩子把墨镜和头盔一摘下来，一头浓浓的卷发就如瀑布一样披了下来，程启思觉得这个阴暗的小房间都亮了一下。那女孩子长得很美，晒成巧克力色的皮肤，浓眉、长睫毛、嘴唇略厚，素颜也美得浓烈。

"我叫青青。"她说，"死的那个……是我们的队长，也是我男朋友，叫葛宏。昨天晚上，我们在这里住的。我们六个人，住一个套间。本来是打算搭帐篷住的，但是，我们的车在路上抛锚了……所以我们只有找了旅馆住。"

青青顿了顿，又说："昨天晚上，我们都特别累，这里条件很差，连个公用卫生间都没有。于是我们都没脱衣服，上床就睡了。这一晚上……大家都睡得很沉。但是我半夜醒了，看到葛宏出门，我就问他要去哪儿？"

赵思翰坐直了，问道："那他怎么回答的？"

"哦，他说他去 WC。"青青垂着睫毛说，"我翻了个身，又睡了。我听到那扇木门响的声音……"她突然睁大了眼睛，眼里露出了恐惧的表情，声音也在颤抖，"现在想起来，那木门关过来，咯吱咯吱的声音……实在是很可怕。而且，我不记得……他回来过。"

在队员孔昌和孙华的口里，赵思翰也听到了类似的说法。两个人都说，确实在迷迷糊糊中听到门响，瞅了一眼，看到队长出去，但是没有留意到他回来。

胡希的说法则有点不同。"我半夜的时候，突然觉得很冷，睁开眼睛一看，门开了，冷风正在往里面灌呢。虽说是七月，可这是高原，还是挺冷的，我就起身去把门关上，找了个旅行包，把门抵上了。然后，呃，我一觉睡到了天亮！"

"是啊，我也看到胡希去关门了。他用的还是我的旅行包呢！"孔昌说，"我睡眼惺忪，问他干什么，他说冷，门闩坏了！"

"早上吗？啊，虽然很早，但是我们都是这么早起来的！早一点骑车环湖会比较凉快！我们到处找不到队长，就想他是不是去油菜花田拍日出去了，我们就一起去找他……结果……"孙华的声音，越来越低了。

程启思和钟辰轩互相看了一眼。赵思翰又问了些细节，然后把这群人打发走了，叮嘱他们不能离开小镇。

"都发觉了吧？"赵思翰摊开双手，对程启思说，"多完美的不在场证明啊。简直像东方快车谋杀案，这一个房间里的五个人，互相作证，都证明自己在他们队长离开之后根本没有出过房间。"

程启思笑着在他肩膀上拍了一下，说："现实生活里，没有那么多有逻辑性的犯罪。至少……嗯，大多数没有逻辑。"

钟辰轩微微笑了一下。"对，大多数。真正的高智商犯罪，也许你还没发现，人就已经死了呢。"

赵思翰多看了他一眼，对程启思低声说："你的搭档好像比以前更难相处了。"

程启思做了个"嘘"的表情，转头对钟辰轩说："你怎么看？"

"现在的问题不是谁是凶手，要说凶手，他们谁都有可能，只要你不认为是什么的流窜的人作的案。"钟辰轩说，"现在的问题是，那个凶手怎么能够越过那么一大片油菜花田，把被害人带到花地的中间，杀死他然后逃离？我简直觉得是不可思议的事，像变魔术。"

他用手指弹了一下窗玻璃。油菜花跟天之间蓝得出奇，蓝中带着点灰的湖水，泛着浅浅的波纹，怎么看都是幅画。站在油菜花田里的人，远远看来，都像是从画里走出来的人。

钟辰轩喃喃地说："哦，我在想，启思，我们看到的那个凶案现场，像……像一幅画好了的画。似乎……像是刻意给我们摆在那里，要我们看的。"

"是吗？"程启思抱着手臂，走到了他身边，"我反而不太敢相信，在这么美丽的地方，会发生这样奇怪的凶案。"

钟辰轩回过头，似笑非笑地说："刚才那五个人，有的人一脸焦灼，有的人在流眼泪，也有人满腹心事。毫无疑问，启思，就在这些人当中，有一个凶手。你觉不觉得有点儿看腻了，总是在某张跟别人一样的面具下藏着一个凶手？"

"就算我腻了，你也不会腻。"程启思笑着回答，"这是你的兴趣所在，也是你的专业。不是吗？"

他们又回到了凶案现场。赵思翰指点着说："这里晚上是没有人的，这些土地都是属于当地的牧民的，他们晚上回去睡觉，白天有事的时候才会骑马到这里来。"

钟辰轩相当惊讶地说："骑马？"

程启思瞪了他一眼说："你一路上看到的马，难道你以为是拍电影用的？"

钟辰轩眨了眨眼睛道："我也想骑。"

"当心摔下来！"程启思说，"这里的马可是烈性子的，你没看到阿莹差点摔下来？摔断脖子都是可能的，她算是运气好的了！"

"是吗？"钟辰轩喃喃地说，"真的只是运气好吗？……"

赵思翰弯下腰，去拨弄那些长得足足到了人小腿的油菜花，他说："看，现在是油菜花开得最灿烂、最茂盛的时候，也是游客和摄影爱好者们来得最多的季节。长这么深的油菜花，要拖着一个两百斤的人进进出出，他是在变魔术吗？"

程启思左右看了看，这种高原真是太平坦了，一望无际，连点遮掩都没有，连根电线杆都找不到。也没有看到任何大石头、房屋之类的障碍物，除了他们昨天晚上住的那家勉强可以称之为旅馆的房子。他有点沮丧地说："反正我是看不出来问题在哪里了。这里空空荡荡的，只有这花，你说人要爬上根电线杆，或者爬上屋子往下跳，都是不现实的。难道凶手踩了个高跷？"

"是，你去踩来看看。"钟辰轩嘲弄地说，"手里还要拖一个两百斤重的人？"

"噢，我知道是不切实际的。"程启思也不脸红，很淡定地说，"我也只是提出一种可能性。我从来没说这种可能性会成真的是不？"

钟辰轩若有所思地扬起眉头，他的眼睛在阳光下发着光，说："就算是死者自己也不可能。你们看，他是趴着的，这个姿势相当……呃，安详，要把你从半空中掼下来，得了吧，你还不知道是什么奇怪的姿势呢。"

"喂喂喂。"程启思再好脾气，被一直损也不乐意，"你打比方，也不用拿我来当例子吧。"

"行了行了行了。"赵思翰说，"好久没看到你们，还是老样子，吵成习惯了吗？我饿了，走，吃早饭去，我请客。"

程启思说："那几个嫌疑人怎么办？"

"说是嫌疑人，现在也没动机没时机的。"赵思翰耸了耸肩说，"今天如果我找不出什么线索，就只能让他们先走啦。人家说了，他们是来参加自行车环湖比赛的，现在比赛还没完呢！"

"很冷血的表现啊。"钟辰轩喃喃地说，"毕竟是一起来的人……"

程启思问赵思翰："有没有问他们是怎么认识的？"

"问了。"赵思翰拖着程启思和钟辰轩，就往街对面的饭店走，"他们说是在一个自行车社团论坛上认识的，也不是特别熟的人，属于'组团'这类型。所以，死了人，他们也不太在意，可以理解。不过，青青跟死者是一起同居的，她也没否认，好歹她也掉了两滴眼泪！走了，先去吃早饭，我肚子都在叫了！"

程启思不经意地说："这里难道还有什么好吃的？"

事实证明，这里确实没有什么好吃的。唯一一家这时候开了门的饭店，只有羊肉汤和大饼。羊肉汤倒是挺鲜美，只是那肉粗糙得程启思这种从小到大没看过牙医的人都嚼不动。钟辰轩一向讨厌腥的东西，羊肉自然是腥的，他喝了两口就皱眉头不肯喝了。

"哎，你吃点吧，这里早上真的只有这种汤喝。"赵思翰笑着说，"我才来的时候，也真的很不习惯。这里只产这些东西，你要不吃……"

程启思接了一句："不吃就挨饿！"

钟辰轩无精打采地说："这街上就只有这家有可吃的东西吗？"

这只是个丁点儿大的小镇，因为在湖边上，才会相对比较热闹。即使如此，昨天晚上程启思和钟辰轩来到这里的时候，也早已家家关门，害得两个人只能吃压缩饼干当饭。这时候已是早上九点多了，开门卖早饭的居然也只这一家。

"噢，我不相信会是这镇上的人。"赵思翰低声地说了一句，埋着头喝着热腾腾的羊肉汤，"这里的人都是在这里住了很久的，没什么流动人口，死者身上没有财物失窃。这里离市区不算远，为了安全起见，他们都不会带很多钱在身上，当地人也知道这一点。何况，这里民风不错，挺纯朴的……"

"你就说凶手是他那个小团队里面的人吧。"程启思笑着说，"别的人，没动机。是吧？"

正在这时候，有个男人从外面走了进来。这是个身材瘦小的男人，脖子上挂了个很专业的相机，背上也背了个专装镜头的大包。他在靠墙的一张桌子前坐了下来，要了羊肉汤和几个大饼，狼吞虎咽地吃了起来。

"刚才我陪你们来吃饭，叫同事去问他的话的。"赵思翰做了个不起眼的手势，指了指这个正在大吃的男人，低声地说，"这个人叫马山，是个挺有名的摄影师。他跟死者是好朋友，这次他过来拍照，顺便帮他们开车。你们应该知道吧？骑自行车也是很需要体力的，绕着湖环行至少也要三天，如果累了，可以把自行车扔上随行的大车，自己也上车休息。"

"哦？"程启思的注意力集中过来了，"那不就正是因为他的车抛锚了，才没赶上，这群人才会在那家旅馆投宿？"

"非常正确。"赵思翰喝光了他的羊肉汤，一张嘴油腻腻地发光，"不过你有一点说错了，他说不是车抛锚了，是因为他看见昨天的晚霞实在是太漂亮了，跟金色的油菜花相映生辉，所以他停下来找了个地方拍照，一拍就拍得忘了时间，一直拍到天全黑了，他们给他打电话也没听到。他也懒得再开车了，就在车里睡了一觉，打算第二天赶上他们。"

"这样啊。"钟辰轩的眼睛有点发亮，"这就是说，那个队的人，住在旅馆里，完全是因为这个突发状况了？"

"对。"赵思翰笑着说，一边招呼结账，"案发的一切基础都来自于这个突发状况。

毕竟，谁都不知道，马山说的是真是假。但至少，他不像其他几个人，待在同一个屋子里。除非有人能证实马山昨天晚上一直在车里睡觉，否则，他的嫌疑真的很大。"

"是啊。"程启思有点无趣地说，"但是我们至少得先解决了他是怎么把那么高那么胖的一个男人弄进油菜花田，杀死他再自己溜掉的问题。我反正是想不出来了，你呢？"

他是在对着钟辰轩说话的。钟辰轩笑着说："这我也还没想出来，不过，我反而有另外一个想法。"

赵思翰和程启思都盯着他看，钟辰轩扬了扬眉头，说："你们不觉得这个手法很像是现在很流行的那种不可能犯罪吗？这并不是一种特别成熟的犯罪手法，明白不？"

"懂了。"程启思说，"很成熟的犯罪不像这样，会更低调点，或者说，少点花巧，更实用。"

"差不多就是这个意思。"钟辰轩说，"我倒觉得这个凶手有点玩试验的感觉呢，也不知道是不是看多了那些日本的推理什么的，有时候，在书里或者漫画里面出现的，在现实里其实很难实现。这个你们懂，我也懂，但是没经验的凶手未必懂。"

程启思和赵思翰都点头，钟辰轩继续说："很多手法在理论上可以成立，但是实际上操作起来是有难度的。这个凶手的心智还停留在这个程度。"他摊了摊手，"不管是不是个障眼法，至少目前，是蒙蔽了我们的眼睛，我们还没看出他这个魔术的关键之处。"

他又笑笑说："凶手是谁，要猜出来很简单，但是他这个油菜花田里面的魔术变得实在很好，反正我现在还没想出关键来。"

"好吧，谁想出来了，谁请吃饭。"赵思翰说。

这个提议，被程启思和钟辰轩同时丢了个白眼。程启思说："说反了吧？要请也是那个没想出来的人请啊。"

赵思翰摊摊手，说："本来就是开玩笑而已。死者的东西我也检查了，他的笔记本有密码，我打不开，只能带回去再说，或者会有些线索在他的电脑里面？"

"法医那边怎么说？"程启思问。赵思翰说："没办法，这里的条件这么简陋，根本没办法做尸检。你有兴趣你自己看看去。"

他最后这句话是对钟辰轩说的。钟辰轩说："得了吧，我也不是法医，不想动这个手。那尸体也没啥好验的，我看了一看，就是我们出来那时候才死没多会儿的吧，血还是热的，皮肤还是柔软的，更不要说尸斑什么的了。死因也非常明确，刀子从背后刺入，一刀致命。我想知道的一点就是——他死之前有没有吃过什么药？还有，我想看看凶器。"

"行，我记下了。"赵思翰说，"我会叫法医那边注意的。不过……"他嘿嘿地笑了笑，笑得晒得黑黑的脸上两团红，"我看，等验尸结果出来，你们早都回去了。"

程启思啧啧地说："这就是你们的效率？"

"小地方，比不得你们那儿。"赵思翰说。程启思对着他的脸看了半天，笑着说："瞧瞧你的脸，都晒出高原红来了。"

"这里本来就是高原，待久了，可不？"赵思翰说，又在程启思肩膀上擂了一拳，"你小子也晒黑了吧，不过你这黑，我看是在海边晒出来的吧？说，你小子跑到哪里逍遥去了？你有那么长的假？你这皮肤，不是三五天能晒出来的！"

他又瞅了钟辰轩一眼，说："你也晒黑了，呵，你们公款旅游啊？"

钟辰轩涨红了脸，程启思也说不出话来了。

这附近有些当地人搭的帐篷，也算是农家乐，会有些烤羊的晚会什么的，虽说有些商业化，但对于在城市里待久了的人，还是相当有趣的。

这里实在是个很美的地方，高原上早晚温差很大，到了晚上已经很冷了。青青裹着条黑底绣花的大披肩，披肩上居然是只造型十分夸张的青蓝色的凤凰，在火光下看来，十分醒目。这种地方，披上这种大披肩实在是很温暖的。她一个人孤零零地坐在火边，眼睛呆呆地看着天空。

程启思挪到了她边上去，递给她一杯热奶茶。青青回过头，对他笑了笑。她有双十分灵动的眼睛，这一笑，脸都像是鲜活了起来。

"谢谢。"

程启思并没有在她的脸上看到过悲伤，他甚至不知道她当时的惊骇是真还是假他问道："你跟死者认识很久了吗？"

"很久了。"青青把下巴搁在膝盖上，她的眼睛看着远处。夜里的湖，漆黑而神秘。星星似乎伸手可及，天空清澈得让人不可置信。这一片没有油菜花，只有青草和粉的白的黄的野花。"他是搞摄影的，我一直当他的模特儿。嗯……他在这圈子里，挺有名气。户外运动也是他的爱好，只不过，太危险的，他不会做。比如，登山。"

程启思没有掩饰唇角浮起的一丝微笑，他说："那是，摄影和户外，都是烧钱的。他家里还有什么人？"

"他父母死了。"青青说得很坦然，"我跟他同居几年了。"

程启思知道接下来的一个问题很不礼貌，但不能不问。"为什么不结婚？"

青青斜斜地睨了他一眼，这一眼十分妩媚，她道："哦？那我问你，程警官，你年纪也不小了，你干吗不结婚？"

程启思笑了笑，说："一个人自由呗，还能为什么？"

"对啦。"青青说,"那他也一样的,男人有钱会玩,怎么会愿意被束缚着?结婚?那是容易办到的事吗?"

说完这句话,她把披肩裹了一裹,就站起身钻进她的帐篷里去了。程启思捧着他自己的那杯奶茶在那里思索,直到钟辰轩走过来,在他身边坐了下来。

"怎么,讨了没趣了?"

"我知道会讨没趣的。"程启思笑笑,"但就算这样我也得问,否则,我怎么能找到动机?"

钟辰轩说:"我都听到了。这实在是很常见,你觉得,这会是杀人的动机?开什么玩笑呐?就算那男的不想跟她结婚,凭青青的长相,也不至于找不到饭吃。何况,我看死者也没亏待她。"

"她究竟是怎么想的,我们谁都不知道。"程启思说。他一低头,看到青青刚才坐过的位置,有个手机,贴着晶莹闪亮的水钻碎花,很显然是个女孩子用的手机。他伸手把手机拿了过来,钟辰轩也凑了过来。

"看看里面有什么。"

程启思怔了一下,说:"要查她聊天记录和短信直接查不就行了……"他还没说完,钟辰轩就不耐烦地打断了他的话。

"谁要查那个了,你看看她里面有什么照片之类的?"

程启思有点犹豫,钟辰轩就笑,说:"查案,查案,何况她把手机丢在这里,我看她也不介意别人会看。"

把里面的文件一翻,程启思就有点傻眼。手机里放着的照片,居然有几张是青青的裸照,拍得极美,但情色的味道也非常浓烈。程启思很有点偷窥别人隐私的感觉,倒还真有些不好意思。

钟辰轩把手机放回了原来的地方,一脸若有所思的表情。程启思见他手里拿着把匕首,就说:"这是凶器?"

"不是。"钟辰轩说,"只是跟凶器长得一模一样而已。赵思翰说,这里到处都有卖这个,很拙劣的工艺品。"

忽然,他听到不远处有人在倒抽冷气的声音,抬头一看,胡希正站在那里,两眼紧紧地盯着他手里的匕首,脸上的表情相当惊惶。程启思就问:"怎么,你见过这种东西?"

胡希脸上惊惶的表情更浓,问:"我……我们买过。不对,是队长……他买过一把。当时削水果找不到刀了,他就买了这么一把……"

钟辰轩扬起了眉,问:"哦?那刀呢?在哪里?也许那就是真正的凶器呢。"

"这个……这个……我不知道……"胡希嗫嗫嚅嚅地说不出来,正在这时候,孔昌从帐篷里钻了出来，干笑着说："那把刀啊，掉进湖里了，当然找不到了。"

"对对对。"胡希连忙接口，"队长那天早上不小心割伤了手，把刀也弄脏了，我们本来想洗一洗，结果掉进湖里了。"

程启思皱了皱眉。他觉得胡希跟孔昌说的话，什么地方总有点不对劲，但一时他还没想出来关键所在。钟辰轩却问："割伤了手？就是他死那天早上的事？是怎么回事？"

"好像是他削水果，就把手割伤了。"孔昌继续干笑，"队长手比较笨，一削什么水果，就老会弄伤。青青不想帮他削，阿莹还在睡觉呢。"

"喂，你们吵到我睡觉啦。"孙华从帐篷里探出个头来，一脸的不满。胡希和孔昌如蒙大赦，赶快钻进帐篷里去睡觉了。

程启思低笑着说："看来他们挺怕我们啊。"

"做贼心虚吧？"钟辰轩这话，说得可真不小声。程启思对着他打手势，钟辰轩也不理，只是站起身，也打算钻进帐篷睡了。他忽然回过头，对着程启思古怪地笑了一笑。"我知道死者被杀的动机了，你想出来了吗？"

程启思呆住。"动机？什么动机？"

钟辰轩看样子似乎并没有耐心来给他作解释，程启思知道他的脾气，也懒得再问了。

半夜的时候，程启思正睡得沉，突然间，有女人的尖叫声，划破了夜晚的平静。这里的夜十分安静，只有风刮过草原的声音，就连牛羊都熟睡了。程启思从帐篷的地毯上一下跳了起来，钟辰轩也坐起了身。

"青青？！"

程启思连外套都顾不上穿，冲了出去。半夜的高原上冷得他哆嗦，但这时候也顾不了这许多。他一路跑过去，也不知道踩折了多少野花。他冲到湖边的时候，只见靠近岸边的地方，一团黑影正在水里漂漂荡荡。

程启思转过头，看着刚跑过来的钟辰轩。月色金黄，这里的月亮十分奇怪，黄澄澄的亮得像初升的太阳，映在湖里，像个诡异却迷人的幻象。

赵思翰也跑过来了，他也不管半夜的湖水有多冷，硬是跳下水，把青青给拉了出来。做了半天人工呼吸，也无济于事。

"看样子，她不会游泳……"赵思翰冻得脸色发青，喃喃地说，"推她下水的人，非常了解这一点。可是，凶手为什么要杀青青？"

钟辰轩慢吞吞地说："你们没发现吗？"

程启思和赵思翰同时问道："发现什么？"

"你们真是瞎子。"钟辰轩说，"青青怀孕了啊，你们都看不出来？"

程启思和赵思翰都呆住了，只能保持沉默。说实话，程启思还真没看出来，青青本来就属于高大丰满的那一类型，又随时裹着个大披肩，要他怎么看？

"赵思翰，"钟辰轩说，"你查过没有，这个死者是不是很有钱，他的钱，是该谁得的？"

"是……相当富有。"赵思翰迟疑地说，"他没父母，没近亲，有套不错的房子，写的是青青的名字。不过……"

"我懂了。"程启思说，"如果那孩子是死者的，青青就有办法分遗产了。不过，现在青青也死了。"

他的脸色阴沉了下来，"这可是货真价实的一尸两命，凶手未免太残忍了。"

"警官……赵警官，我有点事想跟你说。"马山站在那里，有点局促不安的样子。他的脸上，明显有着为难的神色，一会儿吸鼻子，一会儿搓手。赵思翰见这种证人见多了，一看就是有什么线索又难于启齿的。他起身关了门，问："什么事？"

他看到马山的眼光在程启思和钟辰轩身上打转，就说："是同事，你说吧。没关系，哪怕是一点小线索，都很重要。"

马山相当紧张地搓着双手，搓了一会儿，才说："那天晚上，我其实……没有一直待在那里拍照片。"

这个自然，难道能在那里拍照片拍上一夜？程启思几乎都要把这句话脱口而出了，马山又接着说："那天晚上的月亮特别漂亮，看起来就像是太阳一样，即使是在这个临湖的高原，也是非常少见的。但是我那个位置不好，我就打算徒步走一段，找一个好位置。"

程启思和钟辰轩对视了一眼。程启思低声笑了一下，说："还好我不搞摄影。"

大半夜的，空气冷得要结冰，还要徒步？他们也不知道这个人的话可信度究竟有几分，但还是耐着性子听着。赵思翰做过简单的调查，知道马山目前的经济情况相当不好，还找死者借了不少钱，但那数目似乎也没到要杀人的地步。

"我一直走到了一片油菜花田。"马山解释说，"你们看到了，这里虽说以七八月的油菜花盛放而出名，但也并不是处处都有。我翻过一处铁丝网，来到一处油菜花田……这时候，我看到了……"

三个人都有点紧张起来了，六双眼睛一起盯着他看。偏偏马山一紧张，就开始说不出话来，在那里掏烟，掏了半天掏出来了，问："可以抽烟吗？"

赵思翰憋着气点了点头，那马山又开始摸打火机，打火机又找来找去找不着。赵思翰在自己身上摸，他的打火机也不见了，所以回头看程启思。程启思摊了摊手，说："我一般不抽烟，我也没有。不过车上有，要不要？"

赵思翰想吐血，钟辰轩摸了半天给了他一小盒火柴，看样子是酒店里的，说："呐，只有这个了。"

马山如获至宝地把火柴接了过去，连声说谢谢，一边还打了个喷嚏。他把烟点燃了，深深地吸了两口，然后闭上了眼睛。

"在油菜花田里，我看到……"

刚说到这里，马山忽然像是被人掐着脖子似的中断了话头。他的脸色也变了，本来晒得黝黑的一张脸，突然间变成了可怕的蓝青色。他双手朝自己的喉头抓去，两眼圆睁，喉头发出"格格格"的声音。

程启思和钟辰轩同时跳了起来。钟辰轩脱口叫道："氰化钾！"

听到这三个字，赵思翰和程启思都知道，他是没得救了。氰化钾是致命最快的毒药，几分钟内就可以致人死命，连救都来不及救。

钟辰轩摊了一下手，道："对不起，别的毒药还能抢救下，但这个，我无能为力。"

马山痉挛了几下，圆睁着眼睛，断了气。他的脸色呈现出的那种可怕的蓝色，让三个人都不想再多看一眼。

"毒药是在哪里呢？"赵思翰喃喃地说道。钟辰轩叹了口气，说："发作得这么快的毒药，自然不会是预先服下的。也就是说……问题出在刚才那支烟上？"

程启思早已经把马山掉在地上的烟捡了起来。钟辰轩说："拿远点儿，小心你也中毒。"

"你当我白痴呢？"程启思不乐意地说，哪里还用得着钟辰轩提醒，刚把那支抽得只剩半根的烟拿到不远处，他就闻到一股刺鼻的杏仁味，他有点吃惊地说，"这个马山，他的鼻子得糟到什么地步啊？"

钟辰轩想了一想说："他进来的时候，就在不停地吸鼻子，记得吗？我看，他是感冒了，鼻子不灵呢。"

"这么说，下手的人是跟他很熟的人了？"程启思若有所思地说，"那是哪一个呢？"

钟辰轩从他手里把烟接了过来，打开了窗，仔细地对着光看。他忽然笑了起来，转过脸来。外面一片在阳光下鲜艳得像黄金的油菜花，映着他的脸，也像是在发光。他的眼睛，漆黑晶莹，亮得出奇。

"其实，最能蒙蔽我们的还是眼睛啊。"钟辰轩似笑非笑地说，"这是个多么简单的伎俩，可是，我们却被瞒过去了。"

程启思瞪着他："怎么说？"

"你记得一件事吗？"钟辰轩说，"那就是死者死亡的头天晚上，我们就住在他们的隔壁，我们听到了他们说的一些话。"

程启思回忆着:"是,说什么尸体,明天……别的我不记得了。我当时太累了,只想睡觉!"

"对,我后来想,他们之所以这么肆无忌惮地商量这件事情,肯定不可能是一群人一起要谋害那个人吧。"钟辰轩笑着说,"虽说大家都是同谋不是没有可能,可是,那时候,死者也跟他们在一起,总不能是凶手跟死者在一起商量谋害死者吧?那么,除开他们,还有谁呢?"

赵思翰冲口而出:"马山?!"

"对。"钟辰轩说,"能又笑又闹又吵地商量一件事,当然绝对不会是谋杀。所以,我猜,他们一定是想跟马山来个恶作剧,或者是一个赌博。——这个赌博的内容可能就是,由他们这个小团队的队长葛宏来扮演一具尸体,看马山能不能分辨出来。记得吗?马山到的时间,正好就是葛宏的尸体被发现的时候。当然,葛宏本来只是在假装一具尸体。"

程启思和赵思翰同时跳了起来。程启思几乎是震惊地瞪着他。"你的意思是,我们当时看到的葛宏,并不是一具尸体?他……那时还活着?"

钟辰轩叹了口气,说:"我想来想去,也想不出任何可能让人进去,又不让花枝折损的方法。是你提醒了我,还有一个办法——把人抛进去。别问我为什么抛进去还能保持一个很平和的姿势,那是因为葛宏没死,他自然会自己调整到一个最合适的姿势!他趴着,我们看不到他的脸,也不会去破坏现场,加上又有小旗遮在他的脸旁,还有那么多的花,就算他稍微动一下,面对刺眼的阳光,我们也不太可能发现!"

"有道理。"赵思翰低声地说,"五个人,确实完全足以把他抛进去了。他高、胖,摔一下也不会怎么样,这样只会压折他身下和身侧的花枝。可是……"他抬起了头,"可是他是怎么死的?凶手是怎么在你们的眼皮子底下消失的?!"

"这就是这个案子最巧妙的地方了。"钟辰轩说,"非常巧妙地利用了我们的心理障碍。你见到的,就一定是具尸体吗?我可不确定,因为我当时不可能去触碰尸体。我跟启思都是警察,但我们都不是负责这里的,我们不能乱动。这里有多偏僻你是知道的,警察过来,至少也要两个小时以后——这就是这个诡计会产生的原因。"

他停了一停,又说了下去。"那时候启思正好往外看,是凶手求之不得的。就算他不去看,凶手也会把我们引过去作证人。"钟辰轩说,"记得吗?当阿莹的马在狂奔的时候,青青莫名其妙地昏倒了,就倒在油菜花田里。她那一倒,可不是随便倒的,她个子挺高的,这就架起了跟'尸体'之间的那个桥梁。一刀下去,死者不死也得死!之前的血迹也是真血,绝对没有任何问题,即使我们验尸也会知道是死者的血。因为死者之前受伤了，流了一点血，这是我们从那三个男人口里知道的。他们不笨，很显然地知道葛宏的死跟他们的恶作剧有关，所以他们跟青青，阿莹统一口径，根本不提他们的这个赌博。"

"但是，如果我们一直盯着尸体不放呢？"程启思说。

"这就是阿莹骑在烈马上到处乱跑的原因。"钟辰轩一笑说，"你嘛，你是不可能不管的。我也不可能不管，自然是先顾活人，再顾死人了。"

程启思回想着当时的情况，只能苦笑："一匹烈马，驮着一个女孩子，那女孩子吓得乱叫，随时都有从马上掉下来的危险，你说，我能不管？"

"是，是，是。"钟辰轩讪笑，"当然要管，你这是英雄救美嘛，哪怕被马蹄子踢到也没关系，是不？"

"她是怎么让马狂奔的？"程启思说，"好大的胆子，她真不怕颠下来摔死？"

钟辰轩哼了一声说："她一定是个常常骑马的高手。一般女孩子嘛，早该被颠下来了，可她没有，这只能说明她很擅长骑马。"他沉默了一会儿又说："不管怎么说，这是一个把我们所有人的视线引开的好办法。否则，他们也许会另外找个人来当人证，比如旅店的老板。你跟我，都是很难糊弄的，他们一眼就可以看出来。"

"因此，反正都是刚死的人，十来分钟的差别，就算你是医生，你也不能看出他的准确的死亡时间。"程启思说。

钟辰轩又是一声讪笑："是，我是神仙，你去找个法医给你鉴定，精确到几分几秒看看？看他不当你神经病。"

赵思翰插嘴说："你们别争了。总之，你的意思是说已经死了的青青就是凶手？"

"除了她没别人了。"钟辰轩说，"阿莹就是她的帮凶，这一点也毫无疑问。"

程启思喃喃地说："阿莹……"那个脸长得精致秀美的女孩子，他从心里实在是不愿意相信她跟这起凶案有关。但是，毕竟以他的经验，杀人凶手里不乏年轻美貌的女孩子。而且有些过于美丽的女人，反而是特别缺乏道德观的。

"可是为什么？"赵思翰问，"她们为什么要杀这个男人？"

钟辰轩摇了摇头，说："我觉得不像是仅仅为了钱。这个，审的时候自然就知道了。"

他的眼睛望向了远方，天色已经暗了下来，远处的湖也呈现出灰蓝的颜色，波浪起伏，不时地有一只白色的鸟掠过。"可是，有个人看到了发生的事。当时他不知道发生了什么，可是，当他知道死者的死状的时候，他明白了。因为那两个女孩，曾经在油菜花田里模拟过杀人的现场。"钟辰轩说。

赵思翰把一张 TF 卡扔到了桌子上，说："没错，照相机里面的东西被删了。可是，一般摄影的人都会有复制一份的习惯，以免辛苦拍出来的照片出问题。我找到了他复制的另一张卡——看样子，阿莹和青青还没发现。"

照片设成了幻灯片，一张张地在电脑上滚动播放。

要么就是拍的人在不断地按快门，要么就是设成了自动连拍。两个女孩，一个躺在油菜花地里，另一个正扑倒在油菜花里。她们的动作很奇怪，奇怪到让人不知所云。但是这时候看的几个人都明白了，她们是在试验她们设计的杀人方式是不是可能实现。

事实上，她们办到了。虽然很冒险，虽然随时有失败的可能性，但她们还是成功了。

这不知道是她们的幸运，抑或不幸？

阿莹的脸色很苍白，比那天程启思把她从马上救下来的时候还要苍白。她只说了一句话："我可以抽烟吗？"

程启思看了赵思翰一眼，赵思翰犹豫了一下，点了点头。阿莹拿出烟，点燃了，夹在两指之间，烟雾渐渐地上升，淹没了她的脸。她的声音在烟雾里，也显得遥远而虚幻。

"那天晚上，我知道有人住我们旁边的房间。按理说，住这里的，都是经过这里的货车司机，所以我们相当放心，那种粗俗的人是不会看穿我们的计划的，他们也不会半夜在外面乱走。"

程启思说："那当你看到我们的时候呢？"

"天太黑了，你们的车就停在房间门口，我没法子看清楚你们。"阿莹淡淡地说，"如果看清楚了，我也许会中止计划。"

她轻轻地叹了一声："这就是命吧，我选错了见证人。"

她沉默了很久，又说："一切如你们所言。我只是想告诉你们我的动机。最开始，这只是个游戏。你明白吗？游戏。我们在打赌，赌马山看到葛宏'死'了，会吓得晕过去。所以，葛宏也很配合，他身上的是真血，加上油菜花的遮掩，你们很难看清楚他是否是个死人。"

程启思忍不住冷笑了一声，看着钟辰轩，说："看看，辰轩，你还是医生呢，你这眼神，也不知道是怎么回事。"

钟辰轩回瞪了他一眼，说："又不是我们的辖区，我又不能乱碰尸体仔细看。要是我能接近，仔细看两眼，我要不能看出来就吊销就自己的执照。"他又看着阿莹，笑了一笑，眼里有层薄薄的坚冰，说："其实，阿莹，我告诉你一件事。"

阿莹仍然夹着那支烟，怔怔地看着前方。听到钟辰轩这句话，她抬起了睫毛。钟辰轩双手撑在桌面上，半俯下身，眼睛直视着她的眼睛。他的声音，清晰而明亮，带着点淡淡的嘲弄。

"虽说一切都不可能重来过,但是,我得告诉你,你的想法是幼稚的。你只是个看多了小说和漫画的女孩子,你要知道,这种不可思议犯罪,总是有迹可寻的。我几乎一看就能看出来凶手的痕迹,猜出谁是凶手。我们破案的方式,跟小说里是有所不同的。我们一般会先找动机——除了真有精神病的,都不可能没有一个强烈的动机——然后逆推凶手。至于你用的什么手法,那真的不重要,就算我想不出来你是怎么杀的人,我也有把握让你说真话。你——还太年轻,太幼稚了。"

阿莹夹着烟的白皙手指在发抖,她的嘴角也在神经质地颤抖:"是吗?呵呵,也许你是对的。不过,那又怎么样呢?"

程启思哼了一声:"你扮小白兔扮得真好。"

阿莹看了他一眼:"那是因为你对女人没抵抗力。"

这话说得程启思无力反驳,钟辰轩在旁边只是讪笑,笑了一会儿才说:"你自己说,还是要我来说?"

"无所谓了。"阿莹平静地说,"我们不仅想杀死葛宏,还想得到他的财产。我跟青青……我们都恨他恨得要死。他给我们拍了裸照,他要挟我,我只有听他的话。我还有家人,我怕给他们丢脸。青青更想要他的钱,反正葛宏没有更近的亲戚了,那孩子是她偷偷留下的。"

程启思冷冷地说:"是你把青青推下水的?"

"不是!"阿莹抬起了头,"我当然不会杀青青!何况,青青死了,我怎么可能得到葛宏的财产?我是傻子吗?"

程启思呆了一下。阿莹说的,不是没有道理。阿莹笑着深深地吸了一口烟,说道:"好啦,反正就这么多了。我还是挺后悔的,要不是青青一直鼓动我,我是不会干这种事的,也就糊里糊涂地过下去了。可是现在……"

说到这里,她猛然地摇晃了一下,栽下了椅子。程启思就在她旁边,抢上去扶住了她。阿莹雪白的一张脸,变成了跟马山死的时候一样的青蓝色。她仍然是美丽的,却美得无比的诡异。

"又是氰化钾!"赵思翰看着阿莹的脸,有点遗憾地说,"我们怎么就没想到呢?"

他看到程启思和钟辰轩都不说话,突然跳了起来:"难道你们都想到了?你们都没说?!不是你们的辖区你们就不开口了?喂喂喂,你们太不够朋友了,嫌疑人在局里死了,这个问题可大可小……"

"算啦。"程启思说,"畏罪自杀而已。我也没真的想到她会自杀,那个念头只是一闪而过。我确实没想到她的动作会这么快……"

赵思翰把电脑打开了,那上面的照片,一张一张地开始滚动。女孩雕像般的胴体,美丽得让人不敢直视。

钟辰轩看着,慢慢地说:"她的贪念,应该更大于她的怨恨吧。"他沉默了一会儿,又说,"青青扔下的那个手机,就是给我们看的。她想表现出这些裸照对她而言,并没有什么太大的关系,这是个聪明的做法。不过,从另一方面说来,也是在欲盖弥彰。"

氰化钾是属于青青和阿莹的。那么,马山也是被她们杀的。她们都知道马山感冒了,鼻子不灵,也知道他烟瘾很大,随时会抽到有毒的烟。可是,青青又是谁杀的呢?

"青青自然是马山杀的。"钟辰轩说,"除了他,还有谁?不过,我倒不认为马山杀青青是有预谋的,他们大概是晚上到湖边,马山跟青青说,他看到了她跟阿莹的试验,如果她肯拿钱堵他的嘴,就不把照片交给警方。两个人起了争执,他失手把青青推到了水里,然后他也害怕了,跑回了车里,装成一直在睡觉的样子……"

钟辰轩笑了笑说:"我们没有想到这一点,只是因为他从凶手变成了受害者。那天晚上,我们都在帐篷里,都有不在场证明,只有马山没有,他一个人睡在车子里。而青青跟马山吵架的时候,阿莹又偷偷换了马山的烟,才会造成马山的死亡。只是青青的死让阿莹快崩溃了,她只偷掉了马山相机里的TF卡,却没想到他还有备份。"钟辰轩想了一会儿,若有所思地说:"我们仍然有盲点,每次比较有趣的案子,几乎都会出现盲点。这一次,我们忘了死者的存在,不是吗?"

程启思坐在草地上,看着不远处那片蓝莹莹的湖。夕阳闪着耀目的红光。他随手摘了枝野花,笑着说:"是啊,只可惜他死了,赵思翰再也抓不了人了。阿莹自杀,也算是一个了结吧。反正她干这种事,未必能判到死缓。"

"我们只管抓人可不管判。"钟辰轩说,"我不觉得她做的事应该判死缓。"

程启思"哈"地一声笑了出来:"今天真是太阳打西边出来了,辰轩,我从来不知道你还有正义感。"

钟辰轩也不生气,只是微微一笑,说:"我有正义感很让人惊奇吗?你不能因为凶手是美女就生恻隐之心啊,这两个女人可是比毒蛇还毒呢。"

程启思用一种很古怪的眼光看了他一眼,笑得也很古怪:"是吗?"

"唉,我们又该回去了。"钟辰轩有点遗憾地说,"这里,不愧是高原,空气清新到出奇。看看这天,有多蓝。"

"像 LONELY BEACH 一样的天吗?"程启思笑着说,"在哪里都一样,人心是不会变的。你不会变,我也不会变。所以,假期也该结束了,回去吧。我们已经在外面多待了一阵儿了，不能不回去了。"

钟辰轩站了起来，带着点留恋地回过头，看着那湖。湖像海一样，无边无际。"是的，所以我们走到哪里，都免不了会有谋杀案的发生。那话是怎么说的？有人的地方就有江湖？"钟辰轩问。

程启思忍不住想笑："你什么时候学会说这种话了？中文都写不利索的人，啧啧，说这话还真让人不习惯呢。"

"好歹我也把金庸看完了。"钟辰轩不满地说，他的眼神又飘远了，"看看这里的花有多美，一片一片像金色的地毯。又有谁知道在这种美景下面，会藏着罪恶呢？"

程启思把手机扔给他，说："发现'尸体'的时候，我随手拍了几张。现在看起来，这照片真是有水分的。对比之后法医那边拍的照片，很明显，是略有移动的。我们早就该发现此中的玄机了。"

钟辰轩喃喃地说："死人跟活人的区别——他居然瞒过了我的眼睛。因为那面小旗，正好插在了他的脸的附近。还有那些彩条，是一道心理的障碍，我们不想越过去。青青和阿莹未必懂多少心理学，但是她们做得很完美。"

程启思回答："这个世界上，没有完美的谋杀。"

钟辰轩笑着说："希望我的职业生涯里，能够碰上一桩，那也不枉我干上这几年了。"

程启思瞪了他一眼，没有再说什么。

太阳已经全部沉落了，湖面上泛着的红光笼罩在那边金黄色的油菜花田上，开得如此鲜艳和灿烂的油菜花也变得柔和了。

{END}

不见光明的侦探联盟

文/颜凉雨

1

"昨天晚上十点钟你在哪里?"

"宿舍。"

"具体一点儿。"

"如果你指的是北京时间十点钟零分零秒的话,没错,我在7#男生宿舍楼7层707宿舍隔壁的男厕所最外面的隔间里。"

"你在那里做什么?"

"你在蹲坑的时候能做什么,吃夜宵?"

"注意你说话的态度!"

"那我也请你注意你问话的态度,我是来配合调查的,不是犯罪嫌疑人。"

"有同学看见你们在饭堂发生过冲突,第二天他就死在了男厕所里,而他死的时候你还正好在现场,你怎么解释?"

"如果你今天买了一注双色球,明天发现中了五百万,你怎么解释?"

"所以你的意思是王景瀚的死对你而言是一种幸运?"

"警官,我建议你回学校重新补习一下语文。"

"如果你配合调查,不这么阴阳怪气地答非所问,也许你现在已经回学校看日出了。"

"……"

"那个,抱歉。"

"OK，我接受。昨天晚上快到十点钟的时候，我正在宿舍里用手机听广播，突然觉得肚子不舒服，所以把手机挂在脖子上，继续一边听一边去上厕所。平时我喜欢去最里面的隔间，昨天我照例走过去，但是刚把门推开一点点，就被骂了，原来王景瀚已经蹲在里面了，只是因为懒，没有锁上门。后来我就选择了最外面的隔间，主要是为了跟他拉开距离。接下来的几分钟就不细说了，都是上厕所的正当内容，直到广播里开始报时，北京时间二十二点整，应该就是'整'那个字还没说完，我听见了一声巨响，然后是什么东西在地上摔碎以及水哗哗落地的声音。"

"……"

"怎么了，我说得不够详细？"

"不，是过于详细了，每一个细节都清清楚楚……"

"如果逻辑严密条理清楚也是一种错，那我道歉。我只是不想继续耽误您的时间。"

"最后一个问题，如果我的一些用词造成你的不适，见谅。"

"这话你说晚了，应该用作开场白的。"

"既然你的眼睛看不见，那你是怎么能确定王景瀚出事了，并且第一时间选择报警？"

"没有声音了。"

"嗯？"

"我走到他的隔间门口，除了水管断裂后冒出来的流水声，其他声音一点都听不到了，不管是王景瀚的说话声，还是呼吸声。"

"你的意思是，你能在嘈杂的流水声里听出一个人是否还有呼吸？"

"对。"

2

走出警察局的时候，天边已经泛起鱼肚白，然而这光太微弱，还不能触动郑羽的视觉神经。警察曾提出要送他回学校，被他拒绝，不光是因为他想一个人待会儿，还因为白天与黑夜，对于现在的他，区别真的不大。

郑羽是 S 大四年级的学生，外形阳光，成绩优异，还乐于参加各种校园运动及社会实践活动，俨然一棵嫩绿的校草。然而事情在大三下学期有了个十分狗血的转折——他瞎了。

起初只是视力下降，郑羽以为是用眼过度，没有当回事儿，直到忽然有一天，他什么都看不见了。去医院检查，医生说是眼角膜病变，并且已经不可逆，只能用药延缓病情发展，同时等待合适的角膜进行移植手术。学校原本是想让他暂时休学的，可一来学院领导和老师都帮他求情，毕竟大四没有必修课了，选修课学分他也已经修够，只等着一年期满毕业，此时休学未免浪费光阴；二来角膜移植手术也定期在了四月份，这就意味着如果手术成功，那么他在大四上学期过半时就可以恢复正常生活。所以学校最终网开一面，在郑羽签署了一份形式大于内容的无责声明（即该生失明期间在学校发生的一切意外与学校无关）后，便同意了他继续留校。

如今经过一个寒假的休息，郑羽已经从完全看不见恢复到可以在光线充足时感知到一些模糊的光影。比如建筑物或者人的大致方位——虽然这些在他的眼里都是黑蒙蒙的一团团影子，但已经很大程度地降低了他受伤的危险，他不至于东撞西撞。而在熟悉度高的校园里，他的行动则更加自如。

一切都在往好的方向发展，直到昨天晚上。

微凉的三月，细雨绵绵。正所谓，好雨知时节，当春乃发生，随风潜入夜，润物细无声。昨夜二十一点五十五分，走进7#男生宿舍7楼男厕所的文艺青年郑羽同学，原本是想低吟这首诗的。大开的窗户，满是湿气的夜风，偶尔打在脸上的小雨，如果屏蔽掉卫生间特有的气味，一切都是那么的诗情画意。

然而后来郑羽明白了，随风潜入夜的可能是润物细无声的春雨，也可能是杀人不眨眼的罪犯。

有一件事，他在做笔录的时候反复强调，当时在他推开王景瀚所在的隔间，并且被对方狠骂的时候，他听见了另外一个人的呼吸。虽然对方极力压抑着，可还是被他听到了。也就是说，当时的厕所里，除了他和王景瀚，还有第三个人。

然而他的说法并没有被采信，因为所有听到王景瀚出意外时的那声巨响，并第一时间过来围观的同学都表示，他们在现场只看见了郑羽。

郑羽知道，自己的判断不会出错，但他也不愿再细想，因为那只会让他心底窜起更大的寒意，并侵袭到四肢百骸。

失去视力让郑羽的听觉异常敏锐，却也远没有达到顺风耳的地步。所以，如果说他能够在冲击力极强的谩骂声中听见那个呼吸，只可能是一个原因——那人距离他们，很近。

3

没过几天，校领导亲临7#男生宿舍楼，尤其在7层挨门挨户打卡，一来传达案子已结，定性是螺丝松动造成高处水箱意外坠落，伤人致死；二来"慰问"受到惊吓的莘莘学子，然后在言谈中不经意地插播一句，有关该事件的所有议论到此为止，再乱传，小心辅导员找你"促膝长谈"。

校领导走了，却没有带走学子们的恐慌感，尤其距离厕所最近的707宿舍，作为受害人和嫌疑人的"共同出处"，更是一片愁云惨雾。

"意外？你们信？"孙雷从枕头底下摸出烟点上，然后喊下铺的韩战，"大韩，开窗。"

韩战伸手打开推拉窗，让室内的空气流通起来，他说："这你要问郑羽了，他是一号目击者。"

"不好意思。"如果可能，郑羽真想翻个白眼，"该目击者高度近视。"

7#男生宿舍楼是一栋老楼，早些年都是四张上下铺住满八人，中间放一张长方形木桌。这两年为了改善学生住宿条件，每个房间居住的学生减少到六人，上下铺还是四张，不过空出两个上铺的位置可以给学生放行李和杂物。

707室里靠近窗户的两张上下铺，分别住着孙雷、宋一元和韩战、郑羽，靠近门的两张下铺则是王景瀚和刘之远，现在王景瀚死了，剩下刘之远一个人极不情愿地对着对面的空铺，所以除了熄灯睡觉，其余时间他都挤在郑羽的下铺坐着，郑羽也很够意思地分出了一亩三分地。但是今天刘之远不知道干什么去了，一直不在。

三年的朝夕相处，即便没上升到过命的交情，也是熟悉的朋友了，所以郑羽意外失明——虽然他自己不愿承认，咬死称只是高度近视——大家也没有特意去差别对待他，偶尔话赶话的，还总会忘记他已经看不见了。

郑羽喜欢这样，因为这会让他觉得生活和以前并没有什么不同。

不过关于现场还有第三个人的事情，郑羽并没有对大家说。尽管室友们好像对"意外"的结论嗤之以鼻，但这只是对于"官方说法"习惯性地吐槽，并不是大家认为真的认为存在"凶手"，所以他不想增加大家的恐慌。而且就算没有这个"第三人"，大家也已经把事发地——男厕所列入了禁区，证据就是当得知郑羽要去那里上厕所的时候，室友纷纷表达了各自的看法——

"你有病吧。"

"现在是晚上。"

"所以你是抱着在欢乐谷逛鬼屋的心情准备重温旧梦？"

郑羽懒得理他们，直奔厕所——他尿急啊！去更远处的厕所浪费时间啊！而且问题是案发现场对于他没有区别，他看不见啊各位！

一番疏解后，厕所之行圆满成功，郑羽系好裤子，转身去盥洗台洗手。

流水声打破了厕所的静谧，也冻着了郑羽的手。不知道为什么，学校的水一年四季都很冰，夏天的时候挺不错的，可在这乍暖还寒的三月，就有些难过了，更要命的是即便关上水龙头，那寒意还是从指尖一路蔓延到郑羽的心底。

郑羽没有说谎，他确实不害怕这间厕所，但并不代表他不害怕发生过的那件事情。只是这害怕与他所处的环境没有关系，它以一种很抽象的形态存在于他的脑子里，偶尔被一些熟悉的东西触发，比如刚刚的流水声，会让他脊背发凉。

而且不知道为什么，他总觉得这间厕所里还有东西。不是那种切实可以感受到的热度、呼吸，或者其他，而是一种说不清道不明的存在。

回到707没多久，北京时间二十点三十分，7#男生宿舍楼准时熄灯。原本还有微弱光亮的视野彻底漆黑一片，郑羽顿觉无趣，撇撇嘴，准备翻身睡觉，就听见宋一元问："你们谁看见阿远了？"

阿远，刘之远。

经过宋一元提醒，707的小伙伴们才惊觉，可不是么，一晚上了，包括校领导过来慰问的时候，刘之远都不在。而现在，到了熄灯时间，707里依然只有四个人。

如果换作别人夜不归宿，众人也不会大惊小怪，男生嘛，网吧包个夜，或者跟女朋友……都是人之常情。但刘之远这个书呆子，天天图书馆、食堂、宿舍三点一线，你说他会夜不归宿？打死707的哥儿几个，他们都不会相信！

多想无益，韩战直接掏出手机，说："我给他打电话。"

随着手机扬声器里传来刘之远的手机彩铃，707小伙伴们都不自觉地屏住呼吸……

歌曲过半，戛然而止，取而代之的是毫无情感的机械女声——对不起，您拨打的电话暂时无人接听，请您稍后再拨。

宿舍陷入一片死寂。

王景瀚事件的阴影依然笼罩在每个人的心头，大家没办法不往坏处想。

"韩战，你再拨一遍。"郑羽忽然说，"别开扬声器。"

韩战不明所以，以为是郑羽不死心，便很快重拨过去。

依然是同样的彩铃，只是关掉扬声器后，声音被锁在了听筒里，在707寂静而停滞的空气中若隐若现。

不过很快，大家就发现在彩铃之外，还有第二首歌曲的声音，像是从另一个方向传来的，有些遥远，有些模糊，仿佛跋山涉水方才抵达707，与听筒中的彩铃交汇，融成微妙而怪异的协奏曲。

郑羽猛然从床上坐起来："是刘之远的手机铃声！他的手机在厕所！"

经郑羽提醒，707的弟兄们方才恍然大悟，那从宿舍门外隐约飘进来的曲调不正是刘之远三年没变过的手机铃声《献给爱丽丝》吗！

至于郑羽为什么敢肯定铃声来源于隔壁厕所而不是别的什么宿舍，只能归于直觉。

事实证明，他的判断是对的。当707的众人打开宿舍门，来到走廊上仔细听时，声音的来源再明确不过了。只是——

面对一间全部小伙伴都有心理阴影并且很可能将又产生一块大阴影的男厕所，进还是不进，绝对是个问题。

宿舍熄灯了，但走廊和厕所都是亮着的，这会儿也还有好几个隔壁宿舍的同学坐在走廊里玩笔记本，看见707小伙伴们的阵势，他们叹为观止道："至于吓成这样么，还结伴出来上厕所？"

打头阵的孙雷热情邀请道："一起？"

抱着笔记本的同学婉拒道："不了，你们开心就好。"

挣扎再三，孙雷、宋一元、韩战、郑羽四个人还是手牵手肩并肩地踏进鬼门关——男厕所。

越往里走，手机铃声越清晰，郑羽用力去听，去分辨，忽然心头一寒，说："好像……还是那间。"

孙雷打了一个激灵："你可别瞎说，那间水箱坏了，还封着呢。"

郑羽看不见，只能问："门也锁着吗？"

"那倒没有。"回答的是宋一元，"只是贴了胶……靠，胶带没了……"

四个人停在那里，谁也不敢再向前一步。

偌大的厕所里，只有贝多芬欢快的音符在诡异地流动。

最后还是孙雷打头，生拉硬拽地把弟兄们都推到了最里面的隔间门前，然后用不知道哪里拿来的拖把杆，颤颤巍巍地顶开了门……

韩战挂断了手机，因为不需要了。

拖把"啪"一声掉在地上，不知道是孙雷扔的，还是脱了手。

宋一元没有声音，连呼吸都好像止住了。

郑羽焦急起来道："到底怎么了！"

没人说话，夜风从大开的窗户吹进来，却吹不动吊在半空的刘之远。

4

刘之远死了，是畏罪自杀，有遗书。

遗书里详细说明了他是怎么弄松螺丝，伪造现场，造成王景瀚死亡假象的，同时也陈述了作案动机——他被王景瀚骗走了五千元，对方拒不归还。

刘之远的家境不好，五千元对于他来说，确实是一笔巨款，大到足以让他铤而走险，但郑羽就是觉得不对，可哪里不对，他又说不上。

整整一夜，先是警察问话，然后是校领导千叮咛万嘱咐务必保密，等一切折腾完，天色已大亮。小伙伴们再也不愿意留在宿舍，纷纷离开，707里只剩下郑羽。他也可以离开，而且相比别人，就住在本市的他家更便利，可是他不愿意。

王景瀚和刘之远就这么不明不白地死了。

刘之远杀了王景瀚？哈，真是他这辈子听见过的最好笑的事情。别人不了解刘之远，可是他知道，那个书呆子虽然不善交际，愣头愣脑，可内里却有一副古道热肠！他刚看不见那会儿，根本不能接受现实，更没办法适应一片漆黑的生活，是刘之远按着饭点儿一天三遍地带他去食堂，不厌其烦地给他讲这个菜是什么，那个菜是什么，让他自己选。他曾经问过对方，你干吗不直接把饭给我打回来，非要拉着我这么费劲儿。对方的回答让他到现在都记得——那样的话，你就再也不会愿意走出宿舍了。

如果说现在这个能够缓慢却自由穿梭校园的郑羽最应该感谢谁，非刘之远莫属。

刘之远古道热肠，却不傻，或许大部分书呆子智商爆表，情商欠费，但刘之远肯定不是，他只是懒得把心思用在琢磨别人上。所以说关于王景瀚骗了刘之远钱的说法，郑羽同样存疑。且不说刘之远能不能拿出这笔钱，又或者他即便有钱，以他的智商是否真的会被王景瀚骗去，单说三年下来以郑羽对王景瀚的了解，便无法相信对方会做出这样的事情。

可是现在两个人都死了，死无对证。

遗书他看不见，听707的伙伴说，那确实是刘之远的笔迹。可这年头，山寨遍地，何况笔迹？

想不通的事情太多了，但线索都在警察那里，具体现场搜到了什么证据，他根本无从知晓，唯一能靠近事件真相的地方，只剩下那间移不走搬不动的厕所。

5

阳春三月，万物新生。

没有了夜幕效果的男厕所，冰冷潮湿的感觉减弱许多，如果像此刻这般还有阳光，便更是明亮温暖了。哪怕郑羽看不见，也能从带着暖意的日照中感觉到那份舒适。

出事的隔间在最里面，郑羽缓慢移动着脚步，走到它的门前。伸手去摸，光滑的塑料触感告诉他，门重新用胶带封上了，而且封得严严实实……

"喂。"

耳畔传来的声音让郑羽的手一抖，不敢再动。

时间一分一秒地过去，再没有任何动静，仿佛之前的那一声只是他虚幻的臆想。郑羽深吸口气，又慢慢呼出，正准备再次抬手……

"喂，说你呢！"

的确有人在讲话，他听得清清楚楚！

可是刚刚进厕所的时候他明明确认了，四周根本没有第二个人的呼吸……不，现在也没有！

没有呼吸声，却有说话声，郑羽不敢再深想，只觉得头皮发麻。他知道该离开这里，可是脚底下像生了根，完全动不了！

"我去，你真能听见我说话？"

那是一个年轻男人的声音，口气比前两句柔和，带着点意外，带着点……兴奋？

郑羽想转身面向声音来源，尽管他只能看见一团黑影，也算是形式上的"面对面交流"了。可奇怪的是他平日里赖以自豪的听力，居然分辨不出声音的方向，仿佛那个人不是站在他身边，而是藏在他的脑海里说话，不需要耳朵，声音直接抵达中枢神经。

"我能听见你说话。"与其苦思冥想，不如直接询问，"你是哪个宿舍的？"

直觉告诉他，这人不像是凶手，退一步讲就算是，他也没法反抗，只能智取。

然而对方没有回答，反而把问题还给了郑羽——

"你是哪个宿舍的？"

"707。"郑羽如实回答。

"哦。"

那人应了一声，然后，就没有然后了。

郑羽有点尴尬，这时候不是应该轮到对方答题了吗？

"这年头谁还按套路出牌。你是不是傻？"

"我……"郑羽刚想反驳，忽然觉出不对。刚刚那句话只是他心里的吐槽，根本没有说出来，对方怎么可能听见？！

"声音这么大，想不听见都难吧。"

要么是他出现了幻听，要么是他遇见了一个会读心术的神经病……

"你才神经病。"

很好，是后者。

不带这么玩儿的啊啊啊啊！

"少年，咱们能冷静点儿不咆哮么，我耳朵要被你震聋了……"

你到底是谁？

"其实，我也不知道……"

那您慢慢想，再见。

虽然不用说话就能沟通实在是一种非常新奇的体验，但当这种体验出现在一个发生过凶杀案的男厕所里，吸引力难免大打折扣。

"哎哎，别走啊，难道你不想知道谁杀的你同学吗？"

郑羽疾行的脚步骤然停下，情不自禁地开口："你知道？！"

对方没出声。

很好，他不知道，并且成功让自己的怒气值满格，再待下去难保自己不祭出手撕鬼子这等大招……

"等、等等，先别酝酿必杀技！我是不知道凶手，但是我可以和你一起去查啊。你不是对你同学的死存疑么？有我帮你，保证事半功倍！"

"你是会飞檐走壁还是密室推理啊？"郑羽被对方的说辞逗乐了，紧绷的神经也缓解了许多，"所以，你到底是哪个宿舍的啊？"

对方沉默了一会儿，然后郑羽才听见他问——

"你是认真的还是逗我呢？"

郑羽皱眉："什么意思？"

"你看不出来……呃，我和正常人有点区别吗？"

郑羽有点懵，第一反应是这不应该是自己的台词吗？

"唉，难得碰上个能说话的，怎么沟通起来就这么费劲呢！你没看见哥们儿我是飘着的吗！脚！注意我的脚！着地了吗？还有透明度，我这身体透明度起码70%以上吧，你见过谁的身体跟塑料袋似的，风吹过来就一起摇摆？"

郑羽看不见，但不妨碍他在对方精准的描述下脑补出一幅婀娜画面，如果非要给这幅画加一行小字注解——

"所以你的意思是……我见鬼了？"

"你才见鬼了！你全家都见鬼了！"

"OK，不见鬼，不见鬼还不行吗！"这人脾气还真是一点就着，"所以你到底是啥啊？"

"能量团。"

郑羽无言。

"你那是什么表情？"

"你能说地球语吗？"

"一看你就不读书不看报。研究表明，所谓人类的灵魂或者说死后的意识其实就是一股能量团，这个能量团在离开物质躯体的束缚后，自由地飘移在地球磁场之间，随着时间的推移，能量减弱，直至消失。"

"哥们儿……"

"嗯？"

"以后别看这种宣扬封建迷信的读物了。"

"……"

郑羽后悔跟这货浪费了这么多时间，他是看不见，但不代表可以随便在他面前扯淡。

"你，看不见？"

现在才问会不会有点晚了？而且任谁都能看出来吧，只要智商大于二十。

"对不起，我第一次能跟人沟通，太兴奋了，没注意。"

呵呵，不是超自然的能量团么，那还跟人沟通什……等等……

郑羽再次停下脚步，站定，第一次认真梳理跟对方"沟通"到现在的全部过程。首先，他确实直到此刻都无法判断对方的位置，就像之前说的，对方的声音好像无须经过耳朵，直接对口就是大脑；其次，对方能够听见他在没说出口的话；第三，即便是最不希望他离开的时候，对方也没有伸手去阻止他，哪怕碰他一下，换句话说，到现在为止他没有接触过对方的实体；最后，也是最重要的一点，此时此刻的男厕所里，除了自己……再没有第二个人的呼吸。

难道自己……真的见鬼了？

"我不是鬼！"

"行行行，没见鬼，没见鬼，正好，我本来就啥也看不见。"不知道为什么，或许光天化日下，朗朗乾坤，或许拜失明所赐，抑或那货散发的友爱气场过于强烈，即便知道对方非人类，郑羽也没有太多害怕的感觉，反而是有趣和好奇心占了上风，"你叫什么？就算是个能量团，也总要有个名字吧。"

"唉，不是我不想告诉你，我是真的忘了。我是谁？来自哪里？怎么就变成能量团了，我一点记忆都没有。"

"那我给你起个名字吧！"

"你也不用这么快就切换到养成模式！"

"既然我一说'见鬼'你就暴走，一说'不见'你就舒坦，那你会不会是叫'不见'？"

"我失去的是记忆，不是智商……"

"不见！不见！挺萌的嘛哈哈！"

"那你叫什么？"

"祝光明。"

"我问的是名字，不是愿望。"

"那么挑呢，你叫不见我也没说啥。"

"那是你起的！"

6

酒逢知己千杯少，话不投机半句多。虽然没有酒，也并未交换真名实姓，但能在男厕所里一见如故、惺惺相惜地聊上一个来小时，也绝对是真知己了。期间有个别胆儿大或者图近省事的同学来上厕所，郑羽就假装洗手，等同学离开，他便继续跟"不见"进行"心灵交流"，以至于到后来他的手都要洗皱了。

"难怪最近白天都没什么人来上厕所了，原来是发生了这么恐怖的事情。"

大哥，你也很恐怖好吗！

"不见"是一股长期盘踞在男厕所的能量团，这是他自己讲的，至于为什么会在此处，他自己也毫无头绪。只知道白天的时候，他的能量很微弱，所以只能乖乖待在这里，可是到了晚上，他的能量就比较强了，可以飘出去晃荡，所以日落后他通常都不会在这里，自然也无从知晓晚上发生的事情。而作为能量团呢，他虽然可以干扰人类的身体磁场，但鉴于水平实在有限，这么长时间以来，只成功干扰到郑羽一个，这也就是为什么他们可以脱离声音和听觉，直接心灵交流的原因。

"如果真的像你说的，不是意外，那到底是谁杀的？"

鬼知道。

"我不知道！"

但你不是能听到别人的心里话吗？你就在这里蹲点儿，挨个儿听，没准有什么线索。如果幸运，凶手正好就是这个宿舍楼里的学生，说不定还故地重游呢。

"都说了，除了你，我还没跟任何人的脑电波接上轨。"

这也不行那也不行，你还能干点儿啥！

"你可以侮辱我的本体，但不能侮辱我的能力。"

那你也得有能力啊！

"急什么，等晚上我能量满格了，天地任遨游，不要太拉风！"

然后呢？带我飞？

"找线索！"

7

北京时间23点59分，一个人影鬼鬼祟祟地溜进7#男生宿舍楼7层的男厕所里。

"用不用这么踩着点儿啊，我都到半天了。"

交流线索之前，我有个小问题。

"嗯？"

为什么我们要约在这里？既然你晚上能量满格，为什么我不能躺在宿舍床上跟你心贴心地愉悦交流？

"呃，对哦。哎呀，习惯这里啦，不要在意这些细节！"

郑羽忧伤地抚摸自己极速变粗糙的手掌，祈祷千万不要再有同学过来上厕所了。

"言归正传，我本来想去警察局找点资料看，结果正好赶上他们熬夜开案情分析会。根本没有结案，那只是学校安抚你们的说辞，警方也认为不是简单的自杀，只是线索太少，暂时还没有明确的侦查方向。"

都有哪些线索，说来听听？

"首先，砸王景瀚的瓷水箱螺丝松动不假，但即便螺丝松动，水箱也应该是连同上下水管一起倒下来，如果是这样，那么按照角度计算，水箱只能是砸到厕所门上，根本不可能砸到王景瀚，但实际情况是上下水管虽然在水箱的作用力下倾斜了，但最后是水箱本身脱离了水管，正好砸到了王景瀚，这个概率不能说没有，但实在太小。另外这种老楼里的悬挂式水箱，清洁工是不会特意擦的，证据就是旁边几个隔间的水箱都落满灰尘，但这个隔间里的水箱却被擦得干干净净，警方在残片上找出了血迹，没找到灰尘，也没找到指纹。"

所以我当时没有听错，在厕所里还有第三个人，而且距离当时跟王景瀚说话的我很近，但王景瀚却没有看见他，那只能是……

"他在王景瀚的隔壁，而且很可能爬到了隔间遮挡的上方，正俯视着你们。"

郑羽用力收紧衣服，却仍觉得浑身发冷。

"再说到刘之远，他虽然是上吊身亡，但长裤的小腿后面位置沾上了84消毒液成分，两条腿都有，范围差不多，位置也相似，所以警方怀疑他是先被人迷晕，然后被拖到隔间里吊起来，伪造了自杀现场。裤腿后面的消毒液，可能就是凶手在拖拽的过程中蹭到了地面上保洁用来拖地杀菌的84消毒液。"

如果是迷晕，检测不出来吗？

"不是吃进胃里，而是使用一些沾了挥发性气体的手帕捂住嘴鼻短暂迷晕几分钟的话，好像很难检测。"

那遗书呢？遗书有什么疑问吗？

"说到这个，就是最关键的了，遗书是伪造的。"

可是我室友他们都看见过遗书，说是刘之远的字迹没错啊？

"字迹是他的不假，但是人为拓写的，就是下面垫着刘之远的字，在上面一个一个地描，虽然做得很妙，下笔也较为连贯，但一个原因是字间距有微妙的怪异，另外就是还有一些横折撇捺的细节上有所不同，这个就只有笔迹鉴定专家才能看出来了。"

果然，这两桩都是谋杀。可我实在想不出，他们就是普通的大学生，为什么会有人处心积虑地策划这一切，什么仇什么怨？至于吗？！

郑羽想不通，因为想不通，所以更难受。那是两个活生生的人啊，是他朝夕相处的同学、朋友，不久前还一起上课打游戏，如今却……

"不见"感觉到了祝光明心底涌起的悲伤，不知为什么，他忽然有些心疼眼前这个明明看不见，却硬说自己只是高度近视的家伙。

他鬼使神差地抬起头想去摸摸对方的头，却在快要触碰到的一刹那，穿了过去。

"不见"这才想起来自己只是一团没什么实体的能量，他有些落寞地收回手。

身边人什么都看不到，自然也无法察觉他的动作。在此之前"不见"觉得这非常棒，因为他曾经用能量让自己在厕所镜子里显形，那头破血流的模样实在不具美感，刚遇见祝光明的时候他还担心自己会吓跑这唯一能沟通的家伙。可现在，他忽然希望祝光明能看见他，因为如果既看不见，也摸不着，他对于祝光明来讲只是一个声音波段，没有影像，没有温度，一旦有一天自己真的消失，这人还会记得自己吗？

各怀心思的两个人都不再说话，沉默的空气在男厕所里蔓延了大概两三分钟，"不见"才想起他侦查来的最重要的信息——

"对了祝光明，还有件事我没跟你说呢。"

"嗯？"郑羽不自觉地出声，之后他才反应过来不好，连忙捂住自己的嘴，所幸并没有什么人在这时候进厕所来。

"王景瀚和刘之远都被保研了。"

保研？我怎么不知道这件事？

"学院刚决定下来没多久，好像还在保密阶段，所以只通知了当事人，还没有正式对外公布。"

如果杀他们两个的凶手是同一个人，那么保研会不会就是他们被害的原因？比如那些成绩与他们很接近的，会不会觉得一旦他们消失，保研名额就会落到自己头上？

"这个可能性很大，也是目前警方的重点侦破方向。哦，对了，还有一个叫韩战的也被保研了，也是你们系的，你认识吗？"

晕，什么我们系，就是我们宿舍的！

"三个一起保研，学霸宿舍啊！"

等等，韩战也被保研的话，那不就代表他也危险了？！

"哎！你干什么去——"

给韩战打电话，提醒他！

"那我怎么办——"

现在是晚上，你不会跟着我回宿舍吗？！

8

如今的 707 宿舍除了郑羽，已经没有其他小伙伴了，甚至隔壁寝室的人都走了大半，一连死两个人，尽管校领导过来安抚，还是有很多同学躲了出去。

郑羽也不管现在几点，直接拨通了韩战的电话——失明之后郑羽换回了老式手机，把家人和宿舍几个兄弟都设了快捷拨号键。

"喂？"电话那头的韩战睡意蒙眬，显然没有看来电显示就接听了。

"大韩，是我。"郑羽想努力平复自己的呼吸，可心跳还是不自觉地加速。

"嗯？这半夜的，你怎么了？"显然韩战已经听出了郑羽的声音，同时人也清醒了许多。

"有一件很重要的事情，你认真听我说。"

"很重要？那我现在回学校，你当面告诉我。"

"不不不，你千万别回学校，如果你现在待的地方很安全，就待在那里不要动！"

"那好吧，你说。"

"刘之远不是凶手，他和王景瀚都是被谋杀的。"

"什么？！学校不是说……"

"那只是为了安抚我们的情绪，警方那边根本没有结案，而且调查已经有了初步方向。"

"什么方向？"

"王景瀚和刘之远都被保研了。"郑羽问，"你也被保研了，对吗？"

"嗯。院领导让我暂时保密，所以我还没跟你们讲……你是怎么知道的？"

"这不重要，重要的是咱们系一共只有三个保研名额，按理说如果凶手是为了保研，那么杀掉王景瀚空出一个名额就够了，为什么还要杀掉刘之远？"

"为了让刘之远当替罪羊啊，不是还有遗书……难道说……"

"也可能是以凶手的成绩和条件,空出一个甚至两个名额,仍然不够让他去争取。"

"你的意思是我也有危险？！"

"这就是我给你打电话的目的。大韩，你很可能是凶手的下一个目标，不管你在哪儿，千万要小心！实在不行，你就去警察局！"

"行……"

挂上电话，郑羽有些脱力地躺进床里。

"不见"飘在他的上方，头正好挨住上铺床板。

"这下放心了吧。"

但愿吧。

郑羽闭上眼睛，仅有的一点光亮从他的世界里消失。

"你还挺够意思的，大半夜不管不顾就去给人打电话。"

你要是住过宿舍就懂了，朝夕相处出来的兄弟感情，不是嘴上说说的。

"你怎么知道我没住过宿舍？"

你住过？

"好吧，我也不知道。"

郑羽无语。

"你要睡觉了吗？"

没，就是有点累。

"还担心韩战？"

嗯。

"放轻松啦，你都那么提醒他了，他再傻也知道要保护好自己。"

借你吉言。

"要我说，你与其担心他，不如担心担心你自己，凶手要是知道你在调查，说不定也会伤害你。"

放心吧，我不会继续查了。

"什么意思？"

之前我查，是以为警方真的结案了，现在既然知道他们没有结案，而且仍在日夜奋战，那还用我逞什么能，我总不会比警察更厉害。

"……"

怎么不说话了？

"太有道理了，我竟无言以对。"

多看点恐怖片你就明白了，先死的都是往前冲的，行动逻辑要多神奇有多神奇，哪里黑，哪里有动静偏就往哪里闯会死得很快，而能活到最后的呢，都是安安分分不乱跑的。

"所以你现在是要睡觉了呗？"

不。

"嗯？"

案子我不查了，但我可以查你呀。

"嗯嗯？"

你不想知道自己是谁？为什么困在这里？

"祝光明来啵儿一个！"

表达感激之情的方式有很多，请理性选择。

9

"你的意思是说你在夜里游荡时还见过别的鬼……不，能量团，但是他们都知道自己要去哪里，只有你不知道？"

"对，根据他们的描述，冥冥之中有一股洪荒之力会牵引着他们去向该去的地方，至于是天堂演奏竖琴还是地府投胎转世就不清楚了。"

"那为什么你没有感觉到这股牵引力？"

"不知道。话说，你为什么不用心灵交流，改发声了？"

"我已经看不见了，再不让说话，会憋死的好吗？"

"行行行，你开心就好。"

"哎？会不会你是枉死的，所以没办法前去西方极乐，只能在人间徘徊？"

"你能不能盼我点儿好……"

"不会有比变成一团无记忆、无朋友、无人认领的三无能量更糟糕的情况出现了，放心。"

"谢谢你的安慰。"

"你长什么样？"

"嗯？"

"就算大海捞针，也总要知道针长什么样吧，不然我捞啥？"

"哦哦，我用能量在镜子里成像过，我大概二十出头，一米八〇，五官俊朗，身形挺拔，发型因为……呃，血迹比较浓郁，无法辨认，但是身上穿的是球衣……"

"球衣？"

"对！一整套篮球比赛的球衣！"

"那上面有没有队名？或者别的什么字？"

"有的有的！"

"是什么？单位名字吗？不不，二十出头，很可能还是学生，很可能就是我们学校的，快点告诉我，球衣上印的什么，学校还是院系？！"

"24号……"

"谁问你号码了，字，球衣上的字！"

"L-A-K-E-R-S。"

"啥？"

"L-A-K-E-R-S。""不见"问，"这是哪个学校？"

"洛杉矶湖人。"

"你知道？太好了！"

"不光知道学校，我还知道你的名字了呢。"

"真的？！"

"嗯，24号，科比·布莱恩特。"

"我的名字……会不会有点长？"

老天爷你能不能来一道雷把这个能量团给劈了！

10

经过一夜"亲切友好"的交流，基本可以确定，"不见"是一名大学生，而且很可能就是本校的学生。原因当然并不是那拉风的球衣，而是按照"不见"从其他能量团那里听来的说法，如果他在白天能量薄弱的时候，被困在某个地方动弹不得，那么很可能是这个地方的一些什么东西，成了能量依托的媒介，所以能量可以凝聚在这里，不至于被日光消散。而这个成为媒介的东西，通常是一些与能量有关的私人物品，换句话说，"不见"很可能在7楼男厕所里遗落了某样东西，而这个东西，成了他困在这里的根源。

那什么人会把什么物品遗落在大学男生宿舍楼的厕所里呢？

排除掉年纪不相符的，只剩下"本校学生"，甚至，他可能就住在这栋宿舍楼里。

"喂，你一宿没睡，先睡会儿再找呗，我都飘这么久了，又不差这一时半刻。"

"废话那么多，赶紧帮忙。"

"我没有实体，咋帮？"

"你有眼睛啊帅哥！"

经提醒，"不见"才反应过来，对啊，他何止有眼睛，他还可以随意变形啊！飘这么久，总算发现这形态的好处了！

"行了行了，你别这么一点点摸了，放着我来！"

语毕，"不见"咻地化成一条能量带，在男厕所的瓷砖缝、隔板底等犄角旮旯里快乐地穿梭，一旦有发现，便要小伙伴撸胳膊挽袖子帮他弄出来。

十分钟以后，两个人收获了七个硬币、四个烟头、两张扑克牌、一个校徽、一个戒指、一条手绳、一个学生证。

也就是郑羽胳膊细、手指头长，不然有些东西还真抠不出来。

于是这边郑羽洗手，那边"不见"逐一去感受这些东西，结果郑羽手还没洗完，"不见"已经有了发现——

"学生证！我的学生证！"

郑羽看不见这些东西，难免有疑虑："确定是你的？"

"确定，上面有照片。"

"你不是说你头破血流……"

"但是五官还在啊，帅得那么明显，绝对错不了。"

"我爱你的自信。"郑羽在心里翻个白眼，然后开始询问重要信息，"姓甚名谁，哪个院系？"

"等我看看哈。左帅……物理学院……2012年9月入学……"

"你现在应该是大四，物理学院，大四，那不就是这个宿舍楼吗！"答案来得太容易，让郑羽有点不敢相信，"不行，我要打电话问问。"

"问什么？"

"不见"没有等来回答，因为那厢搭档已经掏出手机，摸索着拨出一个号码，然后很快，他就听见小伙伴说："王锐，对，是我……啊，最近挺好的……那个我问你件事，你们院有个叫左帅的，你认识吗……不不，我不认识他，就是捡……不，别人捡到了他的学生证，问我认不认识物理学院的人，想还给他……对……这样啊……怎么会……是啊，学校肯定不想外传……那好吧，谢谢你啊，嗯，再见。"

"什么情况？"

"你确实是我们学校物理学院2012级的学生，但是在上个学期，也就是大三下学期临近期末考试的时候，你失足坠楼，一直昏迷到现在。"

"没死？"

"没有，据说你还在医院里昏迷。"

"确定是意外？"

"不能确定，但没有目击证人，也没有证据表明不是意外，所以学校赔了一些钱，你家里人也没有继续追究，应该是全部心力都用在医院陪伴你了。"

"我还有苏醒的可能吗？"

"起码，你家里人是这么相信着的。"

左帅不再说话。

他找回了身份，找回了名字，却失去了傻傻的快乐。

"你是不是后悔了，觉得不该找回这些？"

"你现在也会读心了。"

"比起麻木的快乐，我更喜欢清醒的痛苦。"

左帅愣住，然后慢慢地，扬起嘴角。

是啊，与其不明不白地傻快乐，倒不如清清楚楚地活着，哪怕难过，哪怕痛苦，也全都是真实的。

"谢……"

"哎，我刚刚那句话好帅，完全可以放到名人名言里而毫不逊色！"

得，这么自信不用自己再夸了——

"除了学生证，剩下的你看是不是得交公啊。"

"几个钢镚儿几张扑克牌，我要是送到宿管那儿会被当成神经病吧。"

"谁让你送那些了，我是说戒指和手绳，看着好像都挺值钱。"

"真金白银的？"郑羽说着再次伸手去摸那些被他放到地上的东西，确实如左帅所言，戒指很重，掂量着颇有分量，摸着也挺有质感，"什么颜色的？"

"白色，很像铂金。"

"行，这个交公。"放下戒指，郑羽又去摸手绳，它本身只是普通的皮绳，但上面穿了两颗颇有分量的珠子，珠子中间还穿了一小块金属片，金属片上凹凸不平，似乎刻了什么字……

"不用摸了，两个 18K 金转运珠，中间那个应该也是 18K 金片，上面刻的是 H&L，应该是情侣款吧。"

"你怎么确定是 18K，没准是 24K 或者镀金呢？"

"背面刻着 18K 呢，我刚才特意……"

"等等！你说金片上刻的什么？！"

"18K 啊。"

"不是黄金纯度，是金片上刻的字母！"

"哦，H&L，怎么了？"

郑羽没说话。

"喂，别吓我啊，你现在的表情非常恐怖。"

"是韩战的。"

"什么？"

"手绳是韩战的，大二的时候他女朋友送他的，我们当时还调侃，说他泡了个白富美……"

"是他的更好了，不用交公，你直接拿去还了。"

"可是他的手绳为什么会掉在这里？"

"你们宿舍就在这里,上厕所弄掉手链,有什么奇怪?"

"不,他非常宝贝这条手绳,洗澡睡觉都舍不得摘,如果丢了,他一定会发动所有人帮他去找,但实际情况并没有。"

"不发动你们不代表他自己没有去找,说不定他已经找疯了,只是你们不知道。"

"可是他的手绳和你的学生证是在同一个隔板底下找到的,对吧,我记得是一起摸出来的。"

"你该不会是想说……我的坠楼和他有关?"

"或许不只是你……"

"你一个人在这里嘟囔什么呢!"突如其来的男声划破卫生间的空气。

郑羽只觉得头皮发麻,嗓子发紧,他下意识把攥着手绳的手藏在背后,他面向声音来源转过身,努力露出比较自然的微笑:"韩战,你怎么回来了?"

"接到你的电话,我哪还能睡着?"对方的声音阳光而无害,只是越来越近。

郑羽不自觉地后退,脸上却还撑着笑:"都说了学校才更危险,你怎么不听……"

"哪能让你一个人查啊,我来帮你……"声音已经到了跟前。

"不用……"郑羽加快后退的步伐,后腰忽然重重地撞到了窗台沿,无路可退了!

明明临近正午,风吹进窗户,打在后背上却是又硬又冷。

"你背后的手里藏着什么啊?"

声音已经到了耳边,郑羽能够清楚地感觉到韩战的呼吸划过自己的脸颊,刮起片片战栗。

"没、没什么……"

郑羽话音未落,就听见脑袋里的左帅大喊——

"郑羽!"

左帅从来没有叫过他的名字,他天真地以为自己真的已经用祝光明那么窘的三个字蒙混过关,却发现原来对方只是在陪他玩……

肩膀上的疼痛将郑羽拉回现实。

他忽然感觉一道强大白光划破他的混沌世界,打碎了阴霾的天,照亮了黯淡的地,而在这片光明中,他看清了扎在自己肩膀上的刀,看清了穷凶极恶的韩战,也看清了明明知道没用却还是扑在自己身上想去挡住凶器的左帅。

那家伙没有胡说,他那张脸,还真的挺英俊。

然而现在不是欣赏帅哥的时候,他不知道这光明世界会持续多久,可他知道如果不把握现在就真的逃不掉了。

说时迟那时快,失去理智的韩战已经拔出刀,准备再捅第二下!

郑羽明明已经疼得要死，可偏偏由内而外升出无穷的力气，他抬腿一膝盖就重重地顶在了韩战的裆部！

是男人都禁不住这一下，只听咣当一声，刀脱手，韩战也倒地哀号。

郑羽不管三七二十一抬腿就跑，一边跑一边喊："杀人了——救命啊——杀人了——救命啊——"

再后来的事情，郑羽就不知道了，总之世界重回黑暗之前，他看见的是闻讯赶来的十几个同学的身影。

11

"案子结了？"

"结了。韩战那个人心理变态，他们仨不是一起保研了嘛，但是这里面他成绩最差，王景瀚就调侃一句，你是不是走后门了啊，就被他记恨上了，你说这不是有病吗？"

"可是刘之远压根儿没有调侃过他啊！"

"王景瀚不是总拉着刘之远请教问题嘛，他看在眼里，就觉得那两人是在嘀咕他呢，唉，人的思想要是走极端，多少匹马也拉不回来。"

"那左帅呢？"

"嗯？"

"物理学院那个，坠楼的。"

"哦哦，他啊，据说是在打篮球的时候和韩战发生了摩擦，吵了几句，结果没两天，他就坠楼了，现在人还没醒，不过韩战已经承认了，是他干的，而且也是从7楼男厕所推下去的，你说邪门不邪门。学校领导已经准备把厕所封死了，改个仓库啥的。"

"还没醒？"

"什么？"

"那个左帅，你说他还没醒？"

"呃，我也是道听途说啦，我跟他们院的人又不熟。"

郑羽已经在医院里住了两个多月，起初是治疗肩膀的刀伤，后来伤好得差不多，角膜手术的排期又到了，便直接做了手术。今天眼睛拆纱布，如果没有意外，他将重获光明，所以宋一元和孙雷一起来到医院，准备见证这个激动人心的时刻。

"阿姨怎么还没回来？"宋一元来回踱步，有点着急。

十分钟以前，郑羽的母亲说去找医生询问一下是否可以拆纱布。

"一个月都等了，不差这几分钟。"郑羽倒是淡定，或许在黑暗里待久了，反而磨平了性子。

"哦，对了，还忘了和你说个事儿。"孙雷想起什么似的，忽然乐不可支，说，"你那几嗓子，杀人了，救命啊，据说喊得撕心裂肺，连对面宿舍楼体院的兄弟都听不下去了，好几个练标枪的百米冲刺奔过来的，要不是他们，还真未必能那么顺利把那小子按住。"

"我撕心裂肺？你被捅你也懵好吗？！"郑羽不服气地还嘴，心里却是一阵温暖。

韩战因为一句调侃就能去杀人，左帅却也因为两天相处，就能为别人挡刀。这个世上有冰冷恶意，但更多的，是火热的善良。

"小羽，医生来了！"郑妈妈人未到声先至。

没一会儿，郑羽感觉到医生开始解他的纱布。

不知过了多久，久到郑羽几乎以为手术失败了，却听见医生轻笑道："别紧闭着了，睁眼吧。"

郑羽一连做了几个深呼吸，才敢慢慢张开眼睛，小心翼翼地，颤颤巍巍地。

终于，阳光再一次照耀进他的视野，而这光明里，是一张张关切的脸——父母、朋友、医生……

"喂。"宋一元伸手在他眼前晃，"怎么不说话？看不见？"

郑羽没好气地打掉他的手："看得一清二楚！"

所有人长舒口气，终于放下心来。

宋一元没好气道："一动不动的吓死个人，还以为你见鬼了。"

郑羽愣了一下，随即苦笑："倒是真挺想见的……"

宋一元没听懂，刚想问，就见病房门"吱呀"一声被推开——

"你说想见，我就来了，是不是显得我特别上赶着……"

那是刻在大脑最深处的声音，无需影像，无需温度，只一个音节就能唤起记忆！

郑羽不可置信地看向门口，带着激动，带着忐忑，带着期待，直到那抹身影在视野里逐渐完整……

"哪里一米八〇身形挺拔了！"

"哪里没有一米八〇身形挺拔！"

"最多一米七八你个骗子！"

"我今天穿的运动鞋底儿薄！"

"……"

"还有什么可说的？"

"你赢了。"

这是一个温暖的世界，即使偶尔寒冷，仍值得我们用力去爱。　　　{END}

绘 弥生

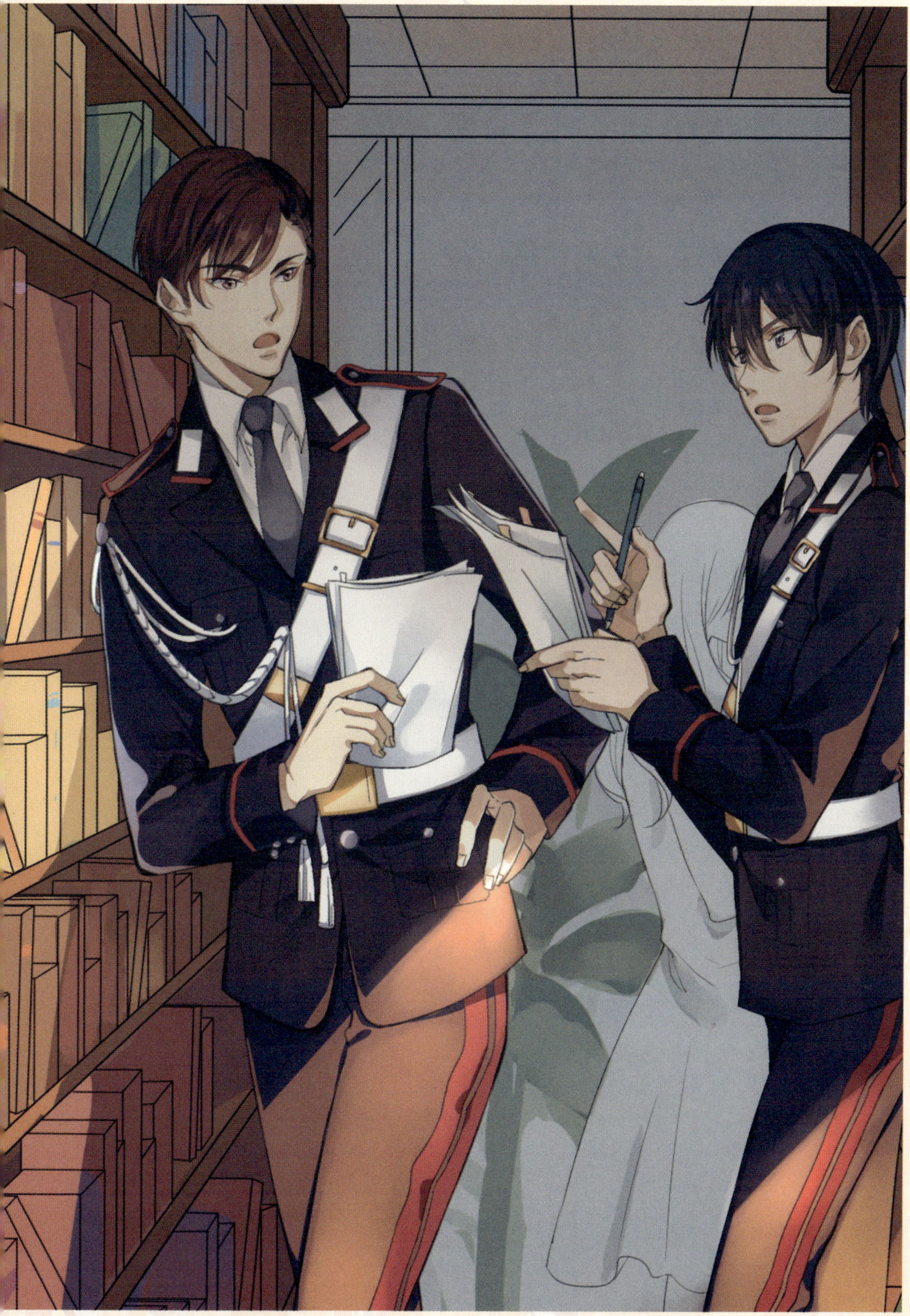

记忆杀机

文/午晔

1

血从惨白的刀上蜿蜒曲折地流下来；人影在晃动，有人在说着什么，但听不清楚也看不到他的脸；一片灰蒙蒙的建筑伫立在黑暗中，闪着点点灯火；窗户内，书桌上凌乱的草稿……突然一切都开始摇晃，世界好像在一片迷雾中扭曲、变形……

梁焕感到一股消毒水味冲入鼻腔，赶走了心悸的感觉。他抬手摸了摸汗涔涔的额头，一片黑暗中，墙上的时钟跳跃着淡蓝色的数字：2036/5/7, 00:12:45。只睡了半个小时，他就又掉进那个奇怪的梦里，梁焕摸索着按了几下手边的按钮，想坐起来喘口气，但床和灯都没有反应。

门开了，穿着白大褂的冯钧走进来，手里端着一杯温水，他把屋里的光线调亮，问梁焕："要喝点水吗？"随后把马克杯放在床头柜上，按两下镶嵌在墙上的触屏，看着屏幕上锯齿一般的红色曲线，道："明天还有两个检查要做，你这睡眠质量可真糟心。"

"我没想吵醒你。"梁焕意识到自己错按了呼叫键。五天了，他还是无法习惯这距离自己过于遥远的新科技。

"没关系，反正我也睡不着。"冯钧坐下来，说："还是那个噩梦？"

"我还是看不清那个人的脸。场景好像和之前的也不太一样。"

"那可能真的不是你的记忆。"冯钧把温水塞在他手里，"你在实验舱里一睡就是十年。为了让你能跟上时代，我们试着把梁雨的、小杜的，还有我的一部分记忆抽出来，输进你的脑子。"他一边说着，一边用指尖戳戳梁焕的额头。"梁雨是个警察,她的记忆中难免会有血腥点的画面,虽然我们试着用关键词删除了你不需要知道的事情,但实验毕竟是实验,没有百分之百的准确,就像当年我们都不知道你是否能醒过来一样。"

"但是那也有可能就是我自己的记忆。"梁焕执拗地说。

"对,也有可能。"冯钧无奈道,看他是个病人也只能妥协,"你当时头部伤得太厉害,导致仍然有一部分记忆无法恢复。留下的不完整、不连贯的碎片与其他的记忆混杂起来,就成了你的混乱的噩梦。如果是这样,你在梦境中努力要看清的人,没准儿就是纪刚。"

"一直没有抓住他,对吗?"梁焕挪了挪身体,一不小心胳膊肘碰到床头柜边的一个按键,三四个不同颜色和形状的药片噼里啪啦地落在床上,"这都是什么人搞出来的!"

"时代变了,你这个老古董要学会适应。"冯钧忍着没笑,收拾残局,"别再惦记纪刚了。后天就要做手术,你现在不适合胡思乱想。"

"手术我倒是不担心。"梁焕做出大义凛然的样子,"能活过来看见你们大家都好好的,哪怕就多活这几天,我也觉得自己赚到啦。"

"少胡说八道。"冯钧皱眉道,"等了十年,就是为了这天,我们一定会准备周全。"

"你也说啦,没有百分之百。"梁焕龇牙,"当然啦,把命交到你手上,我是百分之百放心的。"他举起两只剪刀手。

"我再提醒你一次,你已经三十六岁了。"冯钧打他的手,"明明已经是大叔,还老装二十多岁的小年轻。"

"你得容我适应一段时间嘛。"梁焕撇嘴,"唉,说真的,当年我到底是出了什么事?我只记得我们在外面吃饭,之后就完全想不起来了。"

"我见到你时,你已经失去意识了。"冯钧摇头,"事情的来龙去脉,你只能问梁雨。"

凌晨1点,窗外已经是灯火寥落。

梁雨伸开双臂,僵硬的肩膀传来一阵酸痛。她抓起电脑旁的啤酒罐,仰头往嘴里一倒才发现酒早就喝干了。梁雨哼了一声,将罐子捏扁丢进脚边的垃圾桶,抓起耳机扣在耳朵上,按了一下屏幕,打开一个音频文件。

"两百万怎么样?董医生,只要您让我来做志愿者。"一个中年男人焦躁地说。

"纪先生,我说过很多次,我左右不了最终的决定。"董医生叹气道,"谁会被选中,成为沉睡谷计划的志愿者,需要所有项目组成员投票决定。其实我很希望你们都能入选,但因为技术上的原因,目前我们只能选一个志愿者。"

"五百万,是给您个人的。事成之后我再资助医院一千万。"

"不是钱的问题。纪先生您要明白，人体休眠其实有非常大的风险。休眠时间越长，风险越大。以我们目前的技术，休眠十年是一个极限。再说，这是第一次人体实验，志愿者在多年后能不能醒过来，醒过来之后会不会带来脑损伤之类的后遗症，我们都不清楚。"

"但是我现在的病情，恐怕只能活三个月了。"中年人的声音里透出悲情，"所以无论如何我都愿意试一试。您提什么条件都行。"

"就算让您做志愿者，就算十年后您能正常苏醒且没有任何后遗症，但谁也不能保证到那时，针对您的疾病，医疗界会有突破性的治疗方案。我还是那句话，选择志愿者的原则是出于科学的考虑，而不是谁更有钱。况且如今我们还没有做出决定，请您耐心等待。"

"科学，呵呵。"中年人的语调换成了轻蔑，"我怎么听说，你们已经想好要选那个小画家。他是画家吧？还是作家……算了，管他呢。那个人是您的得意门生小冯从小一起长大的朋友，对吧？"

"相信我，那不能成为梁焕入选的原因。"董医生正色道，"他的优势是年轻，身体好，但他的肿瘤在脑部比较敏感的位置，可能会影响复苏过程。如我所说，选择你们两个中的任何一个都是有道理也是有风险的，我们必须再慎重讨论才能决定。"

"哼，说得好听。"啪！哗啦！应该是有人摔了玻璃杯之类的东西。"我就不信，我纪刚要做的事情还能做不成。你们等着瞧。"嘭！是门和门框激烈碰撞的声音。

梁雨摘下耳机。十年来，这段录音她听了不下几百次，每一次都让她更加坚信自己的判断。然而……她站起来，小心翼翼地穿过客厅，推开一扇木门，打开墙上的夜灯。

年久失修的地板在脚下发出轻微的咯吱声。三年前装修的时候，梁雨犹豫很久都没有动这间屋。她希望等哥哥醒来，治好病回到家中，依然能看见和触摸到熟悉的过往。

房间不大，只有十三四平方米的样子，摆着简单的家具。梁雨走到窗边，把窗户拉开一个小缝，后退几步盯着它若有所思。

"你还没睡啊。"丈夫杜骁出现在门口，打了个哈欠。"又在想梁焕的事？"

"想不明白，不甘心啊。"梁雨关上房门，走到桌边。微弱的灯光下，可以看到地板上一圈浅浅的印记。

梁雨清楚地记得，十年前那个寒冷的冬夜，天空乌云密布好像随时会有一场暴雪的样子。晚上10点，结束工作不久的她疲惫地回到家，发现哥哥梁焕还没有回来。

大概是和冯钧出去玩了，或者又被带去医院做什么检查了吧。董医生主导的那个人体休眠计划，梁雨是完全听不明白的。她只知道，父母不在了，哥哥是自己唯一的亲人，只要能帮他续命，哪怕只是一个虚幻的希望，她也绝对不想放弃。

　　昨天傍晚，董医生给她发来一段办公室内的谈话录音，让梁雨有些担心。那个姓纪的土豪三天两头跑去找项目组里的人，又是送礼又是承诺给资助，一副势在必得的臭德行，害得医生们避之不及。有钱了不起？有钱就能为所欲为？想到这里，梁雨就觉得火大。但是她不得不承认，钱是个好东西，万一有人动了心……梁雨不敢想下去。

　　门开了，梁焕走进来，怏怏地和妹妹打了个招呼，进了自己的房间。自从生病之后，他的身体每况愈下，情绪也时好时坏。高兴的时候，梁焕会呼朋唤友出去郊游、吃烧烤，不高兴时他就把自己关在房间里谁也不搭理。梁雨早就习惯了。

　　她起身走到门前，敲了敲门想问哥哥有没有按时吃药。啪！一声脆响，好像是什么打破了。紧接着是梁焕的一声尖叫和重物倒下的声音。梁雨吓了一跳，赶紧伸手拉门却发现门从里面锁住了，凭她怎么拉扯、转动把手都打不开。情急之下，梁雨后退几步，使尽全身力气抬腿猛踢沉甸甸的木门。因为用力过猛，整扇门被踢得脱离了门框，轰然倒下。

　　梁雨忍着腿疼跳进房间，被眼前的一幕惊呆了。梁焕躺在地板上，头下是一摊鲜血，腹部也是殷红一片。在他身边，是几乎摔散架的转椅和摔成无数碎片的茶杯。房间的窗户开着一个不到一寸宽的小缝，冷风呼呼地灌进来，扑在梁雨的脸上。那种彻骨的冰冷，时至今日她仍然记忆犹新。

　　"我还以为，你找到了新的证据。"杜骁的话将梁雨拉回灰暗的现实。

　　"凶手是纪刚无疑。"她在屋里踱步，"我哥哥如果死了，他就成了沉睡谷计划唯一的志愿者候选人。那只手套还是你找到的呢。"

　　"没错，我在楼下的草丛中找到的。"杜骁点头，"上面是梁焕的血，内侧指肚位置有纪刚的指纹。"他走到窗边看着那一道缝隙，"可是，纪刚是如何做到的？房门上了锁，你一直在客厅。他要进屋杀人只能走窗户。这栋公寓一共22层，这里是15层，外墙没有任何可攀附的东西。当年我们实验过很多次，没人可以顺利地爬上爬下。"

　　"我知道，你们做实验时我在场。"梁雨扶住窗框，"这么小的缝隙，别说是人，一只手都钻不进来。"

　　她曾经设想过，凶手并没有爬上楼来，而是利用这个小缝，从窗外甚至远处的某个地方对哥哥下手。梁焕头部的伤口是摔倒时磕在桌子角上造成的。让他差点去阎王那里报到的，是腹部的一处刀伤，以及严重的内出血。可是，如果凶手没有进入房间，那个带血的手套便无法解释。杜骁根据她的设想也做过一些设计，连无人机都用上了，结果发现根本没有办法很好地完成刺杀行动。

这些年来，梁雨经常在夜半无人时溜进来，希望会有那么一个瞬间，自己茅塞顿开想明白所有的前因后果。只是十年的时间静静走过，这个令人惊喜的瞬间始终没有来临。

"还有个问题，我记得和你提过。"杜骁关上窗子，"纪刚确实有杀你哥的动机，也有作案时间。他老婆说，那天吃过晚饭他就独自出门去了。但是细想一下，他一个身家过亿的富翁，完全不需要自己动手来杀人。雇一个杀手才是最好的选择。"

"有些人喜欢自己动手。"梁雨底气不足。工作十年了，她从默默无闻的小跟班做到了重案组的组长，破过的案子大大小小少说也有上百个，却始终对自己哥哥的案子束手无策，不能不说这是她心里的一根刺。

"如今梁焕醒了，很多事情问他就好。"杜骁给她宽心。

"他根本想不起来那天发生了什么。"梁雨泄气地说，"冯钧也搞不明白是休眠的后遗症，还是他脑子受伤的缘故。而且虽然已经可以动手术治疗他脑内的肿瘤，但冯钧私下跟我说，手术的成功率只有七成，只是我哥的情况不能再拖了。"

"要往好处想。"杜骁抱住她，"一切都会好起来的。"

梁雨只是叹气。当年梁焕被送进抢救室，直到第二天中午才出来。那是她人生中最漫长难熬的一夜。内出血止住了，但是头部的伤势加重了梁焕的病情。冯钧当机立断找来董医生和其他几位教授，说服他们马上实施沉睡谷计划，将梁焕送入实验舱。梁雨还记得签字的时候，她的手在发抖，因为董医生很认真地告诉她，这个权宜之计能否成功，任何人都没有把握。

幸运的是，梁焕度过了这一关。十年来，冯钧一直绞尽脑汁地研究治疗方案，走访国内外的专家，经常在实验室里一蹲就是几个星期。面对渺茫的希望和随时可能出现的意外，等待是一种漫长的煎熬。一开始那几年，梁雨听到手机铃声就会觉得心跳加速，想到哥哥是不是出了什么问题。

在梁焕入院的第二天，纪刚的家人到警局报案，说他彻夜未归。一开始，梁雨以为这是他们一家子串通好，逃避调查的一场戏。但时间一天天地过去，这个富豪仿佛人间蒸发了一般。

案子就这样被搁置了。本以为等有朝一日梁焕醒来，总能问出事情的经过。不料他虽然成功地"死而复生"，却只能记起一些毫无用处的零星碎片。

"我这两天在想，等梁焕做完手术，身体好些了，能不能试试脑纹探测？"杜骁像在自言自语，"他对出事之前的事情，包括小时候的事都记得很清楚，唯独忘了那最后一两个小时内的经历，不像是脑子坏了，倒像是受了刺激之后的心理障碍。或许用探测器可以探测到隐藏在深处的记忆。"

"唉，等手术成功再说吧。"梁雨挽着丈夫走出房间，她回头看了一眼，缓缓地关上了房门。

2

无论过了多少年，无论世界变成什么样，太阳总会照常升起，给大地带来温暖的光明。梁焕看着车窗外的蓝天白云，各种形状的建筑物，他开心地哼起了歌。这是什么歌？昨天听冯钧哼过，好像很熟悉又记不真切。啊，又是记忆输入的排异反应吧，不是自己的记忆，就算接受了也会觉得有些异样。

这条路是……啊，没错，当年走过无数次的街道，只是路边的楼一大半换了模样，刷了新鲜的颜色，看起来有些陌生了。那时候天总是灰蒙蒙的，最惨的时候，一个月有 20 天是雾霾天。出门戴着口罩一不小心就会被呛到，回家第一件事就是开鼻腔清洗机。哎呀，这蓝得像用软件处理过的天空，多少年没见过了？

嗖嗖嗖！天上飘来几行巨大的彩色文字，吓了梁焕一跳。瞪大眼睛细看，原来是一个旅游公司的广告。太空一日游？价格还挺合理，如果手术能成功，一定叫上妹妹、杜骁和冯钧一起去。活着真是美好啊！什么大富大贵都可以靠边站。不过，只有死过一次的人才能明白这些吧。

几个滑板少年高声笑着从车前飞过。梁焕下意识地伸手去抓方向盘，然而毫无悬念地抓空了。车子的控制面板上的指示灯闪了几下，车子自动减速，优雅地划出一道弧线，躲过横冲直撞的少年们，拐进另一条主路。梁焕朝着后视镜吐吐舌头。自己生病时，无人驾驶车还算奢侈品。拿着国家级大项目的董老师念很久都舍不得买一辆。如今街上想找一辆人工驾驶的车子已经很难了。梁焕摸摸身下的皮革座椅，今天趁冯钧不注意把他的车开出来了，回去那家伙肯定得唠叨上大半天。在医院闷了好几天，梁焕真的忍不住想出来看看现在的世界。还好车子是全自动的，不然被警察叔叔拦住要驾照，他都拿不出来呢。

空气这么好，街道两旁鲜花盛开，应该开窗透透气才好。唉，这玻璃怎么降下来？连一个按钮或者把手都没有。设计师也太懒了。哦，好像是用面板上的……是按这里吗？梁焕还在犹豫和思考，车子已经缓缓地靠近路边，开进一个停车位，停了下来。车门轻巧地打开，模仿当红女明星嗓音的甜美电子音汇报，目的地在道路右侧 500 米的地方。

这就到了啊？梁焕突然感到心跳加速。他走在林荫道上，抬头看见那栋熟悉的灰色大楼，只是比过去显得更加沧桑了而已。曾经，那栋楼是附近唯一的高层建筑，可如今，他在一大片摆出新奇造型的楼房之中，显得孤单又无趣。可惜没有家门钥匙，梁焕叹气，这个时间，妹妹和妹夫早该上班去啦。

他拐进一片种满花木的小公园。二十多年前，他们一家刚搬来的时候，这里是一个篮球场。每天放学后，他和冯钧都会在这里停留一会儿，打打球，或者干脆什么都不做，只是坐在场边看着灰蓝色的天空和偶尔飞过的鸽子。到了晚上，震耳欲聋的舞曲会准时响起，那些意气风发跳舞的大妈们，很多已经不在了。想到这里，梁焕不由得泛起一丝回忆的酸楚。时间过得太快，记忆中的美好却渐渐模糊。他在温热的石凳上坐下来，随手捡起一朵凋零的月季，抬头看见一片绿油油的树丛后面，露出黄色的砖石和灰色的水泥。

那栋楼竟然还没盖好。十年前有消息说附近要盖一个小学校，但是小楼的框架盖起来后，不知道是地皮、产权还是资金什么的出了问题，工程就戛然而止。不久，工人都撤走了，烂尾楼成了野猫野狗的天堂，以及附近小孩们捉迷藏的场所。又过了几个月，一个小女孩玩耍时摔下楼梯，摔断了胳膊。市政部门出钱搞了个铁丝网围墙把烂尾楼围了起来。从那时起，这栋楼就成了地地道道的鬼楼，再也无人问津。

没想到过了这么久，还是没人接盘。梁焕好奇，他穿过树林来到满是铁锈和破洞的铁丝网前。一阵寒意顺着脊背一直蹿到头顶。明明天气这么暖和，自己穿着长袖衬衣和长裤，为什么有一瞬间好像掉进冰窖？梁焕看看高高在上的太阳和四周葱绿的花木，不禁皱眉。

一阵金属碰撞和摩擦的声音从烂尾楼里传出来。梁焕定了定神，确信自己没有幻听。里面有什么蹊跷？他伸手扒开铁丝网上一道巨大的裂缝，侧身勉强钻了进去。

即使在大白天，没有照明的烂尾楼内依然昏暗无比。梁焕小心翼翼地穿过随意扔着砖块、钢筋、生锈的窗框的大厅，拐进西侧的楼道。又是那种声音，应该就在前面不远的房间。梁焕不由得放慢脚步，屏气凝神，生怕突然从那扇灰乎乎的门里蹿出一个长着血盆大口和五六十只触手的怪物。

"请问您有事吗？"一个声音从身后传来，吓得梁焕差点坐在地上。回头一看，原来是一个穿着工装的中年人。

"我……我是……"梁焕一时不知道说什么好，"您……您是……"

"我是勘察设计院的。"中年人拿出工作证，"这栋楼下周要爆破拆除，我和我的同事过来实地勘测，回去好计算火药的用量，还有安放的合适位置。"他上下打量着满脸通红的梁焕。"这建筑年久失修，您这样随意进来，四处走动是很危险的。"

"啊，我只是……我马上……"梁焕觉得自己真是闲得难受，跑这里来胡思乱想，他恨不得在墙上找个缝隙赶紧钻出去。

咣当！听起来是金属重重砸在地上的声音，紧接着是几声惊呼。中年人一愣，快步朝着发出声响的房间跑去。梁焕犹豫片刻，跟了过去。

这间屋子当初一定是设计做办公室的，一个大开间大约三十多平方米，因为没有装门窗，满地除了破碎的砖块，还有厚厚的尘土和多年来被风带进来的枯叶。屋子的一角扔着几把铁铲之类的工具，还有几个摞在一起，不知道装了什么的破麻袋。

三个同样穿着工装的年轻人正盯着一个翻倒的大号汽油桶发呆。梁焕走近去看，才明白让他们脸色发青的并不是锈迹斑斑的铁桶，而是从桶里滚出来的一堆东西。一大块黑灰色的破布，需要仔细辨认才能看出是一件长大衣。大衣的领口位置，露出半个黑黄的球状物，上面两个空洞的眼窝仿佛两个黑洞，差点把梁焕的三魂七魄全都吸走。

"这是什么？！"

"桶里怎么会有……"

"赶紧报警啊！"

梁焕感到两腿发软，冷汗从全身的毛孔里冒了出来。他扭头就跑，跌跌撞撞地一路冲到楼外的铁丝网边。胃里强烈地痉挛，一股酸水从食道冲出来，梁焕条件反射地弯腰，"哇"地一声吐了一地。好冷，又是那种钻进冰柜一般的感觉，他扶着铁丝网，慢慢坐下来。冷不丁地，一只手搭上他的肩头。梁焕大喊一声，跟跟跄跄地往前爬了几步，回身看见冯钧一脸窘迫地看着自己。

"你没事吧？"冯钧上前拉起瑟瑟发抖的梁焕，"为什么一声招呼都不打，自己跑来这里？我找你一上午了。"

梁焕张张嘴，却说不出话。

"怎么了？是不是出什么事了？"冯钧看着他惊慌失措的样子，脸色凝重起来。

梁焕吃力地抬起手，指了指烂尾楼。眩晕感袭来，好像有人在耳边敲锣打鼓，吵得他头疼欲裂。梁焕两眼一黑，瘫倒在冯钧的肩头。

世界一片昏暗。

血落在黑漆漆的地面上；朦胧的月光下，高墙上的霓虹灯好像浮在半空；飞溅的玻璃碎片；从窗户袭来的寒冷……

突然，一个没有肉的头颅出现在玻璃窗外，阴森森地对着他。梁焕掉头狂奔，只觉得脚下一空，身体在急速下坠。他奋力挥舞着双手，死死抓住了什么东西。这是什么呢？梁焕猛地睁开眼，看见冯钧坐在病床边朝自己苦笑。他一低头才发现自己正死死攥着冯钧的胳膊，指甲都掐进他的肉里了。

梁焕脸一红，赶紧松手。冯钧只是笑了笑，盯着他若有所思。

"你怎么找到我的？"梁焕哑着嗓子问。这次他按对了按钮，床缓缓转了一个角度，帮他斜着坐起。

"我发现你不在病房，一摸兜里的车钥匙不见了，就知道怎么回事了。"冯钧起身给他倒了杯温水，伸出手腕给梁焕看自己的腕表，"车可以定位，我打开这个应用看见你一路往家的方向去，出门叫了辆顺风车赶过去。你怎么会跑到烂尾楼那边呢？"

"我只是随便逛逛。"梁焕捧着马克杯，"谁知道楼里有死人。对了，那个死人……"

"我刚从现场回来。"一直站在窗边的梁雨回过身，"那是一具男人的尸骨。根据包裹尸骨的大衣上的物质分析，它被封在汽油桶里已经有十年左右的时间。"

"烂尾楼一直没有人接手，也很少有人进去，所以一直没发现尸骨。"梁焕又想起那两个黑洞洞的眼窝，忍不住发抖。

"如果今天不是有人不小心碰倒汽油桶，尸骨滚出来，或许他永远不会被发现。"梁雨说，"过几天那栋楼就要定向爆破拆除，炸药会把一切都炸得粉碎。"

病房的门被推开，杜骁探头进来朝梁焕点点头，朝梁雨认真地招手，示意她出来一下。隔着房门上的玻璃窗，可以看见他们两个人嘀嘀咕咕，表情一会儿困惑，一会儿讶异，似乎在讨论什么不可思议的事情，几分钟后他们才肩并肩、面色阴沉地回到屋内。

"实验室刚刚复原了烂尾楼那尸骨的相貌。"梁雨从文件夹中抽出充当书签的超薄全透明手机，按了几下。一个中年人头部的三维图像在空中展开，转了一圈。他看起来有四十五六岁的样子，长脸，皮肤偏黑，尖下巴，鹰钩鼻子，深眼窝。

"咦？这不是那个姓纪的？"冯钧从椅子上跳了起来。

"包裹尸骨的大衣上提取到了一些DNA，证实死者就是纪刚。"梁雨点头，"大衣口袋里的皮质支票簿上刻着他的名字，里面的支票全烂了。我找了他十年，结果他早就一命呜呼，而且居然陈尸在距离我家不远的地方。"

"他……他是怎么死的？"梁焕感到一阵莫名的心慌。

"头骨碎裂。"杜骁解释，"有人用硬物打碎了他的后脑勺。从颅骨凹陷的形状看，凶器大概是铁铲之类的东西。"

"铁桶附近找到了三把铁铲。"梁雨说，"其中一把上检测出了陈旧的血迹。"她又按了两下手机屏幕，"不过最有意思的，是在桶里发现的这几样东西。"

一只破旧的手套，五指在空中摊开，可以看见整个手掌位置都是乌黑的污渍。梁雨把图片推到一边，手指捻动两下，调出另一只手套的图像。这只手套看起来很新，手掌和手背位置都有大片的红褐色。

"这是当年杜骁在咱家楼下找到的。"梁雨说，"很明显，和今天在铁桶里找到的这一只可以凑成一对。两只手套上的血，都是哥哥你的。"她把两张图片"塞"回手机里，又"拽"出另一张照片。

一柄两寸来长的匕首，刀刃薄得像一张纸，颜色也如白纸一般，衬托得上面的血污更加刺眼。

"这是一柄特殊陶瓷做成的刀具。"杜骁说,"我调查过,这种刀具是纪刚的公司十年前新研发出来的,当年还没上市。"他拿出自己的手机,拉出一张图片。"这是梁焕你伤口的全息图,你们看。"杜骁推动刀子的图片慢慢靠近伤口图,"刀片"缓缓插入"伤口"之中,几乎严丝合缝。

梁焕浑身冷汗如注,仿佛感到腹部肌肉被撕裂的痛苦,下意识地捂住早已愈合的伤口。冯钧紧紧扶住梁焕的肩膀,怕他会被吓晕过去。

"这些证据都可以证明,纪刚便是刺伤我哥的凶手无疑。"梁雨收起手机。

"但他是怎么做到的?"冯钧疑惑道,"梁焕被袭击时,房门从里面锁着。"

"那天我是晚上10点多回家的。"梁雨想了想,"我回家大概10分钟后,我哥回来了。我想,纪刚可能偷了我家的钥匙,提前溜进去,躲在我哥的房间里。我哥回家后,进屋锁上门要换衣服。纪刚跳出来刺伤了他。"

"但是听到梁焕呼救你马上就踢开门冲了进去。"杜骁摇头,"那么短的时间,纪刚是怎么逃跑的?"

"这一点我仍然想不明白。"梁雨坦言,"当时他唯一的出口是窗户,但已经做过无数次的实验,证实从15楼窗户逃跑是很不现实的,更不要说纪刚是个病人。"

"而且推拉窗只有一个很小的缝隙。"杜骁皱眉,"根本不够人进出,要说是纪刚逃出去时回手关了窗户吧……"

"那种情况,逃跑还来不及,他不可能有心思关窗。"冯钧反对道,"而且既然要关窗,为什么不关好?"

"这一点确实无法解释。"

"会不会……当时他并没有逃跑。"冯钧思索,"纪刚只是把窗子推开一个缝,让你们误以为他是从那里逃跑的。实际上,他藏在屋里的某个地方?"

"不可能。"梁雨摇头,"我好歹是个警察,看见哥哥倒在地上,马上就叫来救护车,并呼叫警队的支援。3分钟后,警车和救护车同时到达。这期间我一直守在门口。我哥的房间你清楚,就那么大,除了衣柜没有藏人的地方。"

"我们到了现场马上搜索房间。"杜骁说,"纪刚如果在房间里,早被捕了。梁雨送梁焕上救护车后,特意在周围转了一圈希望找到凶手逃跑的蛛丝马迹,结果什么都没有发现。"

病房里似乎被调成了静音模式,大家你看看我,我看看你,都不知道该说什么好。几分钟后,梁雨才打破难挨的沉默。

"虽说这是个死结,但不影响我们的判断。"她走到窗边,"纪刚刺伤我哥,设法逃了出来,匆忙之中将一只手套掉在楼下的草丛中。他没有想到的是,螳螂捕蝉黄雀在后，有人暗中盯上了他。"

"会是什么人呢？"梁焕想不通。

"恨他的人多了去了。"杜骁说，"据我们调查，纪刚和几个合伙人的关系都很差。他和自己的亲姐姐势同水火。老婆和儿子与他的关系也一直很僵。"

"但是纪刚既然在烂尾楼被杀，凶器还是楼里丢弃的铁铲，说明凶手不是早有计划。"梁雨说，"因为是临时起意，没带凶器，才顺手拿了铁铲。"

"而且凶手应该没有足够的时间或者合适的交通工具运走和处理尸体。"杜骁顺着她的思路说，"所以他灵机一动将尸体塞进铁桶，盖好盖子。这样即使有人进入烂尾楼，也不会轻易发现纪刚的尸体。"

"凶手会不会是看到了什么？"冯钧灵机一动，"比如他撞见逃跑的纪刚，目击了他脱身的诡计。纪刚情急之下将他拉到烂尾楼，想收买他，但二人没谈妥发生争执。纪刚意图杀人灭口，反而被凶手打死了。"

"这倒说得过去。"梁雨点头，"也符合纪刚的性格——啥事都想着先使钱，搞不定就出阴招。他周围的人都因为这一点，特别讨厌他。"

"但是这样一来，凶手可能是任何人。"杜骁挠头，"现在完全没有线索了。"

"本来也没线索。"梁雨的语气中透出一丝漫不经心，"慢慢查就是。"

"还有一个细节，目前没有头绪。"杜骁摸一摸自己的下颌，"纪刚头骨这位置有个细小的擦伤，应该是被利刃划伤所致，伤口上检测出一些蜡、亚麻油之类的成分，还不知道是怎么回事。"

"和凶手搏斗中被划伤的吧。"梁雨说，"反正凶器已经找到了。"

"但是凶器上并没有那些成分。"

"在桶里和尸体一起十年……被污染了吧。"梁焕猜测道。

"嗯，也有这种可能。"杜骁点头。

"你就别琢磨这事了。"冯钧拍拍梁焕，"下午做完检查好好休息，明天的手术要紧。"

"今晚我想回家去住。"梁焕低声说。

"这可有点……"冯钧为难道。

"哥，我当然希望你能回家住。"梁雨关切地拉住他的手，"但我和杜骁今晚都要值班。你一个人在家，我不放心。再说医院这边……"

"这些天我就是特别想家，所以才会偷跑出去。"梁焕执拗地说，"我知道挺麻烦的，但就是想回家住一晚。"

"要不你换个班，领导都能理解的。"杜骁朝梁雨使眼色，"家里的房间早就收拾干净了，就是盼着梁焕能回家嘛。"

"可以吗？"梁雨用征询的眼光看着冯钧，语调中都是期待。

"如果检查结果一切正常，应该没什么问题。"冯钧看表，"我去和董老师商量下。"

"太好了！"梁焕手舞足蹈地对妹妹说，"今晚吃饺子吧。医院的饭太难吃了。我做梦都想吃饺子呢。"

"行，做你最爱吃的扁豆馅儿饺子。"梁雨"扑哧"一声笑了。

"唉，真是拿这个家伙一点办法都没有。"冯钧摇头微笑。

3

还是家里的饭好吃，梁焕把一个饺子塞进嘴里，因为太烫，只能不住地用手扇风。"你们赶紧来吃。"他含糊不清地朝厨房招呼，悄悄抓起冯钧的啤酒喝了一小口。

"你慢点吃，别噎到。"梁雨端着两盘饺子走出来。

"注意点形象，你好歹自称艺术家。"冯钧把一碗醋放在桌上，拿起筷子。

"我十年没吃饺子了。"梁焕不理会他们的揶揄，"小雨，手艺有长进，平时都是你做饭啊？"

"我和杜骁平时谁有空谁做饭。"梁雨揉揉腰，"等忙完这阵子，我打算买个做饭机器人。冯钧买了一个，用着还不错的样子。"

"不错，和饭馆做得差不多。"冯钧点头，"杜骁不回来吃了？"

"上周体育馆的一个杀人案，他还在研究物证。"

"马钱子碱。"梁焕不知道自己为何冒出这么个词。

"你怎么知道死者是被马钱子碱毒死的？"梁雨一惊。

"我不知道那是什么，也不知道自己怎么知道这个词……"

"他接受了一部分杜骁的记忆。"冯钧夹起一个饺子放在碗里，"我设法删掉咱们的记忆中对梁焕无意义或者他不该知道的内容，但总会留下个把碎片。"

"没事啦，反正我也不明白那是什么。"梁焕耸肩道，"冯钧，你这技术研究好了可以发大财嘛。你想，每个人都有些想忘却死活忘不掉的事情呀。比如年轻人失恋了，只要找你把那段记忆抹去，就不会伤心难过啦。"他陷入遐想，"又或者，把老科学家积攒一辈子的经验从记忆里抽取出来植入后辈的头脑，科学发展的速度能加快好多倍诶。"

"没那么玄乎啦。"冯钧微笑，"记忆即使被抹去，一旦进入某个触发情景，当事人还是会有生理和心理上的反应。比如我们曾经试着抹去事故中伤者的惨痛记忆，但他回到现场甚至听别人提到事故日期，内心就会产生莫名的恐惧，想哭，身体也会不舒服。"

"为什么会这样？"

"目前还不清楚。"冯钧摇头，"另外，接受别人的记忆，也未必会固化成自己的，排异反应非常常见。人的大脑太复杂太神奇了。"

"所以人工智能发展这些年，还是不能替代人类。"梁焕起身给梁焕拿了瓶维生素饮料，"我们一直尝试让人工智能分析案件做出推理，还试过犯罪预测。只可惜人类的行为有时候根本不是逻辑能解释的。尤其是机器难以理解人的情感，遇到非常规的动机，它就会完全跑偏。"

"那很好呀，至少短时间内你不会失业。"梁焕大笑道。

"你可真是我亲哥。"梁雨无奈道。

吃过饭，冯钧急着回去和董医生讨论手术方案。梁雨拉着怨声载道的梁焕下楼漫步三十分钟，直到计步软件的显示数字超过了三千，才急着催他赶紧上床休息。

新换的被褥散发出薰衣草的清香。可能是回家太令人兴奋，也可能是因为白天睡得太多，梁焕躺在柔软的水床上辗转反侧很久，仍然没有困意。他起身披上睡袍，走到窗边，拉开窗帘。

宁静的夜色，朦胧的月光伴着点点灯火，楼群中还有几处霓虹闪烁。"衫风集团"几个字在梁焕的脑海中一闪而过。那是什么意思？他闭上眼睛凝神静思，这个名字非常熟悉，大概是十来年前一个挺火爆的卖保健品的公司，如今……倒闭了吗？好像是的。自己为何时不时想起这个词？哦，对，当年那公司在这栋楼上贴过霓虹灯广告牌，不过六七年前就拆除了。

一瞬间，眼前又浮现出那一幕，高高的楼上红色的字体，时而清楚，时而模糊……不对啊！梁焕睁开眼，伸手抹了抹汗津津的脖子。那霓虹灯牌子挂在楼的另一侧外的立面上，站在自己的卧室，根本看不到它。那是在什么时候看到的呢？为何每次想起的只是匆匆一闪，而且总会心跳加速，冷汗直流。那短暂的一瞥到底是不是自己的记忆，又意味着什么？

梁焕在写字台边坐下来，深呼吸，再次闭上眼睛，努力回忆，希望能像挤牙膏那样把记忆从脑海深处挤出来。但不论他怎样努力，憋得胸闷气短，来来回回却只是那几个零碎飘忽的片段。莫非真是自己想多了？梁焕一声叹气，翻开手边的素描本，抓起一支铅笔，把方才回忆起来的情境草草地描绘出来。高楼、灯火、霓虹，有什么挡在眼前，所以只能看到大楼的中间一截，霓虹灯只能看清"风"字和"集"字的上半部分。这挡在视线上下的到底是什么呢？梁焕盯着手中的图样，心绪难平。

开门声和脚步声打断他的思绪。梁焕以为梁雨听了冯钧的叮嘱，要来看看他睡得好不好，他赶紧跳到床上，拉起被子盖住下巴。但梁雨只探了个头，没进屋便转身离开。很快，梁焕听见大门开关的声音。

这么晚了，梁雨出门干啥？梁焕难忍好奇，迅速地套上衣服，跑出了家门。电梯的指示灯在变换，梁焕灵机一动，拉开逃生滑梯的盖子，跳了上去。小时候，他每次上学快迟到了都要从为火灾和地震准备的逃生滑梯滑下楼，为此没少被居委会的大妈们数落。

一口气滑到一楼，梁焕觉得心脏怦怦直跳，差点没坐稳摔在水泥地上。他扶着墙站起来，看见梁雨走出楼门，很警惕地四下看了看，朝小公园的方向走去。梁焕踮着脚尖悄悄跟上去。来到小公园，梁雨并没有停下脚步，她径直穿过小树林来到烂尾楼外。她掀开铁丝网钻进去，消失在黑洞洞的楼门口。

她来这里干什么？梁焕从藏身的槐树后走出来，犹豫片刻，跟了进去。烂尾楼里黑暗一片，夜风穿过楼道，发出瘆人的呜呜声。梁焕提心吊胆地贴着墙，一路走到上午发现尸体的房间门口，探头观察。

一道手电光在黑暗中晃动，映出梁雨清瘦的身形。她绕开一片拉着黄色警戒线的区域，来到那一摞麻袋旁边，蹲下来，将手伸进最上面两个麻袋之间的缝隙，奋力拉出什么东西。梁雨用手电照了照手里的东西，将它装进口袋。梁焕只看见银光一闪，好像是什么金属制品，但没有看清。梁雨这样偷偷摸摸是干什么？他觉得脑子里一片空白。梁雨又在屋子里转了一圈，然后关上手电，走向门口。梁焕吓得跳进对面的房间，靠在墙上，捂着嘴，生怕呼吸声暴露了自己，直听到脚步声远去，才松了口气。

梁雨离开烂尾楼，回到小公园，在长凳上坐了下来。她从口袋里掏出刚刚带出的东西，直愣愣地看了很久，突然起身跑到花坛边的垃圾桶旁，发狠似的将它扔进去。梁焕远远地看着，等到她离开公园，才跑过去掀开垃圾桶的盖子。

月光下，一支满是污渍的油画刀躺在一堆废弃的饮料罐上。这是……梁焕突然感到头疼欲裂，浑身战栗了几下。他捡起油画刀仔细观察，刀头上那一大片难道是血迹？这是自己用过的东西，没错，这是考上大学时梁雨用零花钱给自己买的礼物，所以不管走到哪里，自己都会把它放进绒布袋带在身边。为什么？这东西怎么会出现在烂尾楼？梁焕感到一阵莫名的恐惧。他定了定神，转身跑向充满谜团的那栋小楼。

装尸体的铁皮桶早就运走了。警戒线内，地上一摊污渍显得黏糊糊的，发出阵阵恶臭，令人作呕。破烂的工具，碎裂的砖头，胡乱倒在地上的工具，在月光下变成模糊的鬼影，阴森可怖。

站在荧光色的黄线外，梁焕感到心里像是被塞了一块冰，阵阵恶寒在全身的血管里流窜，胃里酸水翻腾，几乎漾到嗓子眼。他的腿在不住地发抖，手下意识地抓住衣襟。

又是这种感觉，冯钧说过，这是记忆删除的后遗症，虽然想不起发生了什么，但总会有心理和生理上的莫名不适。梁焕不敢继续盯着警戒线，他抬头从破败的窗框看向外面。铁丝网在黑暗中看不清，小树林也变成黑乎乎的一片。树林上方，是公寓楼的身影，挂在外立面的霓虹灯散发着淡黄色的光，伴着两三点还没熄灭的灯火。窗框的上缘挡住视线，所以他看不清霓虹灯的全貌，只有中间的一小段。等一下，这不就是……梁焕瞪大眼睛，虽然十年过去，霓虹灯已经不再是当年的广告，换成了新的装饰图案，但这分明就是梦里那让他心神不宁的一瞥。

没错了，那就是自己的记忆无疑。但为何会触发冯钧设定的关键词被删掉？还有梁雨今晚神神秘秘的行动和那支油画刀。他们是不是有事瞒着自己？梁焕努力让自己冷静下来，想清楚这一切的前因后果。

他从口袋里拿出油画刀，紧紧地握在手中，刀刃上干涸的血迹斑斑驳驳，其间还有几点暗绿色的斑点。那是自己过去常用的油画颜料。嗯，出事前那几天，梁焕记得自己在画一幅荷塘春色，想给萧瑟的冬天增加一点生气。杜骁提过一句，纪刚下颌的伤口有亚麻油和蜡，那是颜料里最常见的成分。难道说……梁焕手一抖，差点把油画刀扔在地上。

鲜血、烂尾楼、支票簿、油画刀，还有开了一条缝隙的窗户和丢在楼下的手套……一片片碎块在他脑海中转动，慢慢拼在一起。竟然会是这样！梁焕倒吸一口凉气，跟跟跄跄地后退了几步，靠在冷冰冰的墙上。

纪刚为了得到唯一的志愿者名额有杀人的动机。但冯钧说得对，这个人习惯用钱摆平一切。于是，在动手杀人之前，纪刚会先试着用钱解决问题。梁焕还记得那天下午，趁着天气不错，他到市郊的公园画画，回来之后和冯钧一起吃晚饭。晚上9点多，冯钧回医院值班，顺路把他送回家。之后发生了什么，是一片空白。假设纪刚试图用钱说服自己放弃，他在家门口等候自己，自己会和他去哪里谈呢？

梁焕觉得，纪刚已经有了收买不成便杀人的打算，自然不愿意上楼去。自己很讨厌这个浑身铜臭的商人，肯定不会邀请他进家门。于是，烂尾楼这个隐秘的地方对双方来说都再合适不过。

谈，肯定是谈不拢的。梁焕伸手捂住腹部伤口的位置，他不记得事情的经过，但如果没有猜错，十年前那个寒冷的夜晚，自己和纪刚在这里一定发生过一场恶斗。纪刚带着刀子，伺机偷袭，他随手掏出油画刀反抗，划伤了土豪的下颌骨。纪刚是怎么死的？可能是在捅了自己一刀后被推倒在地，碰巧摔在凶器上磕烂了脑袋，也可能是自己拼尽全力抓起手边的铁铲救了自己一命。

然后呢？他把纪刚塞进铁桶……不，自己当时身患重病本就虚弱，经过一番缠斗受了刀伤，更不可能有力气隐藏尸体。纪刚的陶瓷刀非常薄，刺出的伤口很小，加上冬天衣服厚，所以不会有大量的血液流出来。梁焕想，自己当时肯定是感觉受伤不重，随手抓了什么按住伤口，匆匆回到家中，进屋才发现那是纪刚丢下的手套。

书桌最下面的抽屉里有医药箱，自己回家后锁上房门是怕妹妹察觉，随后把窗户拉开一个小缝将染血的手套扔了出去。之后呢？梁焕实在想不起来，只记得玻璃杯摔碎的情景。大约是难以察觉的内出血让自己神志模糊，脚下打滑摔倒了，碰翻桌上的水杯，头磕在桌角，他彻底失去了知觉。

这样一来，把纪刚的尸体塞入铁桶的难道是梁雨？自己被送上救护车后，妹妹曾经在周边转了一圈找凶手。她是个警察，说不定从昏迷不醒的自己身上察觉到了异样，来到烂尾楼看到尸体后便明白了一切。梁雨担心自己的安危，需要马上赶去医院，所以没有足够的时间处理尸体。楼里黑漆漆的没有灯光，她只能借助月光将地上的东西归拢一下，和尸体一起装进铁桶，盖好盖子。过了一段时间，梁雨应该又回到烂尾楼查看，发觉没有人注意到尸体的事情，也就没再费心去动现场。

烂尾楼本是个非常安全的藏尸地，没想到十年后眼看整栋楼要爆破拆除，尸体却无意间被发现了。梁雨带人来勘测现场时，在一片混乱中她注意到了油画刀。她知道这意味着什么，于是趁周围同事不注意，迅速将油画刀塞进麻袋里藏起来，等夜深人静再取走证据，丢弃掉。

真的是这样吗？梁焕不愿意相信，但又想不出更好的答案。只可惜自己的记忆被删掉了，想证实这个猜测只能去问梁雨。她会告诉自己真相吗？

等一等，还有另一个办法。董医生说过，以防万一，自己的全部记忆和从梁雨、杜骁、冯钧脑内抽取的记忆都存在实验室的电脑里。等自己明日接受手术后，确定大脑和记忆没有受损，那些资料才会被彻底删除。要不要去试试看？梁焕看着沉沉夜色，陷入迷茫中。

4

高科技说好也好，说不好也不好。凌晨 2 点，溜进实验室的梁焕心里多少有点干了坏事没被发现的成就感。这些天进进出出不下十几次，他早就记住了几道门的密码。至于冯钧的电脑，从小到大那家伙用过的密码就那么几个，梁焕试到第三次时，成功登陆了系统。

可是，文件在哪里呢？这更新了不知道多少代的电脑操作系统对梁焕而言还很陌生。他好不容易找到文档管理器，点开发现里面有不下 1000 个文件夹，都标记了他看不懂的名字。如果一个个找下去，得找到下个星期。

"倒霉的记忆文件在哪儿啊？"梁焕忍不住嘟囔。

"请问有什么可以帮您？"电脑用温柔的女音回应，吓了梁焕一跳。这语音机器人的口音好亲切，一听就是董医生亲自教出来的。

"梁焕，记忆文件。"

"正在为您检索。"

绿色的进度条划过，二十个文件夹弹了出来。梁焕看了一下，每个文件夹中有二三百个文件，文件名怕是只有冯钧才明白。他点开两个文件，里面都是看不懂的字符，简直就是天书一般。冯钧是用关键词屏蔽记忆的，所以用关键词说不定也能检索出想要的内容。梁焕点开搜索框，输入"纪刚"，几秒钟后，屏幕上的文件减少到13个。梁焕大喜，继续在搜索框里输入自己遇袭的时间点。果然，只剩下一个文件，其中有一段字符被电脑标记成高亮。梁焕想，就是它了！

梁焕跑到实验台边，把一个头盔抱到电脑边。冯钧给自己输入记忆时是这么操作的。嗯，线都是按颜色接在电脑旁边的输出器上。然后……好像是要按这个键……不对，没反应，哦，还要再按一下屏幕上的文件。头盔上的指示灯亮了。梁焕戴上头盔，闭上眼睛，等着看那既令他害怕，又让他期待的真相。

寒风阵阵，卷起枯叶从破窗外扑进来，落在地上发出沙沙声。纪刚站在窗边，手里捏着黑色的支票簿，脸上挂着猥琐的笑。

"五百万，够不够？"

"你不用再说了。"梁焕不耐烦地说，"我的病，顶多再撑一年半载，要那些钱根本没意义。"

"然而就算你可以睡上十年，醒来时世间已经有了治好你的方法，又能如何呢？"纪刚的语气里满是轻蔑，"你后半辈子能挣来五百万吗？要我说，你倒不如替家人想想。有了这笔钱，你妹妹就不必再去做那么辛苦又危险的工作。"

"我不要你的钱。你也别再来找我。"梁焕转身要走。

纪刚冲过来堵在门口，手里不知何时多了一把刃口极薄的白色匕首："敬酒不吃吃罚酒，就别怪我不客气了。"

他笨拙地扑上来，梁焕赶紧躲闪，脚下却被一块碎石绊到，一个不留神仰面摔在几个装满泥灰的麻袋上。纪刚已经挥刀冲到近前，梁焕无处可逃，只能条件反射般地侧身躲避。刀子刺进他的腹部，一阵剧烈的绞痛。梁焕一手卡住纪刚的脖子，一手从口袋里抓起妹妹送的油画刀胡乱刺过去。纪刚的下颌被划开一道口子，肉皮外翻。疼得他后退几步，顺势拔出了刀子。鲜血顺着刀刃流了下来。

梁焕趁这个机会转身要跑，被纪刚一脚踢在腰上，扑通，他摔倒在地，手里的油画刀不知飞到了哪里。他扭过头，看纪刚再次举刀扑向自己。眼看刀子近在咫尺，只见人影一闪，伴随着一声闷响，富豪的身体直挺挺地迎面扑倒在地上。

"你没事吧？"冯钧手举着铁锹，气喘吁吁道。

"你……"梁焕捂着伤口站起来。他的伤口很小，此刻除了害怕，并没觉得伤得多厉害。

"你赶紧走，回家去等我。"冯钧扔掉铁锹，低头看着已经没有生气的纪刚，"这里我来处理。"

梁焕三步两晃地跑到楼外，铁灰色的天空下，灯光闪烁的家看起来忽而很近，忽而又很远，他渐渐陷入无边的黑暗……

"他没事吧？"梁雨摘下梁焕的头盔，扶起他的头。

"只是操作不当，大脑突然载入外部信息，启动了自动保护。"冯钧看梁雨迷糊的眼神，换了个说法，"没事，只是晕过去了。"

"看来他已经知道了。"梁雨看着屏幕上的文件，"我回家发现他不在床上，就琢磨着哥哥是不是想起了什么，跑到这里来了。"

"那天他把手机丢在我的车上。"冯钧叹气，"我追过去，看见他和纪刚一起去了烂尾楼。"他从梁焕口袋里翻出油画刀，"找到这个的时候，你就明白了，对吧？"

"是的。"梁雨微微点头，"这些年我一直在琢磨，纪刚是怎么袭击我哥，又不露痕迹地逃出那间屋子。直到在他的残骸中看到这把油画刀。"她看着冯钧，眼睛里闪着一些水光。"我才明白，我哥是在烂尾楼遇袭，然后逃回家的。但是他绝对没有能力把尸体塞进铁桶里。能帮他的还有谁呢？"

"我本想掩藏好纪刚的尸体，去家里帮他处理伤口。"冯钧说，"他当时看起来伤得并不重。谁知道等我赶过去，却看到梁焕被推上救护车。"

"如果不是你，他早就被纪刚杀死了。"梁雨恨恨地说。

"谢谢你，梁雨。"冯钧苦笑，"你想替我隐瞒，扔了油画刀。这事如果被发现，你自己会有大麻烦的。"

"我管不了那么多。"梁雨说，"你杀了纪刚是为了救我哥哥。"她伸手去按键盘，"我把这些记忆文件删掉，你们就都安全了。"

"不要这样。"冯钧将她拉开，"我不能让你为我做这样的事，人是我杀的，我跟你回警局就是。"

"姓纪的是个凶手，他死有余辜。"梁雨急了，"不能为了那个人渣断送你的人生。冯钧，那不值得！"

"没关系，我已经想通了。"冯钧低声说，"十年了，我很想忘记那恐怖的一幕。但是我明白，即便把一个人的记忆删掉，它的阴影仍然会永远留在脑海深处，一生如影随形。这些年，我几次想去转移纪刚的尸体，结果却发现自己根本没有勇气靠近那栋破楼。"

"我哥想不起遇袭的情景，是因为你删掉了他的部分记忆。"

"对，我想帮他忘记。"冯钧重新给梁焕戴上头盔，按了几个按钮，"没想到他尽管什么都想不起来，还是对那件事念念不忘，甚至鬼使神差地跑去了烂尾楼。"他转身在电脑屏幕上敲出几行代码，"现在想想，如果当初我马上报警，送梁焕去医院，他就不会在鬼门关转上十年，你也不会因为替我打掩护而犯错。"

"可是……"

"我删掉了他今晚的记忆。"冯钧走到靠墙的柜子边，从里面拿出一个装满药液的无针注射器，挽起梁焕的衣袖，给他的上臂打了一针，"这药可以让梁焕安稳地睡到天亮。至于事情的前因后果，等手术成功后，你再一五一十地告诉他吧。"

"你决定了？"梁雨忍不住泪流满面。

"因为我发现逃避现实并不比面对现实好受多少。"冯钧从墙边拉来智能轮椅，把梁焕小心翼翼地抱上去坐稳，"所以，我不想再满心煎熬地躲下去。"他在轮椅扶手的面板上输入梁焕的病房号。轮椅启动，缓缓地滑向门口。

"你别担心，他的手术一定会成功。"看着轮椅远去，冯钧对梁雨微笑，"一切都会好起来的。"

"嗯，一定会的。"梁雨抹去腮边的泪水。

夜色茫茫，月亮推开乌云，凝视着睡梦中的大地。

{END}

记忆杀机

卷福华生的曼妙小剧场

文 / 两色风景

1

检查过楼下的尸体，福尔摩斯断言："死者是个狡猾的女人！"
华生惊叹道："怎么看出来的？"
"注意观察！她鞋底有一块香蕉皮！"

2

"吵了一架她就回娘家了……呵呵，真不知道结婚是为了什么……"
见华生如此颓丧，福尔摩斯拍拍他，轻声而坚定地说："会过去的。"
华生看着福尔摩斯，有些诧异，也有些感激。
直到福尔摩斯更清晰地说了一遍："这么说你家没别人了？今晚我会过去的。"

3

女友递给华生一块手帕道："约翰，这是我送你的礼物，上面有我亲手刺绣的鸳鸯哦！"
华生诧异道："刺绣？你的兴趣什么时候变得这么东方了？"
"是福尔摩斯教我的。他说鸳鸯代表恩爱，他真的好博学！"
"是啊……所以那个混蛋一定没告诉你东方有句谚语叫'绣'恩爱分得快……"

4

华生的女友对福尔摩斯说："请离我家约翰远点！"

福尔摩斯耸耸肩："怎么了？怕我拐跑他？放心我和他只是拍档关系。"
"我不信！"
"那我就证明给你看。"
于是福尔摩斯把华生叫来，拍了拍他的裆。

5

"糟了我们的钱只够买一张车票！"
"放心吧约翰，听我的就都能上车。"
福尔摩斯就牵着华生的手去坐车。
乘务员拦住他们道："你们俩人怎么只买了一张票？！"
福尔摩斯亲热地搂住华生，嗔怪地瞪了乘务员一眼："没看见我们好得就像一个人吗？"

6

华生的女朋友朝福尔摩斯伸出手道："你好。希望我们能好好相处。"
福尔摩斯冷笑道："不可能的，你的出现只会导致悲剧的诞生。"
"怎么这么说？"
"我们好好一对 CP 中插入了 you，那可不就得变成 CUP 了？"

7

"密码是三位数，输错就会爆炸，约翰，仔细回忆一下教授临走时留的提示。"
"能有什么提示？他就哈哈大笑地跑掉了啊！"
"哈哈大笑？"
福尔摩斯当机立断地输入密码……
爆炸声中，只听他嘟囔着："靠，居然不是 233。"

8

"帮我拍个电报给约翰，告诉他：'福尔摩斯最近很健康。'"
"太长了，能不能短点？"
"福尔康。"

9

"约翰，跟了我，你将不只是幸福那么简单……"

"还能怎样啊！"
"你将姓福尔摩斯。"

10

福尔摩斯在微博发了新家的装修图。
华生转发并配了一句："马住！"
福尔摩斯不太高兴。

11

"约翰！这是我亲手做的骨肉相连烤串，尝尝看吧！"看着华生津津有味的吃相，福尔摩斯满面笑容。
华生皱眉："干吗笑得那么恶心？"
"没，我只是在想，啊，现在约翰肚子里有我的骨肉呢……"

12

"iPhone6 Plus 发售了！约翰我们买一部吧！"
"冷静点，福尔摩斯，你不能因为那货能把你的脸完整地拍下来就花冤枉钱。"

13

华生大婚，现场忽然起火，华生急忙问福尔摩斯："现在怎么办？"
"嗯！赶快把你老婆推进火场！"
"为什么啊！！"
"正所谓嫁出去的女儿泼出去的水……"

14

女友翻看华生的微博，好奇道："有个人老给你回'清白'二字，他是谁呀？"
华生不耐烦道："准是福尔摩斯！"
"你怎么知道？"
"不会有人比他更热衷毁我清白！"

15

"我很烦，福尔摩斯，总有人说我们是弯的。"
"冷静点，约翰，这更说明我们令人无法直视。"

16

华生遭遇僵尸后拨打福尔摩斯的手机："夏洛克……我……我刚遇到……"

"冷静些约翰，慢慢说。"

"那货……头戴浅色草帽……穿浅粉 T 恤……配碎花布裙……但……满脸溃烂流脓……血肉模糊……"

"重口味混搭小清新！你说的是麦当劳双层牛肉培根汉堡吧？"

17

"圣诞快乐夏洛克，想要什么礼物？"

"约翰，能与你成为 CP，就是我此生收到过最美好的礼物……"

"但你想过没有，是礼物就要被拆的。"

18

"警长审讯嫌犯时，你的目光频频在他们身上扫过，却不曾在任何一人身上久留。"华生说，"警长问你怀疑谁，你笑而不语，那是不是可以告诉我呢？"

福尔摩斯闻言，陷入了短暂的沉默，看看四下无人，他凑近华生的耳畔道："其实，刚才我一直在练习中国最新的眼保健操……"

19

"呕……"华生忽然就跑厕所吐去了。

福尔摩斯大喜道："约翰，难道你终于怀孕了？！"

华生哀怨地看着福尔摩斯："如果你也看看我国举办的奥运，你也能怀孕。"

20

"约翰，最近我苦练中文，水平大进。"

"是吗？福尔摩斯，鼻音的问题你克服了吗？不会再把'理'错念成'你'了吧？"

"应该不会。为什么这么问？"

"每次听你说'嘿约翰！我准备开始推你了！'我就很火大。"

21

"华生，毫无疑问这是一起有预谋的杀人事件。"

"什么？福尔摩斯，可是犯罪嫌疑人只不过是带了死者去山上观赏繁星而已。"

"不懂了吧华生，他早就知道死者有很严重的密集恐惧症。"

{END}

藏

文 / 绯村薰薰

1

"咔咔……"顾德一如往常地打开了自己公寓的房门，他轻巧地脱下了脚上的束缚之物"皮鞋"之后，便趿拉着温暖的绒拖鞋步入到了干净整洁的客厅之中，在舒缓的迷迭香香薰包围中，他走进了卫生间，仔仔细细地洗了一遍那看上去已然很干净的手。他抬起头对着镜子里的自己挑剔了一番之后，把一缕稍稍有些凌乱的发丝撩到了脑后。

伴随着遥控器的按钮被按下，电视中的那个小世界已然生动活泼地演绎起了一些与世俗纷扰无关的小画面来。

就在顾德回身之际，一粒光华璀璨的钻石竟然从他卫衣的帽子中滑落了出来，正当此时，客厅中的电视刚好在播放着新闻："今日下午'晶莹阁'珠宝行发生抢劫案件……"

顾德颤抖着手指捡起了地上的钻石之后，便聚精会神地坐到了电视机前，当屏幕上出现了一张钻石的照片之时，顾德的眼睛在一瞬之间便似是放出了电光一般，他自言自语道："这竟然是一颗 10 克拉的'梅花钻石'，重量了得，切割技术更是中国最先进的 81 面切割法。哈哈……它价值 1900 万……1900 万……"

当 1900 万的欣喜狂潮已然袭过之际，一丝恐惧感立时笼罩到了他的心上，顾德颤抖着自己的双唇，用手紧紧地按住心口那急促的起伏自语道："为什么这颗钻石会在我的帽子里？这到底是为什么？它不是应该在抢劫犯的手里吗？难道是抢劫犯放在我这里的？那么他们说不定一直都在盯着我，等待着时机合适再把它拿回去？"

想到这里，顾德已然是紧张得开始用手挠起了自己的脑袋。可是须臾之后，他却又莫名的平静了，他摇了摇头道："也许……也许是他们出于某种原因遗落在我这里的，哈哈……一定是这样，现在他们一定不知道他们已经少了一颗……但是到底怎样的疏忽会让抢劫犯把钻石遗落在我的帽子里呢？这还是太奇怪了……上帝呀！这一定是您在折磨我对不对？"

"咚咚……"

就在顾德心绪不宁之际，他家的房门却是再一次被急促地敲响了。

顾德埋着自己的脑袋，暗自拒绝道："我不要去开门，就装作不在家好了。谁知道门外会是谁？谁知道呀……"

可是，那扰人的敲门声却是迟迟不肯还他的耳根子一个清净，终于他再也无法容忍这种声音上的骚扰了，他急匆匆地冲到了门边，大声地问道："谁呀！有什么事情？"

相对于顾德那无理且又暴躁的声音，门外的声音却是意外的温和而有礼，门外的人道："您好！我们是警察！我们想请您协助调查一些事情。"

听到"警察"二字，顾德只觉得似乎有一大盆冰冷的水从自己的头上流到了脚边，他不自知地打了一个冷战之后，便仓皇地把自己手中的巨钻放到了鸡尾酒旁那盛放着冰块的大杯子之中，他用力地在裤子上抹了抹自己掌心的细汗之后，便故作镇定地打开了房门道："你们好！请问我有什么地方可以帮助二位吗？"

两位警察在亮明了自己的证件之后，便平静地说道："我们可以到你的房间里看一下吗？因为你家楼上失盗了，所以我们想要看看小偷是不是从你家阳台爬上去的，寻找一些诸如鞋印、指纹一类的东西。您介意吗？"

"哦？原来是这样？那请进，我家的阳台在那边。"顾德见此二人似乎与眼下最为沸沸扬扬的珠宝行抢劫案无关，便立时恢复了平时那儒雅自信的模样。当两位警察在他家阳台查看之际，顾德的眼睛却是始终盯着自家的冰块杯子，他望着那一大堆的晶莹之物，心中竟然萌生了一种异样的感觉：也许我应该把钻石的事情告诉这两位警察，这样会不会有助于他们破案呢？但是我要怎么解释钻石在我的手里呢？我说了他们就会信吗？万一……万一他们抓不到真正的抢劫犯，用我来顶罪怎么办？交还是不交？在大脑的飞速运转之中，顾德手心的细汗慢慢地溢了出来。直到两位警察准备离去之时，他才又一次回过了神。

"打扰您了！我们这就走了！谢谢您的配合。"

"不客气！希望我可以给您提供帮助。"

原本一句简简单单的客套话，谁知眼前的警察竟然当了真，他们竟然望着顾德的冰块杯子方向询问道："您能给我们来杯水喝吗？我们两个在外面跑了一天了，现在还滴水未进呢！"

"可以！"顾德走到冰箱旁拿出了两瓶饮料便递到了警察的手中。

两位警察见是饮料，竟然推脱了起来："我们来杯白开水就行，不用喝饮料。不能让您破费。"

顾德见警察把目光投到了那盛放冰块的杯子，心中立时咯噔了一下，虽然冰块的杯子里有很多的冰已经融化了，且确实是有了一些冰水，但是那里面也有钻石呀。想到那颗巨大的钻石，顾德立刻一边往外送二位警察，一边奉承道："你们平时为了我们的安危太辛苦了，才两瓶饮料而已，你们一定要笑纳。"

两位警察终于是半推半就地拿着饮料离开了。顾德在关上房门的那一刻，立时瘫坐在了门背后，他用手遮着自己的眼睛自语道："我的小心脏可受不起这样的折腾，我要把它藏好！"

顾德无助地看了看自己眼前的房间，脑海中飞过的念头直让他自己都觉得绝望，房间虽然平时看起来很大很舒适，甚至可以存放很多的东西，但是竟然没有一寸空间可以让人感觉到足够私密，足够安全。

顾德用手抓着头部执拗了半天之后，终于抬头怔怔地盯住了鱼缸，他走到鱼缸的旁边自语道："藏在这里是不是应该是相对比较安全的呢？就算是真的有小偷进来，一般的小偷也应该是去翻箱倒柜，甚至是寻找可以藏现金的地方，应该不会有小偷来顾及鱼缸才对。"

就在一丝淡淡的笑意刚刚想要爬上顾德的脸颊之际，阳台外的一声轻"喵……"却是让他的双颊再次僵凝了须臾：猫！我怎么忘了这个小区里有很多的流浪猫呢？如果小偷进来的时候，猫跟进来的话，猫会不会来吃鱼？那样的话，鱼缸一旦被打破，巨钻还是会掉出来。不可以……

"也许可以埋在花盆里，应该不会有人去翻花盆的，但是花盆也可能会被打碎……这样也不可以。"

他时而会盯着灯罩发呆，时而会去试图拆开桌脚下的接线板，他甚至打开过厨房的调料罐，看着一瓶子的冰糖傻笑，但是那一颗巨钻却还是依旧静静地躺在冰块所剩无几的玻璃杯中，当顾德的思绪还游走在"如何藏好这一颗巨钻"之时，他的手机却是分秒不差地响起了 morning call，严肃地提醒着顾德他应该起床了。

顾德愤愤地按下了停止键，兀自抱怨道："见鬼，时间怎么可能过得这么快？"

在时间分分秒秒的流逝中，顾德竟然再一次抓狂了，他望着自己的西装低吼道："上班！上班？我到底为什么还要去上班？我现在有 1900 万呀！呵呵……1900万……"

可是就在片刻的激动过后，一个成年人应有的理智却又让顾德干脆地收起了他的笑容:"不能换现……这是死钱……如果想要让它变成活钱,一定要把它卖掉,如果我现在出去把它卖掉,我一定会有嫌疑。以后……也许以后大家就会淡忘这件事情的,所以我要保存它到以后……所以我还要去工作,去工作。呵呵……真可笑,就这样抱着1900万去工作。"

在所有的出行准备全都就绪之际,他却看着那个玻璃杯再次陷入了沉思:到底是留在家里?还是带在身边?留在家里可能会被入室盗窃的小偷偷走,而带在身边则有更多不确定的因素,也许路上会被扒手扒去,搞不好自己会由于不小心把它弄丢,更可能一个不留神就被人看到,带在身上的风险之大甚至远远超过了留在家里。经过一番思忖,顾德终于想出了一个在他看来甚是稳妥的方法,他在迅速地嚼了3块口香糖后,便把巨钻包裹在口香糖中,稳稳地粘到了自家垃圾桶的底部。

一夜未眠的顾德也许应该拥有的是浓重的睡意,但是他的大脑皮层却是如此雀跃,他不但没有显露出一丝丝的困乏,反而却是兴奋得有点离谱。

虽然他长久以来一直都是风度迷人、自信傲人,但是这一日他却还是有些不同寻常,因为他的脸上洋溢着一种挥之不去的欣喜之色。就在所有人都以为他是交了桃花运之时,果然有一个女人来找他。

顾德轻握着女人的手问道:"小柔,你怎么在上班时间跑出来了?发生什么事情了?"

小柔双颊飘飞着两抹淡淡的绯红,她竟然把头埋到了顾德的怀里,抵着顾德的胸膛低声细语道:"你为什么求婚都不能大方一点?"她扬起手指笑道:"你选的戒指很漂亮哦!"

顾德牵起小柔的手指仔细地看了须臾之后,心中立时惊异道:"梅花钻石?和我帽子里的那颗大钻石是同样的切割方法,这难道也是'晶莹阁'被抢劫的赃物?"

就在顾德思绪万千之时,小柔继续低着头念叨道:"不过,你这个人也真是的,怎么求婚就这么不谨慎了呢?你把戒指藏在我的围巾里,多容易弄丢呀!"

"围巾里?"顾德皱了皱眉头,不免想起了自己的外衣,思虑至此他兀自得出了一个结论:他们两个人昨天约会的时候一定是在某个地方和那伙抢劫犯不期而遇了,至于那些赃物怎么会到了他们两人的衣服上,虽然还是一个谜,但是有一点却是可以肯定的:他们两个人都有危险了。他们身上有赃物这种事情无论是被警察知道了,还是被抢劫犯发现了,都会把他们害得万劫不复。

比起这种还未降临的危机来,眼下顾德却有了另外一种危机:女人。

顾德用手捧着小柔的脸蛋儿捏了捏,他说:"小柔……其实你误会了我的意思了!这枚钻戒根本就不是要向你求婚的,这是我送给你的分手费。我觉得我们两个人不合适。"

"什么？"方才还是面若春桃的小柔，此时此刻的面容就似是那霜打的茄子一般失去了光彩，"你……你……怎么是这样的人？原来你真的一点都不喜欢我。"

小柔把自己那漂亮的脸蛋儿从顾德的手中挣脱了出来，她用自己的手背抹了一把那梨花带雨的娇容之后，便把自己手上的钻戒和她脸上的泪水一同甩到了顾德的身上道："和你这种人分手，我不需要什么分手费，拿了你的东西，我都怕脏了我的手。"

一语过后，小柔的身影飘飞而去了。

然而此时顾德的脸上却没有一丝的愧疚之色："这样，赃物就只在我一个人的身上了。呵呵……风险还是利益？都由我自己来承担吧！"

当顾德再次回到办公室时，不免有人好奇方才那神秘的美女，顾德也不过就是敷衍了两句："我女朋友过来给我送点东西。"

"原来你已经有女朋友了？"

骤闻到总经理的声音，顾德立时抬起了头，总经理对着他微微一笑："原本我还想把我家那待嫁闺中的宝贝女儿介绍给你呢。"

顾德面对这种情形，只能是以淡笑对之："这是我和令千金没有缘分呀！其实也是我高攀不起……呵呵……"

总经理走远了，顾德则是埋头到了他的精算师工作之中。但是一夜的未眠却是多多少少影响着他的工作效率，就在其他人都已经准备下班之际，他憷然发现自己竟然比其他人慢了半拍。在匆匆地处理好了手头的事物之后，他便立即急急忙忙地回到了家中，在飞速地脱下了外衣和皮鞋之后，便直奔着自家的垃圾桶冲了过去，他在把垃圾桶底部的口香糖挖开之后，终于是再次看到了那一颗璀璨耀目的巨钻。迫于睡眠不足和工作所造成的疲劳，顾德决定今晚一定要好好地补眠，他索性便把巨钻和今天新得到的钻戒全都藏到了垃圾桶的底部，随后便哼着清幽的小夜曲为自己煮了一锅味道鲜美的海鲜粥，又畅快淋漓地泡了一个泡泡浴。终于在深沉的夜色包围中，他沉沉地睡去了。

待到夜色阴沉之时，顾德忽然觉得自己的发丝似乎轻轻地飘动了，而一丝冷冷的风则是轻轻地抚过了他的脸颊，在随之而来的细碎轻响声中，顾德终于疲惫地睁开了眼睛，为什么他卧室的窗子是打开的呢？为什么房间乱成了龙卷风侵袭过的样子？面对着满屋的狼藉，顾德已被吓破了胆，但是他却又听不到任何的人声与响动，他小心翼翼地走到了那只破败不堪的垃圾桶旁，可是垃圾桶底下粘贴着的那颗最为重要的巨钻竟然不翼而飞了。他痴痴傻傻地把垃圾桶翻了一遍又一遍之后，终于是禁不住号啕大哭了起来，他一边狠捶着地面，一边咆哮道："到底是谁……是谁发现了我的钻石……呜……"

咽噎而泣的顾德终于被自己那郁塞的气息哽住了，当他奋力地大口呼吸着鼻前的空气，并且不住地翻滚着身体之际，他却骤然感觉到了一种天旋地转，他竟然狠狠地摔在了地上，当他的手指碰触到了自己的拖鞋之际，他发现自己竟然是从床上掉到了地上，自己竟然还是在卧室之中，而那扇窗子也丝毫没有打开过的痕迹。

　　"梦……刚刚我一定是做梦了！这么说来，它还在！哈哈哈……"在幽暗的灯光之中，钻石那璀璨的光辉淡淡地映在了顾德的双眸里，他面对着巨钻微微一笑，便又把这颗世间难得的美丽之物掩藏到了人间最为肮脏和不堪的垃圾桶底。

　　被噩梦所惊醒的顾德从冰箱中取出了一盒脱脂牛奶之后，便开始对窗而饮了起来，他遥望着窗外的景色，心下却是一惊，因为不远处的人影竟然是那样的猥琐，无论怎么看，那也是一个贼人的身影，难道那就是最近活跃于小区之中的入室盗窃犯吗？为什么警察还没有把他抓住呢？

　　"这个世道到底是怎么了？怎么会有这么多胆大妄为的小偷？虽然全世界都面临着经济危机的贻害，虽然房价和物价都在飞速地上涨，但是总应该要选择稳妥的生活方式吧？这样疯狂的偷窃太可怕了。"

　　他飞速地整理了一番思绪之后，便开始疯狂地搜索起了房屋出租的信息来，比起房租或是地段来，他此时此刻更为关注的反倒是房屋的安全系数以及周边环境的安全与否。他在一目十行地扫了一遍出租信息之后，便开始把自己觉得还可以考虑的出租信息都整齐地记录到了手边的便条本上。至此他总算是又重新迎来了些许的睡意。

　　当他的四肢再次移动之时，一种僵痛瞬间便传遍了他的全身，而他的 morning call 则开始了那无情的歌唱，在这个短短的瞬间之中，他那笨拙的动作简直就与一个触电者无异。

　　他艰难地换掉了自己的睡衣，身体的全部零件终于开始正常地运作了起来。

　　就在他神情疲惫地踏入电梯之时，旁人手中的报纸却是吸引了他全部的目光，他看着那一张偌大的犯罪现场照片，心下不禁惊奇道："这家被盗的酒店怎么看起来这么眼熟呢？这……这不是我和小柔之前去过的那家吗？"

　　望着酒店那熟悉的招牌与店面，顾德立时便开始用目光浏览起了这起盗窃案的详情来，当他读道："酒店内近日的监控录像全部丢失……"之时，额角竟然不自知地冒出了一丝冷汗来。

　　一种隐隐约约的恐惧袭上了顾德的心头："监控录像里一定会有我和小柔的，而且……说不定还会有珠宝行抢劫犯的影像……也许里面还会有巨钻跑到我衣服里的实况录像也说不定……完了！我要完了！"

　　顾德匆忙地抹了一把额角的冷汗，便好似逃难一般地冲出了电梯，他飞也似的赶回到家中，立刻把西装革履换作了休闲运动服，更是把自己的容颜掩藏在了运动帽的帽檐之下。他迅速地翻倒了垃圾桶，把那一大一小的梅花钻石全都放到了饮料瓶之中，匆忙地整理好了自己的随身必需物品之后，他便背着笔记本电脑和那装着巨钻的饮料瓶飞速来到了星巴克咖啡店之中，他随意地点了一杯焦糖玛奇朵，然后便开始指动如飞地敲击了一阵键盘，片刻之后他终于开始一目十行地浏览起了页面上的火车、飞机信息。

在浓郁的咖啡香中，在时间的荏苒之中，顾德在网上看完了一部悬疑电影《百万杀人游戏》，当他还在感叹于那"百万"的杀人威力之时，他订的火车票已然送到了他的手中。而此时此刻他所带走的东西仅仅是他的笔记本电脑和那两颗巨钻而已，他甚至抛弃了他那舒适的公寓以及薪水颇高的工作。

2

在新的城市之中，一切都是陌生的，但是顾德似乎丝毫不惧怕这种陌生带给他的孤寂，他甚至还在享受着这种陌生带给他的自由与宁静，仿佛一瞬之间，他从一名囹圄之中的囚徒变成了遨游天际的苍鹰。

对于拥有多年漂泊生涯的顾德来说，从杂乱无章的出租信息之中找寻到性价比最高的出租房并不是什么困难的事情，当然从那些歪门邪道之中，找寻到一些造假证的人也不至于难倒他，为了以防万一，还一改自己多年以来一直保持着的清爽整洁的形象，他不仅留长了头发，甚至还蓄了些许的性感胡茬来。

在经过了短短的一个月之后，他已然从外貌到气质都发生了一次蜕变，他不仅抛弃了自己以往的身份，也丢掉了他与故人的所有交情，至于他的工作，他不过就是写了一封很长的电子邮件表示自己身体不适，需要回家调养。

顾德在记熟了自己的新身份之后，终于从新的住处再次走出了家门，走向了一个全新的职场。

他喜欢休闲，喜欢美女，喜欢金钱，所以他把自己弄进了一家模特经纪公司，而他每天需要做的工作就是四处张贴招聘模特的帖子，然后再等着美女们的照片和简历如雪花一般地飞到他的邮箱之中，至于他这种模特经纪，给模特安排拍摄的事情不怎么愿意去做，但是劝说模特们花钱先为自己拍摄模特卡，或是让她们和公司签约缴纳代理的费用之事倒是很乐于去做，因为赚模特的钱终归要比赚广告商或是商家的钱容易，劝说美女掏钱也要比劝说精于计算的商人掏钱容易。

顾德决定以全新的面貌来过他的新生活，因此给自己起了一个很新的名字"刘鑫"。而他的全套假身份则也全都用的是这样一个名字，反正现在是一个注重工作能力，而轻视学历的时代了，所以只要是能用到他那三寸不烂之舌的工作，对于他来说全都是手到擒来。

就在他每日里悠闲地和美女们打着交道之际，一封 EMAIL 的内容却让他的心头蒙上了一层挥之不去的阴霾。来信的人正是以前公司的俞总经理，他轻描淡写地说这几天有人举着他的照片来找他，所以就写信来询问一下。

顾德左思右想了半天，却也没有想到如何回信才能不让俞总经理起疑，同时比起俞总经理的 EMAIL 来，那个拿着他的相片去询问的人则更加让他胆战心寒几分，因为他太清楚不过自己究竟是因为什么原因才跑到这样一座陌生的城镇之中。

顾德狠狠地捶了捶自己的脑袋，却又开始进入了那恼人的失眠状态，他在夜间从来不敢关闭明晃晃的顶灯，因为他已然无法接受黑暗带给他的安逸，现下黑暗能带给他的竟然只剩下了恐惧。

面对着恍如白昼的夜晚，顾德却只能是面对着自家的冰箱发呆，他时而把冷冻层的东西拿出来解冻，时而却又拿着喷壶不停地向着冰箱的内层喷着水。最终他用不锈钢的汤勺敲碎了那一层坚冰，把藏在了冷冻层角落里的巨钻用力地挖了出来。他把巨钻掂在手心之中，双脚却在房间中凌乱地迈着步子，那个很久之前困扰过他的问题终于又冒出来刁难他了，他一边暴躁地走着，一边自问道："我到底应该把它藏到哪里？这个世界上到底有没有一个地方是安全的？"

精神日渐恍惚的顾德在参加过了一个男模特的面试之后，才想要到卫生间去方便一下，却突然被一只手臂拦到了安全通道之中。当他还在奋力挣扎之际，他的脖颈却被人死死地卡了臂弯之中，而那人的另一只手则在他的衣服上不断地摸索着。

顾德虽然此时此刻在庆幸着自己的精明决定，没有把巨钻带在身上，但是他现在却已然感觉到了大祸临头，他甚至已经想到自己很有可能会被用手枪顶着脑袋，逼他交出那两颗巨钻来。

但是片刻之后，他却突然发现那只游走在他衣服上的手已然摸进了他的衣服之中，这种摸索不像是在搜索钻石，反而更像是一种挑逗。

原本还想要奋力挣扎的顾德在确定了这个人并非是那珠宝的抢劫犯之后，反倒使他的全部肌肉都归于了平静。他身后之人见他竟然放弃了反抗，便也放松了手法，把他顺势压到了墙上。如此一来，顾德倒是看清了对方的长相，这不正是自己刚刚面试过的男模特吗？

顾德有些窘迫地怒问道："玩笑没有这样开的，你到底想要做什么？"

男模特微微一笑："其实也不是太想做什么，只不过刚刚看你目含秋水，那表情挺迷茫、挺迷人的，所以很想和你交个朋友，但我刚才发现你这个人不是道上的，我好像搞错了，呵呵……你看这样如何，我们就干脆当作什么都没发生过如何？"

顾德狠狠地用手掌向后捋了捋自己的长发，喘着粗气愤愤道："好！什么都没有发生过，那么我现在可以回办公室了吗？"

"请！"

在男模特那风情无限的笑意之中，顾德灰溜溜地回到了自己的办公室之中。

顾德有些泄气地坐在座椅之中片刻，他终于决定还是放弃现在的这份工作吧。

顾德在疯狂地浏览了两天网页之后，终于欣喜地笑了起来："淘宝！现在不是很多人都在淘宝上开店的吗？这样做买卖既不用见面，也没有什么太大的风险，只不过就是进货和发货而已，这样就不用见人了呀！哈哈哈哈……"

他那由于曾经游弋于佳丽之间而熏染出的品位与鉴赏能力此时给他带来了裨益，但凡他觉得好看的饰品注定会成为淘宝上的热销品，他觉得不错的护肤品也注定可以为他带来丰厚的利润。而那些由他亲自拍摄的商品展示图则更是美轮美奂到了一种极致。

当顾德渐渐地习惯了这种每日聆听着淘宝旺旺的"叮咚"声而忙碌的生活，一件不同寻常的事情却发生了，一位顾客竟然破天荒地提出了"当面交易"的要求来，这个要求虽然对于其他卖家来说并不是什么太奇特的要求，但是对于只发快递从不面交的顾德来说，这个要求却着实让他觉得坐立不安。他甚至以选择放弃的方式来躲避这样的一次交易，但是在对方的软磨硬泡下，他只得以给对方包邮来结束了交谈。

就在他的这一口气还没有喘匀之际，他却着实被这位怪人气死了。

这样折腾了自己半天的人最终竟然就只拍了一条 2.5 元的项链而已，全店最便宜的商品只拍一条，商品还不及快递费贵。

时隔才不过 3 天，这位怪异的买家竟然又敲响了顾德的淘宝旺旺："我又来你家拍东西了。你家的东西真的是又便宜又漂亮呀！主要是真的很便宜，不过这次我只拍一个戒指而已，当面交易可以吗？"

再次看到这样一句让人纠结的话语，顾德不由得开始用手指揉捏起了自己的眉心来："难道是有人在试图找到我？难道我的行踪被人发现了？"

想到此处，他立时关闭了电脑，拎着一袋子的空瓶子走到了小区之中一处破落的角落，当他的身影方显之际，一位身着暗灰色劳动衣，脚蹬黑色布鞋的脏老头便慢悠悠地走了出来，他说："又来卖瓶子了？"

顾德应了一声之后，便把这些瓶子全都交到了脏老头的手里，他说："最近几天有没有什么人跑到这里来找过你，但是却又不像是来卖废品的？"

听到这样奇怪的问题，脏老头先是顿了一下，随即便笑呵呵地说道："您欠下了风流债了？昨天那个挺漂亮的姑娘是来找你的吧？"

"有女人来找过你这个地址？"

"是呀！平时我替你接收个快递或邮件什么的倒没什么，但是您的女人我可不敢接收，难道您就是怕被女人追情债，才非要把我这个破窝的地址当作是你的联络地址的？"

听到脏老头的回答，顾德不由得出了一身的冷汗，他立刻用眼角的余光把周遭所有的景色和人物全都扫描了一遍，当他在这些人与物中并未发现什么异常之后，他才稍微安心了一些，他说："赵大爷，如果再有什么人来这个地址找人，但是却不卖废品，您一定不要和找来的人提起我。谢谢啊！"

赵大爷在把几张脏脏破破的零钱递给了顾德之后，便笑意浓浓地说："您现在是不是有了新的女朋友了？所以就要躲着您那个旧的了？"

顾德好似应付事一般地笑了笑，便兀自猜测起了这所谓的"美女"来。

在一番左思右想之后，顾德只觉得自己平生认识的女人之中绝对没有一个可以有这样高超的智商，也没有谁可以这样的悠闲。

当顾德回到家中开始上网之际，他才打开迅雷准备下载《蝴蝶效应》系列的电影来看看，目光却情不自禁地被迅雷右侧的新闻图片吸引了，"妙龄美女在家中被虐致死"，他起初还在暗骂"连个尸体都要加马赛克！"，他的脸皮之上还是那种满不在乎的表情，但是当他看清了这妙龄美女家中的陈设，他的心却好像被狠狠地泼了一盆液氮一般，那种不可抗拒的彻寒一瞬间便让他窒息在了当场，窒息感抽茧而去之后，他不由得颤抖着双唇自语道："小柔……竟然是小柔……她竟然死了。她怎么会死了？谁会忍心杀了她这么可爱的人？"

他一边细数着小柔身上的鞭伤、烫伤、刀伤以及手脚部位的捆绑痕迹，一边絮絮叨叨道："这可不是普通的虐待这么简单，这根本就是严刑逼问致死……"

当小柔家中那些凌乱的家具和被拆散的电器逐一映入到了顾德的眼眸深处，他突然觉察到了些许的不祥。如果他们现在已经找到了小柔，那么他们一定还在找我，怎么办？怎么办？

顾德正在不知所措之时，房门被敲响了。顾德打开门，不禁惊呆了。

"好漂亮的美女！"这样一句由衷的赞美从顾德的脑波之中一闪而过，他又不禁好奇道："你是哪位？有什么事情吗？"

"取件啊。"

"我家的快递不是应该小周取件的吗？"

"小周忙不过来了，所以让我来替他一下。"

"哦！"

顾德满心猜疑地把纸盒拿到了门口，便把快递单子和快递费一起交给了眼前的美女。

美女快递员在端详过了快递单子上的信息之后，脸上竟然浮现出了一丝不易被人察觉的笑容。随即她扬手用一个小喷瓶对着顾德的口鼻一阵疾喷，顾德眼前的光亮消失了，他那精于计算的大脑也终于进入了难得的休眠状态。

3

不知过了多久，一缕和煦的阳光缓缓地照射到了顾德的脸上，在幽幽的小提琴协奏曲的陪伴之下，他的身体开始渐渐地恢复了知觉，他环顾了一番周遭之后，不禁好奇道："这是哪里？到底发生了什么？"

就在顾德的头脑之中一片混乱之际，一位身着白色性感深 VT 恤衫，搭配着浅蓝色牛仔裤的大美女晃悠到了他的面前，看着这位有些面熟的大美女，顾德立时愕然道："你……你到底是什么人？你不可能是送快递的。"

"嗯！你也不傻呀！"

"我们认识吗？"

"既不能说是认识，也不能说是不认识。只是我们从来没有见过面而已。我叫俞雪瑰，但我是谁不重要，你是刘鑫还是顾德才重要吧？呵呵……"

顾德直勾勾地看了半天这天上掉下来的俞大美女，便开始絮叨了起来："既然你可以冒充快递取件员，证明你一定和小周接触过，至于你是怎么说服他让你来取件的我倒是猜不出来。不过我可以猜出你就是前几天非要和我进行当面交易的那个买家。"

"嗯！没错！"

"你见我无意和你见面，索性就答应了让我给你发快递，然后你就想要根据快递的地址来顺藤摸瓜找到我的住处。"

"但是你却太过精明了，竟然留的是别人的地址。"

顾德精明地转了转眸子，便又开始冥思苦想了起来，他说："虽然最近这几天的事情我能想通，但是我还是不明白，你怎么能从淘宝这么多的卖家中找出一个我来呢？"

俞雪瑰神秘地笑了笑，便转身把茶几上那雪白的东芝笔记本电脑放到了顾德的面前："我就是通过你拍的这些商品展示图找到你的，你难道没有发现吗？你对房屋的陈设有一种很固执的偏好，而在色彩搭配上，你也有自己固定的风格，虽然你已经用心改变了你的发型和衣着，但是你却忘记改变你的居住风格，你现在的居室和以前的居室根本就是异曲同工，和你以前的家未免也太像了。"

听闻了俞雪瑰的此番分析，顾德在惊诧于自己的粗心之余，不禁纳闷道："你怎么知道我以前住的地方是什么样子的？你又没有去过我的家，你甚至都不应该知道我住在哪里？"

"可是我就是知道了。呵呵……"

"难道你是跟踪狂？有偷窥癖？"

"我是无意间知道的。"

"这么说来你以前是和我住在同一个城市喽？"

"嗯！而且还是很近的地方，如果用望远镜的话，我甚至可以看到你每天在家里做什么。"

"这么近？难道……难道……"

"难道什么？你想到什么了？"

顾德有些惴惴不安地皱了一下眉，他说："俞魁富是你什么人？"

"呵呵……你终于想到了吗？俞魁富其实是我的爹地呀！"

"果然！既然你和我住在同一个小区里，那么你不是公司的员工便是员工的家属，而公司里姓'俞'的又只有俞经理，这样想来，他曾经还说过他有一个女儿，那么你是他女儿的概率便非常高了。难道是俞经理让你来跟踪调查我的？"

俞雪瑰轻轻地向前凑了凑，便捏住顾德的下巴，笑言道："你这个人看起来应该挺聪明的呀，怎么现在又犯傻了？你觉得我会为了我爹地而这样大费周章地找你么？我只不过是非常非常喜欢研究你！"

虽然顾德在听到"非常非常喜欢"这几个字的时候脸上还挂着暧昧的笑颜，但是当他听到"研究"这两个字的时候，却是不禁一怔："研究我？研究我的什么？我有什么可研究的？"

"我是学心理学的，所以我当然是在研究你的心理。你有心理障碍你不知道吗？强迫症、洁癖，你应该还有点被害妄想症……"

"证据？你有证据吗？"

俞雪瑰从自己的电脑里调出了一组照片，便开始开心地讲解了起来："最初我是在用望远镜看着玩的时候发现你的，我发现你的时候，你正在非常卖力地洗手，就在你把手洗干净之后，没过多久你竟然又开始洗手了，当看到你非常频繁地洗手时，我就猜想你很有可能有洁癖了，所以我为了我的研究课题，就开始观察你了。就在我开始定时给你拍照之后，我又发现了你的强迫症，你一件事情总是要确定很多遍才肯罢休，有时你甚至会连垃圾箱都翻很多遍才肯罢手。"

听到俞雪瑰开始谈论"垃圾箱"，他的眉头不禁偷偷地皱了一下，想到巨钻，他不由得又开始惴惴了起来：她是不是发现了巨钻呢？不然她干吗要这样穷追不舍地来找我呢？如果说就只是为了一份心理学的研究，是不是也有点太牵强了？

俞雪瑰把顾德这千变万化的表情看了个够，轻语道："现在这就是被害妄想症的表情，你现在是不是在猜测我要谋害你了？没准你的脑袋里还飘过了许多我坑害你的画面了，是不是？"

"嗯？你……你怎么……"

"你在奇怪我怎么知道你在想什么吗？其实，你的肢体语言已经说明一切了。你知道 FBI 是怎么审犯人的吗？他们就是通过犯人的肢体语言来判断他们的回答是否属实的，也是通过他们不经意间的小动作来判断他们的真实想法的。即使你一言不发，我也照样可以知道你的想法。"

他紧盯着俞雪瑰的双眼很是郑重地问道："我突然又有一个疑问了……世界上的行业这么多，你怎么推断出我会在淘宝上卖东西的？如果你不知道我在淘宝上，就不可能去观察淘宝上那么多的图片的，那样也就不可能找到我的。"

"渔夫为什么要用蚯蚓去钓鱼？如果你想要得到猎物，那么就要了解猎物，然后还要像猎物一样思考，这样你才能知道猎物将会采取什么行动。而我不过就是太了解你了而已，哼哼……而且，全世界恐怕只有我一个人可以从这茫茫的人海之中找到你。"

"你找到我之后，要做什么？"

"原本我不过就是想要继续观察你，以完成我的研究而已。但是，最近我却发现了另外一件事情，让我不得不把你带到这里。"

"你发现了什么？"

俞雪瑰神秘兮兮地合上了笔记本电脑，便遥望着远处笑道："过 3 天，你就会知道了！"

顾德自顾自地看了一天电视之后，便疲惫地睡在了转角的沙发上。

虽然顾德的身体睡去了，但是他的耳朵却久久不愿睡去，朦胧之中他似乎听到一些轻声细语的人声。

一个很像是俞雪瑰的声音在轻声说着："现在去他的家里找找，没准儿可以找到。"

"直接像对付他女朋友那样不是更加省事么？只要手段够狠，还怕他不说出来藏东西的地方？"

听到这样的声音，顾德的心跳不由得加快了，他偷偷地睁开眼睛看了看周围，然后慢慢地爬到了窗边，但是在夜色之中，他的脚却不慎踩空了，当他在空中挣扎之际，一只手却没来由地拉住了他……

继而俞雪瑰的声音响起了："醒醒……醒醒……你到底怎么了？"

"醒醒？难道我不是醒着的吗？"顾德兀自纳闷了一阵之后，他终于醒了，他

"嗖"地坐起了身，立刻便惊呆了：我不是应该在窗外的吗？为什么现在却稳稳当当地躺在床上？

他转头看了看那满脸焦急的俞雪瑰，立时跳开到了一旁大声喊："你……你和他们是一伙的，是你们杀死了小柔……"

"我和谁是一伙的？小柔是谁？"

"你不要再装了，刚刚你们说的话我都听到了！"

"我刚刚除了叫醒你，没有和任何人说过话，你刚才在做噩梦，你不知道吗？"

"做梦？我刚刚是在做梦？"

"哼……你不知道日有所思，夜有所梦吗？我说你有被害妄想症，你还不相信。你一定又开始幻想我要怎么伤害你了是不是？你总觉得你身边就没有一个好人，每个人都要害你是不是？"

顾德紧紧地贴在背后的墙壁上，急促地呼吸着鼻息前面的空气，他说："你有什么证据能证明我刚刚是在做梦？我为什么要相信你？我和你认识才不过一天而已，我凭什么相信你？"

"呵呵……证据我还真有！"

"嗯？"

"你忘了我为什么要找到你的吗？你是我的研究对象，我当然要对你24小时地观察喽，所以我的监控录像一直开着，你只要看看刚刚的录像你就知道了。要看吗？"

"要看！"

俞雪瑰无奈地摇了摇头，便把顾德带到了电脑前，为他播放起了一直在偷录的监控录像。

顾德认真地看了半天之后，终于长长地嘘了一口气："对不起！我错怪你了！看来我刚刚真的是在做梦。"

"哦……哈……哈欠……"顾德在不可抗力地打了一个大哈欠之后便自顾自地朝着床铺走了过去，"希望今晚可以不用再做什么恐怖的噩梦了。"

俞雪瑰默默地从抽屉中拿出了一盏香薰灯，在她的香薰催眠下，顾德获得了难得的三日安眠。第三天的早晨，当早新闻报道到某小区的供水管道出现断裂之时，俞雪瑰则是轻推了一下顾德的手臂，示意让顾德来看这则新闻。

"这……这不是我住的那个小区吗？"

"嗯！"

俞雪瑰看罢了这条新闻之后，便立时走到电脑的旁边，开始自顾自地发起了邮件。

顾德却不禁纳闷了起来：我才刚刚被带离住的地方，那里竟然就发生了供水管道的断裂？这是不是也太巧合了？

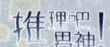

当翌日的地方新闻报道第四条的时候，顾德不得不再次惊异了：这也太巧了吧？竟然在排查供水管的破裂时发现了被盗的私家轿车？警察竟然还是因为有人看了昨天的新闻举报后发现的？这个热心举报者的观察力也太强了吧？

直到接下来的新闻再一次聚焦于顾德所居住的小区之时，他终于发现了俞雪瑰一直在等的新闻是什么，在调查昨日发现的被盗私家轿车时，警察竟然抓获了之前那起抢劫珠宝店的强盗团伙，他们流窜至此地在盗窃了车辆准备再次行事之际却被警方提早抓获了。顾德得知了犯罪团伙竟然就住在自己的楼上，他只觉得背脊一软，缓缓地瘫到了椅背上。

"没事了，一切都过去了。"

"不！不会过去的。原来……原来那些人就是抢劫犯，我曾经在酒店之中看到过他们，但是那时我绝对不会想到自己会和抢劫犯擦肩而过，而且……刚刚那个新闻，你也看到了。人数不对……有一个人漏网了！"

"什么？有人漏网了？"

"嗯！说出来你可能不相信，但是只要是我见过的人，即使我不认识，我也可以记住他们一辈子，警方抓获的人数比我看到的人数少了一个。如果他们住在我的楼上只是巧合的话，那么还好。如果他们是像你一样专程找到我的头上的话，证明他们不知道什么时候就准备对我动手了。而警方没有抓到的那个肯定是他们这一伙人里最精明的一个。现在，我也不想和你隐瞒了，其实我觉得你应该已经知道了……我手里有他们上次抢劫中最值钱的那颗梅花巨钻。酒店的监控录像也一定是被他们偷去的，他们偷那些录像一定就是为了找出我。如果不是我当初跑得快的话，可能你用望远镜观察到的就是一个凶杀现场了……"

听着顾德用颤抖的声音说完了自己的回忆和猜测，俞雪瑰轻轻地点了点头："原来你在藏的还真是钻石！当初我就猜你可能是和那个抢劫案有了什么奇怪的牵连，没有想到你竟然阴错阳差地得到了他们最大的战利品。那么你现在准备怎么做？你是去向警方说明还有漏网之鱼？还是继续这样低调而又动荡的生活，甚至还是冒着被那些抢劫犯发现的危险……"

顾德用手掌遮在自己的脸上，闭目沉默了许久之后，他终于把手狠狠地抹了下来，与此同时他那一双烁烁发光的眼眸则对视上了俞雪瑰那绝美灵透的眸子，他说："雪瑰……现在只有你能救我了。"

顾德不管不顾地跪到了俞雪瑰的脚下，他说："你既然可以从茫茫人海之中找到我，你既然可以想出办法让那些人大部分落网，那么你也一定可以有办法让那唯一漏网的人被抓住……"

俞雪瑰无奈地浅笑了一声："现在的你简直就是'达克效应'的样本。果然是'无知要比知识更容易造就自信'。你觉得凭借着我一个人的力量可以胜过中国的警力？可以胜过一个穷凶极恶的歹徒？"

"你不是已经做到了吗？警察没有抓到的人被你发现了，歹徒要找而找不到的我也被你发现了。你早已胜过了这些人，所以你来试试好不好？"

"好……"俞雪瑰微蹙着她那一弯柳叶眉，神情凝重地望向了顾德的眸睛深处。

她打开一个空白的笔记本，便开始把那几个抢劫犯都按照"A、B、C……"的编号排列写开了。

A：30岁，司机。汽车驾驶技术一流，可以在任何乱巷之中甩开警车的追击，躲避警车的围堵，在逃脱之际，还会对望尘莫及的警察做出鬼脸，他这种自认为在车技上赢过了警方就是胜者的心理可视为反社会的"野蛮英雄观"。他的思维方式简单，单纯地认为只要"不怕死""心狠手辣""大胆亡命"就是"勇敢"。他崇尚暴力，相信只要使用威逼的手段，任何人都会乖乖地被掠夺。（从"晶莹阁"周边的一些监控录像之中可以看到该人驾车逃逸的部分画面。）

B：25岁，持械恐吓者。在"晶莹阁"抢劫现场，曾殴打店中的顾客，并从顾客的耳朵上直接扯下昂贵耳饰，造成顾客耳部扯伤。被捕时，衣着华丽，穿金戴银。此人的心理特点为：仇视社会，追求暴富。看到别人有钱羡慕又嫉妒，心理不平衡。此人的情绪特征为：情绪不稳定，易激动，情绪反应速度快、强度高。尤其是在犯罪现场，与被害人直接接触，情绪处于高度紧张状态，抑制犯罪的意志薄弱，全部注意力都集中在取得财物和自身安全上，被害人的反抗经常会引发更严重的后果。（从晶莹阁的顾客口供之中可以得知到B的行为。）

C：16岁，珠宝搜刮者。在"晶莹阁"抢劫案中负责把各类珠宝收归囊中，手脚麻利，动作灵敏，并且喜欢在抢劫过程中模仿电影中的抢劫犯的造型和台词。此人心理特征为"心存侥幸"，对武侠小说、动作片等暴力、色情影片比较感兴趣，并乐于模仿，经常沉迷于酒吧、歌厅、网吧、地下赌场等娱乐场所。（从晶莹阁的员工口供中可得知此人的身上有很浓重的烟酒味道，且手腕上隐约还可以看到某酒吧的印章。）

D：17岁，望风者。在"晶莹阁"抢劫案中负责在门口望风。外形特征与基本行为特征与C相近，疑为C的同学或是朋友，或是酒友、牌友。性情暴躁、行为鲁莽，喜欢攻击。（警方捕获过程中，拍摄到此人，媒体、报纸中提及此人。）

E：年龄不详，疑为此犯罪团伙的主策划人。除"晶莹阁"劫案，成功策划多起抢劫案，诸多罪行已被犯罪团伙的其他成员供认不讳，此人真实身份无人知晓，团伙成员只知其绰号为"泥猫"。大多数抢劫犯罪是出于物欲动机，但E疑似出于非财物动机，他并不在意所得财物的多少，而在于从抢劫活动中感受到强烈刺激。

平时多以哥特式妆容出现，抢劫时喜欢带着华丽的舞会假面。（其面容已由画像师按照犯罪团伙其他成员的口述完成。）

俞雪瑰把 A、B、C、D、E 全都写到一个巨大的圆圈之中，便又戳着这些字母兀自琢磨道："他们这些人到底是如何走到一起的？为什么他们都会听'泥猫'的指挥？"

想到这里俞雪瑰终于把笔放到了一边，她在自己的衣柜之中翻找了一下，便抽出了一套折叠整齐的警服来。一直默默守在一旁的顾德在骤然看到警服的一霎，心跳速度猛地便增快了许多，他甚至有些惴惴地问道："你……你到底是什么人？难道你其实是便衣警察？"

俞雪瑰回眸望着那整个身体都已然呈现出了僵直状态的顾德，不由得笑道："难道穿着警服的人就一定是警察吗？披着人皮的就一定是人吗？哼哼……"

"你这是要做什么？"

"我当然是要去警局里看看有没有什么有用的信息喽！"

"你能混进去？"

"嗯！一般人都和你刚才的反应一样，都会用'社会角色'来判定人。你还总出现的话，他们就会以为你是他们的同事或是其他片区的同行。"

"总出现？难道你一直这样干？"

"呵呵……你可看过'莱昂纳多'主演的《猫鼠游戏》？那部电影其实就是根据一个真实的案件改编的，这证明用一身衣服去骗人的可行性其实非常高，唯一考验的就是胆量而已。只要你有足够的胆子，外加强大的自我催眠能力，你就可以扮演任何的社会角色。如果不是混到警方内部，你觉得我是从哪里搞到这么多的相关信息的？"

俞雪瑰在打点好了自己的妆容之后，便兀自神采奕奕地走出了家门，就在她走到门口之际，她突然转身道："你千万不要贸然行动，如果有人敲门，你先从猫眼里看看是谁。如果你觉得是对你构成威胁的人，你就藏到冰柜里去。"

"冰柜？那样我不是会被冻死？"

"我的这只冰柜有点与众不同，在它的底层有一个常温层是与冷冻层分开的，一般人绝对不会想到这里可以藏人。记住！如果遇到看似危险的人，就藏到里面去。"

"嗯！明白了！"

4

顾德凝望着冰箱看了许久，便产生了一种冲动，他突然很想躺进去试试那个避难空间的舒适度。在这种冲动的刺激和吸引之下，顾德便很是兴奋地拨开了冷冻层中的食物，拉开了下面那神秘的巨大暗格，他在蜷曲着身体置身其中后，便找到了一个关闭冰柜上层空间的按钮。当这一处幽闭的空间已然与世隔绝，他慢慢地适应了暗格中那微弱的光亮，他顺着微弱的光源向外望去，看到的便是那寂静无人的客厅，原来从外面看到的一个随意的冰柜贴饰中，竟然还隐藏了这样的一个窥望口，顾德在适应了一会儿暗格中的隐蔽空间后，便钻出了冰柜，走到门口透过猫眼张望起了外面的世界来。他不看还好，一看却吓了一跳。

只见那漏网的"泥猫"竟然就在门外，而俞雪瑰则被他打晕在了一旁，泥猫一边尝试着用俞雪瑰的每一把钥匙来打开这道房门，一边还在环顾着四周的动静。见到这样悚人的一幕，顾德直惊得用手抓住了自己的脑袋，他匆忙地用眼睛扫视了一圈房间中的陈设物后，便立刻把自己的衣服和鞋子全都先一步藏到了冰柜的暗格之中，电脑、手机等可能会记载他的信息的电子产品也一同被他带进了那个狭小的空间之中，当他刚刚把冰柜的上层空间合拢，客厅中便已响起了那沉重的脚步声，随即俞雪瑰便被丢在了客厅的地面上，刚好就在窥望口的正前方。

"哗啦——"在那一声淅沥的水声之中，俞雪瑰的尖叫声也骤然响起了："啊！"

泥猫把俞雪瑰的头发一把攥住捆到了桌脚上，不消片刻他又把俞雪瑰的双手绑到了身后道："说！我的兄弟是不是被你抓走的？"

顾德眼前的画面渐渐地变成了一部集血腥暴力的恐怖电影，须臾之间，顾德终于挨不住那仿佛要把脑浆压爆的精神冲击，而兀自昏厥了过去。

不知过了多久，顾德渐渐地醒了过来，他透过窥望口，向着客厅的方向看了看，眼前的平静有些出乎他的意外，桌椅全都整齐地摆放着，地面是干净的，所有的物品没有丝毫被移动过的迹象，甚至连半个人影也没有。正当顾德兀自纳闷着眼前的平静之时，房门方向发出了一声轻响，随即俞雪瑰的身影靓丽地出现在了客厅之中，她在四下张望了一阵之后，便径直朝着冰柜的方向走了过来，轻车熟路地打开了冰柜的暗门之后，便笑意盈盈地问道："怎么样？这里感觉如何？"

顾德满眼迷茫地看了看眼前的俞雪瑰，不禁自问道："难道我现在是在做梦吗？你明明被……"

俞雪瑰把顾德扶到了床边，帮他摆好了右侧卧的睡姿之后，便轻声地说道："你知道吗？其实做噩梦与你的睡姿有关系的。如果不想做噩梦，以后就都保持这样的姿势入睡。"

顾德慢慢地闭上了眼睛，重新沉入到了一次全新的睡眠之中。

"咯噔——咯噔——"一声一声好似从他鬓边踏过的脚步声就似是什么锋利的锥刺痛了他那脆弱的神经，让他立时从昏昏沉沉的昏睡之中清醒了过来。这种沉重的脚步声与俞雪瑰那轻巧的脚步声全然不同，这完全是陌生的脚步声。

比起这不同寻常的脚步声来，顾德发现自己眼前的世界才更加奇怪，他明明记得自己应该是睡在床上的，但是为什么现在他却是睡在冰柜的暗格之中？

顾德惊异地向着客厅望了望，一瞬之间只觉得自己的头非常的疼痛，似乎这种怪异的视角有一种致命的魔力，可以让他想起一些血肉横飞的画面，而此时此刻他根本就无力去判断那些画面到底是自己的记忆？还是自己的幻想？或者是一个梦境，他此时此刻正在一个全新的梦中？

"咯噔——咯噔——咯噔——噗——"终于那沉重的脚步声戛然而止了，顾德睁大了眼睛望向了客厅的沙发方向，现下坐在沙发上的人不就是泥猫吗？

伴随着那"咚咚"的心跳声，顾德不禁开始重新思考了起来：难道俞雪瑰曾经回来过的那段记忆才是梦吗？难道说俞雪瑰被他……才是真实发生的事情？那么现在俞雪瑰呢？在我睡着的这段时间里，到底发生过什么事情？泥猫怎么可能这么快找到我？他到底是怎么找到我的？

当顾德还在兀自思虑着许许多多的疑问之时，泥猫的手机响了起来。

"喂……十次郎！你到了吗？"

随即在泥猫的引领之下，一个身材高挑、穿着入时的男人走了进来。

泥猫轻声一笑："就是我和你说的，那个抢了你的小白脸的女人的家，要不是她从中作梗，你要找的那个小白脸我早就找到了。"

"刘鑫现在和那个女人住在这里？"

"是呀！"

"你到底是怎么找到刘鑫的？"

"就是靠名字找到的！我问了问我那帮道上的朋友而已。"

"你那帮流氓朋友怎么会认识他？"

泥猫轻哼着笑了笑说："那帮流氓现在不是都混到房地产中介公司里去打工了吗！既然你说你要找的人搬家了，那么他总得找个新地方住吧？他难道不得通过中介？"

"然后呢？"

"就在我准备替你把他打包的前脚，这个屋里的女人竟然把他给劫了。当时我开车追她还给追丢了，不过好在我记住了她的车牌号，所以又让那帮天天捣鼓车的人帮我留意了一下，这不是马上就找到了？"

"你说他们两个都不在家，跑到哪里去了？"

"这我哪知道？他们肯定得回来吧？咱们就等着吧！咱们两个摆平那小白脸和一个女人还不成问题。"

……

当泥猫和十次郎还在你一句我一句地调侃之际，顾德却是已然从自己记忆的仓库中翻出了这个"十次郎"的档案页，这个人不就是以前自己面试过的那个男模特吗？那个在楼梯间里打过交道的男模特！他为什么也要找自己？他怎么会认识泥猫？

十次郎在走马观花地看了一遍俞雪瑰的家，便指点着衣橱和写字台笑道："这娘们儿家的家具以前还有家具商向我推荐过呢，你猜得出这些家具有什么不同之处吗？"

"难道镀了黄金白银呀？"

"比黄金白银有趣，这种家具全都是带有暗仓的，小则可以藏个保险柜什么的，大则可以藏个人呢。"十次郎一边说，一边打开了写字台中的暗仓："看到了吧？如果不是特别细心的话，根本就不会注意到的。"

泥猫点了点头说："有点意思！"

十次郎又转头看了看冰柜："这个冰柜也是带料儿的，里面藏个你我这样的大男人都没有问题。"

伴随着十次郎那得意的话语声，顾德却只感到一片刺目的光明从自己的头顶上泼洒下来。继而他所面对的便是十次郎那既惊愕又惊喜的面容。

十次郎兴奋地指着顾德那满是惊恐的脸，对泥猫笑道："你看！这里真的藏着人！而且还藏的是我要找的人！哈哈……快点帮我把他弄出来。"

泥猫的脸孔浮现在上空，顾德虽然觉得很是恐怖，但是他却发现了一件对他还算有利的事情，那就是泥猫并没有发现他的真实身份，在他看来自己不过就是那个男模特要找的"刘鑫"而已。顾德在微微地抵抗了两下之后，便被眼前这两个强悍的男人从冰柜中拖了出来。

继而那位被叫作"十次郎"的男模特竟然直接地把他摔在了沙发上，他说："真没想到你竟然躲我躲得那么快。我才认识你，再去找你，你竟然就辞职不干了。我就这么没有魅力吗？"

就在顾德的双拳有些想要"暴走"之际，大门处却响起了急躁的敲门声。泥猫还在纳闷到底是谁在敲门，房门却已经被打开了，随即一队民警便把他和十次郎包围在了包围圈中。

"举起手来！"当一声极其粗暴却又带有威严的声音响起时，十次郎立时便吓傻在了当场。

随即，十次郎被人拉了起来，与此同时有人走到了顾德的旁边把他拉起来，道："您的女朋友刚刚给我们打电话求助呢，说是有人来找你寻仇。是这两个人吗？"

顾德不明所以地听了一通之后，只猜想着可能是俞雪瑰打了电话去求助，索性便装着很惊恐的表情答道:"对!对!来寻仇的就是他们……他们正想要把我大卸八块呢!他们为了肢解我的时候方便,还想要把我丢到冰柜里速冻上,如果不是你们来得及时,他们脱完我的衣服就要把我放到冰柜里了。"

众民警随着顾德指引的方向一看,果然看到了一个正开着门的大冰柜。此时,十次郎却是尖声咒骂道:"你想要陷害我!我不过就是来找你,你竟然陷害我要谋杀你。你不得好死!"

十次郎骂完了顾德,便又转头望向了泥猫:"CAT!你可以为我作证的,我可没有想要杀他!你告诉这些人呀!"

方才一直很自信嚣张的泥猫,现下却不过在努力用头发挡住自己的脸,继而低调地说道:"我不过就是来给你帮忙的,一切都是你要做的,和我没有关系。"

顾德见泥猫竟然想要从民警的眼皮底下开溜,心中急得不知如何是好,怎样才能让民警意识到现场这个人其实正是警方应该抓走的"泥猫"呢?

顾德疾速地思考着如何能让警方知道眼前这个人是泥猫,但是又不会暴露自己的身份。

这时,一名新进来的民警似乎是帮了他的大忙,只见那个人拿着一张画像走到了队长的面前说:"刚才有人说看到一个很像是'泥猫'的人走进这栋楼了。我们要不要封锁这栋楼,逐户排查?"

此时,顾德立刻激动地指着泥猫尖叫道:"好像!好像!你们不觉得很像吗?这个人和你手里的画像好像呀!你们看呀!"

听到顾德那样惊惧的叫声,民警们立时便都把目光聚焦到了泥猫的脸上,此时他的脸却全都被他那飘逸的长发遮挡着,那种感觉宛如贞子现身一般。

泥猫阴森森地笑了一声,随后便一仰头把头发都甩到了后面,但是此时他的"脸"却完全变成了另外一种骇人的样子,那竟然是一张鬼脸,惨白的面孔上,两束荧光绿色的眸光诡异而又阴风阵阵地扫视着在场的每一个人。

一瞬之间,尖叫声四起,纵然是胆子最大的人也只不过能做到镇定地原地不动而已,而胆子稍微小一点的人却是早已倒退出了好几步。

就在所有人或惊诧或胆战之时,一阵浓烈的诡异烟雾从泥猫的衣袖之中泛溢了出来。

在这诡异的烟雾之中,在此起彼伏的喷嚏咳嗽声中,队长声嘶力竭地吼道:"是催泪瓦斯,全都去卫生间用清水洗一下。"

所有人再次获得了清晰的视野之后,泥猫的身影却早已消失得无影无踪。

队长命令了两个人负责羁押十次郎回警局,自己身先士卒地带领着其余人开始向着外面追去了。

待到人声归静之时，衣柜的暗格幽幽地打开了，俞雪瑰轻手轻脚地钻了出来道："结束了？"

顾德微微一惊，却立时打起了精神说："刚刚的事情我有点乱，能讲讲吗？"

"当然！不过你要慢慢听！我在去警局里转了一圈之后，大致弄明白了抢劫晶莹阁的那一帮人是如何聚集起来的了。他们这些人虽然是各有各的喜好，但是他们共同的喜好就是喜欢去酒吧，这些人都是在酒吧里熟识起来的，最后在泥猫的引导之下，他们就成了如今这样的一个团伙。所以，我就做出了一个非常大胆的推测……那就是当时漏网的泥猫很有可能是在本地的酒吧里玩呢！然后，我就乔装到本地的酒吧里去转了转，在我转了三家之后，终于在第四家酒吧里发现了泥猫。我就凑到了他的周围去，想要探探他的动向。没有想到呀，我竟然听到了一段绝对意外的对话，泥猫的狐朋狗友竟然在找'刘鑫'，他们在找的竟然是你，只不过他们不知道你这个刘鑫其实还是'顾德'。呵呵……看来你容貌的改变骗那些人倒真是足够了。原本我还在发愁怎么能让他顺利落网，当我听到他们的计划之后，我决定干脆将计就计好了。所以，我回家之后就先等着你睡着，然后再把你放到了冰柜的暗格里，最后我自己则是躲到了衣柜的暗格里。这样一来，只要泥猫敢来，我就可以正大光明地报警，如果警察来得早了，至少能以私闯民宅把他拘了，而警察若是来晚了，则刚好能看到他们欺负你，那至少能以人身伤害罪把他们拘了。只要到了局子里，还怕他们看不出那个人是泥猫吗？不过，我千算万算还是算漏了一招，这泥猫好歹也是一个在道上混得久的人，他的歪门手段当真是多。"

听到这里顾德在叹惋之余，不免忧思道："这样一来，泥猫不就成了惊弓之鸟了？以后再想要捉住他不是难上加难了？"

"谁想得到这'瓮中捉鳖'都能让他逃脱的？"

劫后余生的顾德不禁冥思了起来：曾几何时，自己身边的东西竟然全都变换了其原本的样子，真实的东西不复存在，而虚假的、杜撰的、险象环生的事情却无时无刻不充实在生活的每一个角落之中。当"平凡"二字远离自己的生活太久，顾德才发现原来平凡的生活竟然是那样的美好。

顾德忽然仰望着那并无绚丽星辰的夜空自言自语道："我好想正大光明地告诉别人我叫顾德，我好想穿我自己喜欢的衣服款式，我好想住回我原来的家，我好想每天都可以和陌路之人也能毫无顾忌地聊天。我好想生活在一个没有泥猫和巨钻的世界里……"

俞雪瑰毫不在意地笑了笑说："这又有何难呢？"

比起顾德的惊魂难定来，俞雪瑰则要显得镇定许多，她已经在自家的客厅之中展开了地毯式的搜查。她在地毯上搜集了些许的毛发之后，便拿着一枚水滴形状的拨片窃笑了起来："真是没有想到，竟然可以捡到这么有价值的东西。哼哼……"

俞雪瑰一边淡淡地笑着，一边则把那刻写着"Ⅱ"和"C.A.T"的拨片小心翼翼地放到了透明的塑料袋中。

她如获至宝地收藏好了这一件绝对不普通的物证之后，便开始心情愉悦地搜索起了本地的酒吧和音乐吧来，她把这些娱乐场所全都一一抄写在了便条本上。当她的搜索工作告一段落之后，她竟然破天荒地开始欣赏起了地下音乐的视频。

在那狂暴的音符跳跃声中，顾德终于从自己的世界中跳了出来，他满目惊恐地走到了俞雪瑰的身后，惊讶地凝视着那些乱蹦乱跳的rocker。他满目狐疑地望着俞雪瑰那神情专注的脸庞，不禁好奇道："你的品味怎么突然变得这么差了？"

俞雪瑰把那装着"C.A.T"拨片的透明塑料袋往顾德的眼前一晃，她说："如果我的嗅觉还算灵敏的话，我想凭着这个拨片我就可以找到泥猫。"

"哦？"

"你看他掉落的拨片上写的是'C.A.T'，并非是'Cat'。虽然大部分人看到都会认为是'Cat'，但是这实际上应该是他姓名的缩写，例如：曹岸藤、蔡艾霆、岑皑檀……可能性有很多种，但是肯定与'猫'没什么关系。而且我怀疑他的朋友之中至少有一个人是日本人……"

听到这样怪异的结论，顾德忍不住好奇道："日本人？这是从哪里看出来的？"

俞雪瑰指点着水滴形拨片尖细一端的"Ⅱ"答道："这里！"

"2？"

"对！中国人看到自然会念2，但是如果是日本人看到，则是一定会念に，你不觉得に的读音非常像'泥'吗？我想最初他应该是被他的日本朋友称呼为'にCAT'，后来又被一些能听懂些许英文的朋友叫作'泥猫'的。我要找的乐队则是成员之中有一名日本人，而且整个乐队应该有两名吉他手的乐队。"

"两名吉他手？"

"嗯！泥猫应该是第二吉他手，因为他的性格不适合做第一吉他手，而且我怀疑他拨片上的2应该也是这个意思。"

"雪瑰！你真是太神了！如果是在美国，估计你都可以去当FBI了吧？"

顾德微微地转了转眸子，便把目光停留在了俞雪瑰的脖颈处，而他内心的一个声音则是很轻很轻地对他说着："如果没有了泥猫，那么知道你与钻石有关的人便只剩下她了，只剩下她了……"

一抹溢满了褒奖的笑容很快便挂上了顾德的面颊，他说："我还真是想要看到泥猫被正法的那一天。你一定会让我看到的，对吧？"

俞雪瑰在叮嘱过了顾德千万不要离开房间后，便只身一人按照便条本上抄录的地址逐一走访起了那些可能会有摇滚乐队表演的场所。

当她的脚步终于站定之时，她双眸之中的光彩也立时明亮了许多。

那巨幅海报上的缭乱身影虽然大部分全都披靡着暗夜的幽光，但是那明亮的一点反光却让俞雪瑰看到了她最想要看到的东西，那一枚在吉他手指间的拨片不正是自己捡到的那一枚吗？这支名为"血喉"的摇滚乐队应该就是泥猫所在的乐队，俞雪瑰在心中兀自笃定了一番自己的看法后，便立时折返到了家中。

她把"血喉"的演出行程画出了一张时间表，然后开始逐城地搜寻在对应时间段中是否有什么抢劫、盗窃案件发生，搜索的结果不断地在俞雪瑰的双眸之中闪现着魅人的光华，尤其是那一宗晶莹阁的抢劫案也和"血喉"的行程吻合了。至此，她的信心不禁又增加几倍，她长长地舒了一口气后不由得感觉到了一种前所未有的疲惫感，自从她的视野之中出现了顾德这样一个"研究材料"之后，她那原本平静如水的生活竟然发生了连她自己都预料不到的变化，有时她甚至觉得自己也许不过就是在做梦，也没准儿自己在不知不觉中其实患上了妄想症，也许从始至终的一切事情不过都是她自己脑海之中自造出来的荒唐故事也说不定。

俞雪瑰才在床上沉沉地睡去，一个幽暗的身影便已然慢慢地踱到了她的床边。

当光明再次被送还大地之际，顾德却仍旧在一片黑暗之中挣扎着，他甚至还在自己的手脚处感觉到了一种莫名的束缚感，一种颠簸的振荡将他晃歪斜了一些，他的身体不由自主地摔到了一边，继而他的鼻前沁过了一阵熟悉的幽香，他紧张而又小心翼翼地问道："雪瑰？是你吗？"

"嗯！"

"我们这是在哪里？到底怎么了？"

"不知道！我的眼睛好像被蒙上了。你可以看到吗？"

顾德向着俞雪瑰的方向靠了靠，他说："我的眼睛也被蒙上了，现在我什么都看不到，但是我感觉我们应该在一个货车的车厢里，我能感觉到一种在道路上颠簸的感觉。"

"嗯……"

俞雪瑰还没有来得及再说什么，一阵鼓噪的吉他声却尖锐地刺痛了她与顾德的耳膜，当一连串华丽的音符激情地演绎过后，一声轻蔑的笑声响起了："你们可知道我是谁？"

听到这一声话语，俞雪瑰已然按捺不住那颤抖的声音："泥猫？"

当"泥猫"二字飘到了顾德的耳中，他只觉得那一瞬自己的心脏好像变作了爆发的火山一般，好似要喷出汹涌的岩浆，他甚至可以听到自己那轰然的心跳，他面色惨白地抖道："泥猫……"

"呵呵……你们的记性还真是很好呀！竟然只听过一次我的声音就可以记住了吗？只可惜你们是在错误的地方，听到了我错误的声音，如果你们是在对的地方听到我对的声音，那么也许你们会比现在更加享受一些。哼哼……"

须臾之后便是一阵用脚踢打的细碎声响和一些痛苦的呻吟声。

"你很聪明呀！你比条子还聪明！你总是能找到我是不是？逛酒吧很有意思吧？逛音乐吧也很有意思吧？哈哈哈哈……"

在笑声的回荡之中，顾德只觉得那脚步声似乎渐渐地靠近到了自己的面前。

"这位兄弟，原本你应该是可以安享天年的，不过谁让你认识这妞儿呢，所以你得陪着她死……"

顾德还想要问一些，但是一声清脆的枪声却让他的全部思绪戛然而止了，在鼻前的硝烟味道之中，他似乎嗅到了自己身体之中那些鲜血的味道，而那一阵阵源自胸口的剧痛则是让他觉得痛不欲生。

"砰……砰……"又有两声枪声响起了，但是顾德却觉得解脱了，因为在枪声之后，又传来了让人心安的声音。

"李队……李队……泥猫已经被击毙了，人质有一人受伤……需要救护车……"

一直处于黑暗之中的顾德，突然获得了一片太过耀眼的光明，在片刻的光明之后，映入他眼眸的便是那遍地的血污，他望着两步开外的血迹问道："泥猫已经死了吗？"

俞雪瑰双眼噙着泪水，点了点头："嗯！他死了！他已经死了！你可以安心了！警察已经带他走了，一会儿救护车就会来的，你一定不会有事的。"

顾德低头看了看自己的身体，又看了看那成片的血水，不禁惨然地笑了："你不用安慰我了……这一定是老天在惩罚我的，都是因为我对你动了杀心才被老天惩罚的……雪瑰，我对不起你。你一直在帮助我，但是我却鬼迷了心窍地想要杀了你，现在我可能挺不住了，那么我就把我的秘密告诉你吧，就当作是我对你致歉了……"

"你不要多说话了。"

顾德轻轻地附到了俞雪瑰的耳边说："我可能等不到救护车了……我告诉你……你到我家的厨房，去找调料瓶，在放冰糖的瓶子里有……一颗钻石……很大很大的钻石……送给你了……"

顾德如释重负地说完了这样一句话后，只觉得眼皮不再有力气可以睁开，甚至连呼吸都是这样的疲惫，他也渐渐地忘记了思考，忘记了记忆……

最为绵长的黑夜似乎成了他最忠诚的伴侣。

但是黑夜却终归只是黑夜，并非是永夜，黑夜终归会有尽头。当黑夜再次走到尽头之际，顾德慢慢地睁开了眼睛，但是眼前的一切却让他觉得恍如隔世，他低头看了看自己的胸膛，不禁惊异道："我不是被枪击了吗？为什么会没有伤口？"

随即他又望着自己眼前那熟悉的装潢与舒适的床榻纳闷了起来："我怎么又回到这里了呢？我不是应该在货车的车厢里吗？"

顾德走到卫生间，狠命地用冷水拍了拍自己的脸，当他抬起头时，他不禁被镜中的自己吓到了，自己的这张脸为什么又变回了做精算师时的模样？就在他对镜发呆之时，他的手机突然响起了音乐，他看到来电人是俞经理便立时接通了电话："喂……"

"昨晚聚餐，你喝了好多的酒，今天感觉怎么样？"

"昨晚聚餐？"

"是呀！你酒还没醒吗？要不今天给你放假一天吧！明天能来上班吧？"

"俞经理……我还在上班？"

"怎么？你彻底喝糊涂了？你不想上班了呀？哈哈……"

"不是！我现在很清醒……我们一会儿公司见！"

顾德飞速地挂断了电话之后，便从衣柜之中挑出了他最喜欢的衣服，然后飞速地赶往了公司。到公司后他发现竟然没有一个人因为他的出现而惊讶，似乎他从来都没有离开过这里一样，甚至连他的座位都是那样的熟悉，似乎自己确实每天都还在使用着它一样。

甚至连他的客户也一如以往地来和他讨论着关于投资理财的各项问题，面对着眼前的一切，顾德不禁置疑起了自己那神奇的"记忆"，难道自己又做了一个很漫长很复杂的梦吗？

为了能揭开神奇的谜底，顾德一下班便狂奔到了小柔的家门前，在他狂按门铃之后，小柔的脸竟然出现了。

"小柔？你……你……还活着？"

"哼……你巴不得我死吗？不就是被我甩了吗？你一个大男人怎么这么放不下？以后能不能别来找我了？"

"我被甩了？对……我好像是被甩了……呵呵……你活着就好，我不会再来打扰你的。"

顾德一边挠着自己的脑袋一边已然溜达到了晶莹阁的店铺门前，他皱着眉头往里看了看，终于下定决心走了进去。"您好！"

"您好！请问先生您需要买什么？是购买礼品？还是您自己佩戴？"

"那个……我其实是想要问一下关于抢劫案的事情的，你们这里被抢的梅花钻找到了吗？"

"抢劫？我们这里没有被抢劫过呀！您来我们这里不会是搞笑来的吧？"

"哦？那……那可能是我记错了。对不起……"

顾德面对着那熟悉的街道和那些早已看到眼厌的商户和小贩，不禁摇头道："原来真的就是一个梦……"

当他在下一个路口转弯之时，一张只应出现在记忆之中的脸却出现了，他喊道："俞雪瑰？"

迎面走来的美女微微一笑："顾德先生您好！您还能记得我，真是三生有幸呀！"

"你认得我？"

"我们在昨天的聚餐宴会上刚刚见过，我怎么可能不认得了呢？家父一直都对你的评价很高，怎么？今天很空吗？"

"嗯！很空！"

"那你想不想请我共进晚餐？你昨天可是说过有机会要请我的哦！"

"呵呵……好呀！去哪里？"

"随意！"

在俞雪瑰那曼妙的笑容中，晚餐似乎变得更加美味了。面对着这样梦幻的景色，顾德忽然觉得那样恐怖的梦应该就是一个梦吧！还是现实最美好！

夕阳的余晖之下，他目送着俞雪瑰离开了，而他自己则是舒服地泡到了浴缸之中，享受起了眼前的幸福生活来。

如血的残阳渐渐地昏黄了，原本在夕阳下红润的俏脸也在夜色的侵袭之下，变做了灰暗的冷艳脸孔，俞雪瑰回眸对着顾德的窗口笑了笑："我说过让你回到以前的生活很容易的。哼哼……"

在冷风的吹送下，俞雪瑰步入到了小柔的房间之中，她把厚厚的一叠钱放到了桌上，说道："这是答应你的佣金，你整容费用不足的部分今天一起结了。以后你必须离开这座城市，永远不要再出现了。"

"OK！"

过了良久之后，一小队人马来了。为首的人穿戴的衣服口袋甚是丰富，发型也犀利了得，他说："俞姐！您今天叫我们来有什么事情吗？还排戏吗？这次想要拍什么戏码？还要血袋、手枪什么的吗？"

俞雪瑰淡笑着摇了摇头："这次不是为了麻烦你们，我只不过是想要点东西，上次让你们做的声音文件我想要销毁掉，可以吗？"

"就是模仿'血喉'吉他手的声音录的那段台词吗？"

"对！我觉得那段录音以后应该不会再用到了。"

"可以！小事一桩！"

"好！今晚我再请你们吃一顿饭吧，感谢你们那专业的表演功底和精湛的道具制作功力。"

　　"您真是太客气了。"

　　一顿热闹的夜宵过后，俞雪瑰便笑意盈盈地回到了自己的家中。她坐到自己的望远镜旁，凝视着镜头中的身影微微一笑，便自言自语道："请继续陪我玩一场心理游戏吧！顾德！"

[END]

与世逆行

文 / 天下溪

1

卫瑟面前的桌子上放着一把老旧的FN57手枪，以及一枚竖起的锃黄色子弹。

他失神地盯着枪柄看了许久，脑海里满是詹妮弗的身影与笑声，她一会儿在洒满阳光的庭院里捧着水果篮，一会儿又披着湿漉漉的金色卷发妖娆地扶着门框……这些沐浴在明亮柔光中的影像如陈年胶片般黯然褪色，只剩下医院床单里疲惫瘦削的病容。她的遗体最后静谧而枯槁地被放进棺材，在一枝枝白玫瑰的围绕中陷入永恒的黑暗。

詹妮弗的几个朋友在葬礼上泣不成声。卫瑟全程没有流泪，他觉得躯壳里面是个巨大的空洞，所有情绪都被吞噬，只剩下提线木偶一样的肢体，随着司仪的吩咐做出反应。

等思维重新回到他的大脑，他已经坐在和詹妮弗共同租住的老公寓内，身上还穿着参加葬礼的正式西装，对着桌面上一把经久不用的手枪。

在他还是个麻木沉沦的街区小混混时，是詹妮弗将他拉出泥沼，抛弃所有地跟他一起开始了新的生活。如今她不在了，这个世界又回到了阴冷与绝望，对他而言毫无意义。

卫瑟退出手枪的弹匣，把唯一的那枚子弹塞进去，上膛开保险，将枪管抵着自己的上颚。

就在这时房门被一脚踹开。

赫尔曼举着枪，杀气腾腾地冲进来。

卫瑟闻声扭过头去看门口，嘴里还含着枪管。目光对视的几秒钟，两个人都有些愕然。

在卫瑟眼中，破门而入的是个二十七八岁的大高个子，穿着皮夹克和牛仔裤，金发压在鸭舌帽下面，露出一点利索的短发茬，脸部线条英俊而冷硬，一双靛蓝色的眼睛就像风暴来临前的海洋。

而在赫尔曼看来，坐在沙发椅上准备饮弹自尽的黑发青年，就是个自己活得像团垃圾还要拖累别人的混蛋，死不足惜。他看着卫瑟扣在扳机上的手指，露出个满怀恶意的诮笑："抱歉打扰，请继续。"

卫瑟抽出枪管，像头领地被入侵的猎食动物一样本能地蹿起来，枪口直指对方："你是谁？想做什么！"

"我想看你死。"赫尔曼持枪一步步走近，"如果你退缩了，就由我来动手。"

卫瑟看对方走路与拿枪的姿势，就知道这是受过训的个中老手，搞不好还有从警或者从军经历，并不是擅长街头斗殴、枪里只有一颗子弹的自己可以正面对抗的角色。

再说，他为什么还要再去跟这个莫名其妙的不速之客对抗呢？反正他都准备好要放弃这个世界了。

于是他把手枪往桌面一丢，又坐回沙发椅上，冷漠而厌倦地答："你来动手吧。这样我还能少违背一个对詹妮弗的承诺。"

赫尔曼一枪柄砸在他脑袋上："你还有脸提她！她本来可以有一个美好未来！读完大学，当装潢设计师，嫁个办公室白领，住在富人区的别墅里，生三四个可爱的孩子。现在她的人生全被你毁了！你还让她生了治不好的病！你是怎么照顾她的？是你害死了她！"

血从卫瑟的额际流下，他木然不动地挨着打，不为自己辩解一句。

赫尔曼喘着气，眼神里有一种彻骨的悲痛："詹妮弗是我最小的妹妹，家里人保护得太好，让她天真善良得像个天使，总是想着要拯救别人。她跟你私奔了以后，我父母都快要疯了……要不是我当时还在战场上，一定会追上你们，打折你的腿把她带回来！这两年你们东躲西藏，唯一一次给我父母递的消息，竟然是她的病危通知！你知道我现在有多想——"他将枪口顶住卫瑟的太阳穴，眼白充血，牙根紧咬。

"我也想。"卫瑟说，目光落在墙面的合影上。相框里一男一女互相搂着肩膀，共同提着条被钓上来的河鱼，对着镜头笑得灿烂而满足。

赫尔曼随着他的目光望向照片，变了脸色："你跟詹妮弗在一起，还把跟别的女人的合照挂墙上？！"

卫瑟惊异地转头说："你说什么！那是詹妮弗！"

赫尔曼又狠狠敲了他一记："我妹妹才不长这个骚样！"

卫瑟愤怒地用拳头回击了他："就算你是她哥，这么说她也太欠揍了！"

两人打成一团，不论是受过训的退役士兵，还是擅长斗殴的前帮派分子，动起拳脚来都毫不留情。卫瑟在揍人和挨揍的间隙，问了句："詹妮弗·佩雷斯，怀州杰克逊镇，我们说的是同一个人对吧？"

"你以为我会认错诱拐她的混蛋吗？她的电脑里还有你的照片！"

"那么我也确定，墙上相框里的女孩的的确确就是詹妮弗。"

赫尔曼停住手，用看怪胎的神情打量他："你……是神经病吗？"

卫瑟冷冷地答："我觉得是你眼瞎。"

赫尔曼噎了口气，从T恤领口内抽出一条项链，挂坠是个开合式的金属小圆盒，可以内镶照片的那种——里面是张兄妹合照，女孩有着深棕色长发，褐眼，是个身材苗条的清秀佳人。"看清楚了吗？这才是詹妮弗！"

卫瑟连连摇头："不不，我知道我的女孩长什么样，金发，眼睛是像……像你一样的深蓝色，比这女人娇小些，但更丰满。"

他们相互逼视，希望从对方脸上找寻撒谎或病态的证据，然而双方都失败了。他们说的应该是同一个人，可又分明不是一个。

"听着。"卫瑟率先开了口，"我不知道你在搞什么鬼，但失去一切的是我，要不是你突然闯进来，我已经追随詹妮弗而去。现在你这个不知从什么鬼地方冒出来的'大舅子'告诉我，跟我朝夕相处两年的女友应该长另一副模样？滚出去，你这个白痴！"

赫尔曼看着他脸上难以掩饰的痛苦，忽然眼中一亮，指着墙壁上的相框说："等等，如果这个女人是你病死的女友，那么我妹妹就还活着？她只是被你这个人渣抛弃了，她还活着！"

"我绝不会抛弃詹妮弗！从她拉着我的手踏出家门那一刻起，我就发誓要给她个新的家，一辈子照顾她！"卫瑟朝赫尔曼咆哮。

赫尔曼认定他不是骗子就是精神病患者，自顾自想着怎么证明这个猜测："我听说今天刚举行完葬礼……我要亲眼看看棺材里的人到底是这个金发女人，还是詹妮弗！"

"什么？"卫瑟惊怒，"你想……"

"没错，我想亲眼证实。"赫尔曼丢下这句话，大步走出房间。

卫瑟飞快地追上去，对方已经钻进车里，扬尘而去。他立刻发动自己的车子，追逐着对方的车子冲向墓园。

深夜的墓园一片漆黑，像死亡本身一样散发着不属于这个世界的幽邃森冷。车灯顽强地刺破这片生死交界之地，卫瑟看见赫尔曼正用不知从哪儿找出来的铁锹，开始挖墓碑前松软的土壤。他冲上前去阻止，对方却把另一把铁铲塞过来道："你不想知道我们之间谁才是神经病？"

卫瑟怔住。

"快挖！还是说，只有你有资格见她最后一面？"赫尔曼讽刺地说。

最后这句话击中了卫瑟，使他产生了同病相怜的酸楚和未尽责任的愧疚。他接过铁锹，默默地挖起来。

花了近一个小时，填土被完全挖开，露出黑色崭新的棺材，他们合力推开了卡得紧紧的盖板——

躺在里面的，不是链坠或相框里的任何一个詹妮弗，而是个七八岁，最多不超过十岁的小女孩。她穿着血迹斑斑的粉色连衣裙，胸口印着一大只卡通兔子的图案，那本该十分可爱，可这会儿与灰败的尸体、大团脏污的血迹结合，看起来却异常惊悚。露在外面的手脚上瘀痕道道，在变得青紫的肤色中看不分明。她的头发是略浅的棕色——长大后应该会变得更深些，如果她还能长大的话——似乎被胡乱铰断过，乱蓬蓬地顶在头上。

赫尔曼与卫瑟震撼地看着棺材中小小的尸体，面面相觑。

"她不是我的詹妮弗……也不是你的，对吧？"卫瑟问。

"我看到的是个小女孩。"赫尔曼说。

"我也是。"卫瑟脸色凝重，小尸体的惨状让他胸口发堵，而在这些他以为自己早已失去的怜悯心之外，还有更多的不解与匪夷所思，"詹妮弗到哪儿去了？我明明看着她下葬……是谁换走了尸体？为什么？"

赫尔曼沉默片刻，说："如果你没有撒谎，这件离奇事件背后肯定有什么不能见人的秘密。我们得报警。"

卫瑟表示同意，他掏出手机拨打报警电话。

然而电话并没有接通，手机显示这里一点信号也没有。

赫尔曼掏出自己的手机，结果也一样。

"也许是附近的基站出了什么问题。"卫瑟说，"乡下地方，信号本来就不好。"

赫尔曼拿主意说："我们开车去警局，镇上有治安官办公室对吧？"

卫瑟点头，问："尸体怎么办，埋回去？"

"没空再填土了，先把棺材盖上，回头再说。"

他们又合力推上棺盖，把铁锹什么的扔进后备厢，开车直奔镇上的警局。

此时是凌晨2点左右，治安官办公室里只有一个肥胖的中年值班警员，正趴在桌上呼呼大睡，手边满是吃空了的薯条、披萨盒子和剩下的番茄酱。本来嘛，小镇地处偏僻，人口不多，治安好得朴实无华，连抢劫盗窃之类的案件都不多见，能做到24小时有人值班就已经相当尽职了。

卫瑟在门外用湿纸巾擦去头上的血迹，赫尔曼敲着桌子把值班警员叫醒。对方睡眼惺忪地听他们说了几句，还看了卫瑟手机里的情侣合照和赫尔曼的项链挂坠，然后带着一种"像你们这种嗑了药就来挑事的家伙我见多了"的表情挥了挥手说："回去好好睡一觉，等头脑清醒了再说！"

"可是警官……"

赫尔曼还要再辩解几句，对方厌烦地瞪他道："小子，我现在还可以当你们是在开玩笑，可要是再纠缠不清，就请你们去禁闭室里，待到药效退了再走。你们该庆幸的是本州在这方面法律还算宽松。"

卫瑟拉了一下赫尔曼的衣角，示意他出去谈。

他们出了警局，回到车里，卫瑟皱眉说："你不觉得有什么不对劲吗？那个值班警员，在他眼中，照片上的詹妮弗究竟长什么样，才让他觉得我们俩都是没事找事的瘾君子？"

赫尔曼耸耸肩道："或许是他嗑多了。算了，我们自己解决。我认为，想知道詹妮弗是生是死、人在哪儿，漫无目的地找是蠢办法。还是要先弄清棺材里小女孩的死因和身份，是被谁替换进去的。只要抓住那只幕后黑手，就能顺藤摸瓜地揪出背后的真相，逼问他詹妮弗的去向。"

卫瑟想了想说："有道理。你让我有点意外，要知道，从外表看你可不像是什么聪明人。"他意有所指地瞟了一眼对方胳膊上的肌肉。

赫尔曼反唇相讥："说得好像你这副穿着西装也脱不了混混气的模样就有多聪明似的。"

两人相看两相厌地互瞪了几秒，各自别开脸去。

赫尔曼叼了根烟打火，说："我有个要好的朋友，在市区的一家医院当病理解剖医生，或许可以帮忙看看尸体。"

"市区？"

"没错，开车大概3个小时，我们得把尸体带上，那边有验尸房。"

卫瑟嗤了声："开3个小时车，载着具尸体，好主意。"

"你有更好的吗？"赫尔曼反问。

"走吧。"卫瑟起身离开副驾驶座，上了自己的车。

他们返回墓园。被挖开的土坑还是他们走时的样子，像只朝着夜空死不瞑目的眼睛，棺材是它漆黑冰冷的瞳仁。赫尔曼把小女孩的尸体抱出来，两人匆匆忙忙地把墓土填回去。尸体先用塑料膜裹严实，再包上车里的一条毛毯，放在后备厢里。幸亏赫尔曼开的是城市越野车，有足够的空间，不是卫瑟那辆快到报废期的二手车能比的。

那辆从旧货市场淘来的佳美甚至在开出十几公里后就爆了胎。在车主找千斤顶换胎时，赫尔曼不耐烦地说："得了吧，另外三个轮胎也够破的了。把它丢路边，坐我的车。"

卫瑟还是有点习惯性地肉痛，道："我花了四千多……"

赫尔曼鄙夷道："你都不想活了，钱拿来干什么？"

卫瑟像从最后一丝梦境中醒来，钥匙也不拔了，把车丢在路边，直接上了赫尔曼的越野车。

他们沿着郡公路奔驰，在拂晓逐渐漂白的天色中驶向城市。

2

路上出了点小插曲，险些节外生枝。

他们开的越野车被一名郡警拦下例行检查。那是个警长，佩戴着六角星的郡治安官徽章，上面刻着名字劳恩。赫尔曼拿出驾驶证，对方验完，用犀利的目光扫了一下车里的两个男人，注意到赫尔曼肋下夹克内微微隆起的弧度。

"我有持枪证，一把半自动手枪。"赫尔曼立刻说。

警长劳恩却越发怀疑了。他绕着车子走了一圈，敲了敲后车厢的盖子："打开，我看看。"

赫尔曼与卫瑟迅速交换了个眼神，把手伸向肋下。

"快点，打开。"劳恩催促。

盖子弹开一条缝，劳恩一下子掀起来，发现后车厢放着些修车工具与瓶装水等杂物，还有两把带土的铁锹。

看起来没什么异常。他关上后车厢的盖子，走到车窗边，发现后车座上似乎躺着人，看身形是个孩子，身上裹着灰色毛毯，露出睡得乱蓬蓬的浅棕色头发和一点儿眉眼。因为毯子跟车坐垫颜色相近，方才竟忽视了。

"这孩子是谁？"劳恩问。

赫尔曼的手从肋下口袋里取出香烟盒，抖出一根点燃，深吸口气，说："我们的女儿。"

弥漫的烟雾后方，他的脸硬朗且男人味十足，劳恩看看他，又看了一眼副驾驶座上的黑发青年——大约二十二三岁，长相堪称俊秀，又从骨子里透出一种野性的桀骜。很帅气的两个男人，像一对儿漂亮而危险的野兽。劳恩心想，声线不由得扬起："你——们的女儿？"

"我们共同领养的，警官，法律没有不允许领养孩子。"赫尔曼挑眉，无奈似的看他，"她闹得筋疲力尽，刚睡熟没多久，您可以弄醒她问东问西，但她要是再大哭大吵着要玩游乐场的摩天轮，您得想办法解决。"

卫瑟从他手中的烟盒里抽了一根香烟，没有打火，而是凑过去，就着他嘴上的半截烟点燃。然后他微抬起头，朝劳恩幽幽一笑。

劳恩败退在这个让人起鸡皮疙瘩的笑容下，挥手示意他们可以走了。

赫尔曼并不急着离开，而是抽完最后几口，在烟灰缸里掐灭烟蒂，才打火发动，扬长而去。

车子开出几百米后，他用手捶了一下方向盘，"扑哧"笑出了声："看到那警察的眼神了没？巴不得我们立刻滚出他的思想范围。我从来没用过这一招，看来效果不错——当然，你配合得也不错。"

"对此我一点都不觉得好笑。"卫瑟白了他一眼，把早已戒掉的香烟丢出窗外，"你事先料到的？要不为什么提前把尸体移到后车座上。"

"不，我只是注意到路上的警力增加了不少，有的路段还设了关卡。近来本州发生过规模挺大的帮派械斗，估计他们在查违禁的枪支武器，而后备厢总是重灾区。"赫尔曼拇指朝车后座指了指，"在眼皮子底下的反而安全。"

"万一对方掀毛毯呢？"卫瑟挑刺。

"一个连续当值、眼圈发青、脸色疲惫的郡警不会那么多事。万一他要掀，我也就只好说实话了。"赫尔曼耸耸肩。

卫瑟不吭声了，尽管心底觉得他其实还挺聪明，但依然是个举止粗暴的讨厌鬼。

继续开了一个小时，他们来到靠近市区的一家私立医院。在后门附近停好车后，赫尔曼又给他的朋友打了个电话。

十几分钟后出来一名身穿白大褂的年轻医生，竟然是名黑发长腿、戴眼镜的知性美女。

"我朋友西维利亚。"赫尔曼简单介绍了一下双方，"他是卫瑟。"

卫瑟早年就在社会漂泊，看人眼光毒辣，一见西维利亚看赫尔曼的眼神，就知道这妞儿对大兵有意思，难怪愿意插手帮忙这种不明不白的活计。

西维利亚是赫尔曼在退役后认识的，并没见过他的妹妹，但赫尔曼还是把双方的证据都给她看了。

女医生仔细看完照片，笑起来，很柔和地对赫尔曼说："要不是我知道你的性格，真会以为你们在联手捉弄我，录搞怪视频什么的——这分明是单人照。我没看到女人，金发棕发都没有。"

卫瑟仿佛已经猜到类似的反应，耸了耸肩。

赫尔曼不自觉地吸了口气，朝他喃喃道："你说得对，的确有什么地方不对劲……要么我们疯了，要么世界疯了。"

"没那么严重，亲爱的。"西维利亚拍了拍他的手背，"你只是熬夜赶路太累了。你看，我们的大脑虽然在坚硬颅骨的保护内，但依然比果冻还软弱，因为精神没有掩体，但好在你会调整过来的。把那可怜的小姑娘抱进来，我先仔细验一下。至于你们，我建议你们去找个地方吃顿饭，打个盹儿，有结果了我会打你电话。"

赫尔曼买了汉堡和可乐，在车里胡乱吃了几口。看到卫瑟一动不动地靠在车窗上，毫无生气的模样，似乎已将自己摒弃出活人的领域，他忽然觉得这个男人挺可怜。

他也深爱詹妮弗，愿意为她做任何事，但她死了，他悲痛欲绝一段时间后，还是要继续自己的生活。

人总是要继续生活。

然而卫瑟却不是这样，詹妮弗就是他的生活。没了她，他不知道该怎么活下去。

虽然和詹妮弗在一起时，他们过得并不好，租来的老公寓、破烂的二手车、习惯性的节俭，但那些都是物质上的、无关紧要的。他们共处的短暂时光，应该满是快乐、激情与不计后果，就像绚烂的烟火。

一旦这烟火熄灭，这个男人就只剩下死一样的黑暗了。

而自己还毫不留情地戳破他对生活的最后一丝惯性，对他说：你都不想活了，钱拿来干什么？

赫尔曼从不觉得自己是个混球，他作战英勇、乐意助人，也不缺乏对社会的责任与道德上的约束，可这一刻他觉得有点心虚。

他用肘尖戳了戳卫瑟的肩膀，递过去一个汉堡，说："你得吃点什么。"

卫瑟心不在焉地瞥了他一眼，仿佛在说：我都不想活了，还吃什么？

赫尔曼更加心虚了。他不由分说地将汉堡塞进卫瑟嘴里："无论如何你都得吃点，詹妮弗是死是活还不确定呢！"

卫瑟忽然一愣，被点拨似的叫起来："没错！或许她根本没死呢？或许……她只是假死状态，医生误诊了，报纸上不是也有过相关报道吗？在下葬之后，她转醒了，有人听到地下的呼救声，从棺材里把她救出来！没错，一定是这样！"

赫尔曼不想提醒他，如果对方真是为了救人，没必要再换一具明显不是自然死亡的孩子尸体进去，并且也会报警。

因为此刻对方黑色的眼睛里乍然迸发出光彩，像在引颈待戮时忽然找到了挣扎的动力。

"我们先去医院，詹妮弗就诊的那家医院离这里不太远，我要去咨询一下她的主治医生。另外，我还要给她的那几个朋友打电话……他们是两家人，说不定葬礼后他们还去墓园看过……"卫瑟把汉堡丢回去，催促赫尔曼开车，又手忙脚乱地掏手机。

在前往医院的路上，赫尔曼听他给詹妮弗的朋友分别打了两个电话，说了很久，第一个电话，对方最后骂了声"有病"挂了；第二个电话，那家人认为他是恐吓犯，直接报了警。

卫瑟听着手机嘟嘟的挂断声，脸色铁青，望向赫尔曼的眼神愤怒中藏着深深的难过："我们搬来半年多，他们两对夫妻是詹妮弗仅有的朋友，有时周末还一起去玩，现在他们说'詹妮弗·佩雷斯？抱歉我们不认识'。他们怎么能这样对待她！就好像她之前陪他们聊的天、给他们做的点心，全是笑话！"

赫尔曼一脸安慰地看他，不知该说什么好。

卫瑟用手掌使劲抹了几把脸，像是要强行咽下某种情绪，说："能不能再开快点？"

赫尔曼沉默地踩着油门，以违规的速度二十分钟后到达了那家医院。

卫瑟立刻冲进去，在重症监护病房外找到了那名主治医生，詹妮弗病情后期都是他在接手，最后也是他走出抢救室，一脸遗憾地说"我们已经尽力了"。

年长的医生用极大的耐心听他语无伦次地说完，同情地点着头，似乎已经对家属的精神崩溃司空见惯："我知道失去妻子你很伤心，我也很遗憾，但是，你再好好回忆一下？也许她并不是本院收治的，也许她之前转院了？你知道，我手上每天都有很多病人，但抢救无效，尤其是近期逝世的，我不可能不记得。我确定治疗的病人中没有叫詹妮弗·佩雷斯的二十二岁金发女孩，真的没有。"

卫瑟失魂落魄地看他转身走了。

赫尔曼走近一步，对他说："先回车里，再商量。"

卫瑟绝望地看他。两人在目光的交融中，明白了对方心中最深的惊疑与恐慌——詹妮弗·佩雷斯，他们的女友与妹妹，他们深爱的人——整个存在都从世界上被一种无形的力量彻底抹去了。

这个世界一夜之间变得荒诞而又扭曲，透出似是而非的诡异，就好像所有人事忽然联合成一个整体，冷酷而饱含嘲弄地站在了他们的对立面。唯剩他们两个人，抱着只有彼此认定的信念，与世逆行，孤军奋战。

更可悲的是，他们连这个信念到底长什么模样，都没法达成共识。

赫尔曼低低地呵了声，说："这让我想起，有次在战场上，一个叫安迪的家伙掉了队，我和另一个战友回头去找他。那里地形太复杂，又有追兵，我们后来走散了，费了不少辛苦才又重新碰头，那时他已经找到了安迪，但安迪受了重伤，他自己也伤了腿。我想先背他回去，再找援兵过来救安迪。可他不肯，说安迪伤势重，等不了那么久，叫我先救对方出去。"

"你怎么办？"卫瑟问。

"当时情况紧急，我没法平心静气地做出选择，于是一手拖着一个，费力地往外走。这严重影响了我的行动能力和速度，以至于遭遇到敌方小队的袭击，我反击了，他也拖着伤腿开枪，我们陷入了死战，几乎没有生还的机会……然而那栋千疮百孔的建筑物再也承受不了弹药的力量，塌了，把双方都埋在里面……最后只有我一个人活着爬出来。"

赫尔曼长久地沉默了。卫瑟安静地等待这沉默过去，他知道他还有话想说。

"我们集体生活、集体受训，接受的信念是'战场上不放弃任何一个伙伴'。所以我两个都想挽救，结果两个都失去了。"赫尔曼神色黯淡而尖锐，仿佛揣着一抔死灰复燃的余烬，时不时腾出的热度，灼烧得心隐隐作痛，"当时我就不该犹豫，不该被他的坚决反对影响了思维判断，我应该当机立断地放弃安迪，救他出去，这才是生还概率最高的行动方案！"

"但他并不把自己的性命看得比别人贵重。他是个了不起的家伙。"卫瑟佩服地轻叹，"他叫什么名字？"

有那么一瞬间，赫尔曼紧紧闭上眼睛，像是无法承受，他说："我忘了！你知道吗？最可怕的地方在这里，我竟然想不起他的名字、长相、声音，想不起楼塌之后发生了什么……我感觉我们曾经很亲密，感情很好，失去他让我心痛万分，就像失去詹妮弗一样，但我的脑子好像被挖空了一块，属于他的那部分被掏走了！那次行动之后，我从军中退役，回到家后我很努力地回想，但仍记不起来……我害怕的是，有一天，詹妮弗也会像他一样，她的音容笑貌，连同我对她的整个记忆，都从脑子里完全消失，只留下一个空空荡荡的大洞……"

他激动地抓住卫瑟的胳膊，力道大得令后者几乎叫出声，喊道："你会记住她的，对吧？哪怕有一天我真的忘了，至少还有你能告诉我，詹妮弗，她真真切切地存在过……"

"是的，是的。"卫瑟忍痛说，安抚地握住他青筋毕露的手臂，"我当然会记得她，永远都会记得。"

赫尔曼逐渐平静下来，意识到自己弄痛了对方，忙不迭地放开手。

这真是奇怪，几个小时以前，他还满怀憎恶的怒火，把卫瑟打得头破血流，恨不得在对方准备饮弹时替他扣动扳机，可这会儿竟然会因为手指间一点失控的力道，而感到愧疚不安。

很多时候，事情的变化总是这么奇妙而难以预料。

还有的时候，当你回想起某些被一时忽略的事情，总觉得内藏蹊跷、有迹可循。

譬如说劳恩就坐在警车里，刚刚接了个电话。电话是从乌托小镇上的治安官办公室打来的，值班警员告诉他，今天早上墓园管理人报警，说怀疑一个新墓昨晚被人盗挖，虽然坑填上了，但对方行动匆忙，翻出来的土散落一地。他们找不到墓主的家属，问需不需要挖开确认一下。

劳恩批准了。很快这个疑似盗墓案很快有了回复，棺材是空的。劳恩一边咒骂着所有恋尸癖们都要下地狱，一边开车往回赶。在经过某个路段时，他忽然踩下刹车，警车打着横停下来。

他想起四个小时前的那辆越野车，后备厢里两把带土的铁锹，后车座上的毛毯裹着看不清头脸的孩子，车内两个男人强壮老练、应对自如，总觉得不是善茬……他懊恼地砸了一下方向盘：怎么就没多留个心眼，掀开毯子瞧清楚？

也许那毯子里裹的，根本不是什么领养的女儿，而是新盗的尸体！

他立刻抓起对讲机，报出印象中的一串车牌号，吩咐手下的郡警沿路追踪，又给邻近的市警局打电话。

3

此刻，赫尔曼和卫瑟正驱车返回西维利亚所在的医院，同时等待着她的电话。

车子停在后门附近的巷口，当两人昏昏欲睡的时候，电话终于响了。他们立刻下车，在西维利亚的带领下进入验尸房。

小女孩的尸体停放在金属台上，已经被盖上白布。

"干出这事儿的人是十恶不赦的暴徒，你们必须马上报警。"西维利亚神情严肃，镜片后方闪动着义愤的怒火。

"我们知道。她遭遇了什么？"赫尔曼问。

"死亡时间大概在三十八到四十小时前，致命伤是胸口的枪伤，那颗子弹贯穿了她的小心脏。然而在此之前，她被囚禁过一段时间，至少有半个月，手腕脚踝绑着绳索，留下重复的瘀青和摩擦伤。她有些营养不良，对方肯定没有给她吃足够的食物，胃里几乎是空的。她的眼睛也出了问题，因为之前长时间处在黑暗中，突然见到强烈的自然光，导致视网膜烧伤水肿，有失明的可能——但这可能性对她已经不重要了。"尽管见惯了生死，女医生的声音依然变得十分低落。

另外两个男人共同沉默了片刻。赫尔曼说："是的，我会报警，但鉴于警方的效率，我不会放弃自己追查。"

卫瑟旗帜鲜明地站在了他那边，说："而且在这起谋杀案后面，还牵扯到另一桩失踪案，失踪的是我的爱人。"

"以及我的妹妹。"赫尔曼补充。

西维利亚目光深沉地看着他们，缓缓地叹了口气："说吧，你们还需要我做什么？"

"寻找更多的线索，关于凶手，关于囚禁地，诸如此类。"

西维利亚走到操作台旁，拿起两个密封的塑料袋，里面是一些碎屑样的东西，分量很少。

"这是我在她指甲缝里挑出来的，一部分是绳索上的断线，还有一部分像是某种植物纤维，但这方面不是我的专业，需要拿到专门的物证实验室去化验。而这个袋子里的，是从她的发间找到的——"她把袋子放在赫尔曼手掌上，后者看清袋里有两个透明颗粒物，麦粒大小，像玻璃，又像钻石，在白炽灯下闪着两点凄清的彩光，"这个也需要化验一下成分，判断到底是什么的碎粒。"

"我们该去哪里找可以化验物证的实验室？"赫尔曼拈起塑料袋，迎着灯看去。灯光将他的靛蓝色眼睛照成了令人惊叹的清澈海水的颜色，而挺直的鼻梁与完美的下颌，又像海边坚定不移的礁石。

西维利亚几乎是宠溺地看着他说："我可以帮你联系，你们把物证送过去，只要等待化验结果就行了。"

卫瑟冷眼看着这对男女间似有似无的情愫暗流，再次想起他的詹妮弗。

"谢谢。"赫尔曼真诚地对她说，"你帮了我的大忙。"

"总是这样。"女医生微笑着问答。

她走出验尸房，打了一会儿电话，回来后把写着地址与人名的便笺条连同物证袋子一起放进赫尔曼的手中，然后说："我已经跟对方说好了，他是我的老同学，挺好说话的一个人，会愿意帮这个忙的。你们按这个地址开车过去，不用半小时就到了。小姑娘的尸体我先帮你们收在冰柜里，记得通知警方。"

赫尔曼再次感激地道谢，然后和卫瑟一起走出房间。

卫瑟说："她挺不错，要抓紧。"

"什么？"赫尔曼莫名其妙地转头问。

卫瑟盯着他的脸几秒钟，确定西维利亚看上了块不开窍的顽石，白瞎了那么漂亮的一双眼睛。

"没什么。"他答，然后仁至义尽地坐进车子里。

绘 萌畜

他们开车去了那所医科大学里的实验室，找到了法医物证学副讲师路易斯。他果然如西维利亚所言，是个挺好说话——或者说不太会说话、有点人际交往障碍，满怀对女神说不出口的暗恋之情的——书呆子，拿着物证袋就钻进了实验室。

　　没人告诉赫尔曼和卫瑟要等多久，幸好他们双方留了手机号码，方便联系。

　　卫瑟这才觉得，胃都要饿穿了。但这也证明了，他还活着。

　　他以为詹妮弗死了以后，他就像没了可供呼吸的氧气，一分钟都活不了。实际上，他已经活了超过八小时，并且还会继续活着。

　　无论他们最终找到的是死而复生的詹妮弗，还是另一具冰凉的尸体，事实都无情地告诉他：没有谁离了谁就活不了，只有不断继续下去的人生。

　　现在的时间是上午十点，微弱的阳光地洒在街道上，法国梧桐的枝叶在萧瑟秋风中摇曳。

　　赫尔曼在街角的快餐店里买了很大的一块荤素什锦披萨，还有一堆鸡翅、芝士条之类的零食，和卫瑟一起坐在车里狼吞虎咽。

　　警笛声在他们周围尖锐地响起来。卫瑟把头探出车窗一看，一大伙儿警察挨着停下来的警车，如临大敌地持枪指着他们的车子。他用力咽下嘴里的披萨，骂了一声。

　　"怎么回事？"赫尔曼坐在驾驶座上，问，"你刚才报警了？"

　　卫瑟忙着打火扳手刹，顺道把一条腿插进赫尔曼双腿间，踩下离合器。"油门！油门！"他叫着，然后发动越野车飞快地冲了出去。

　　"我们干吗要逃？下车跟他们说明情况就行了。"退役大兵被他弄得手脚没地方放。

　　"不不不，我很熟悉这一套！"前黑帮分子眉梢凌厉地扬起，"他们开着呜啦呜啦的警笛堵住路，然后说'你们已经被包围了，放下武器投降'！如果你拿着枪多迟疑几秒，他们就会开枪。运气好的话子弹没射中你，你被他们压在地面上手铐，运气不好你就中弹挂了，死了也白死。"

　　"我们干吗要拒捕！"赫尔曼恼火地叫，"我们——至少我，是个没有任何不良记录的合法公民！"

　　"因为我知道在他们眼里，我们不是！我十二岁开始混黑帮，刚才那些警察的眼神我熟悉极了，他们根本就是在怒视着强奸犯、杀人犯和银行劫匪，而不是要传讯的证人！"卫瑟大声反驳，像在法庭上驳斥指控他的检方，眼中燃烧着激烈的火光。这一刻，仿佛有种藏在他骨子里的危险的东西开始苏醒。"过来！我们交换位置，让我来开车！"

　　赫尔曼几乎是被他硬拽过去的，虽然他无论力气还是搏斗技巧都远胜对方，但车子正在高速行驶，如果他们继续拉拉扯扯，保不齐会连车带人一头撞在大楼的外墙上。

卫瑟紧贴着赫尔曼，像条游鱼一样滑过去，汗味和须后水残留的香味掠过后者的鼻尖。赫尔曼从没意识到，对方的身手竟会如此敏捷，像只惯于夜行的肉食动物，猞猁，或者豹子什么的。

现在方向盘落在卫瑟手里，他瞥了一眼后视镜，好几辆警车正紧追不舍。"来吧，谁在乎。"他轻声说，将油门踩到了底。

越野车在车流中快速穿梭漂移，横跨一个又一个街区，最后甩掉一大堆警车的围追堵截，逃之夭夭。

4

手机铃声响起时，他们正把车停在近郊的一处小树林里，准备好好喘口气。赫尔曼看了看来电显示，说："是路易斯。"然后接通对话，打开免提功能。

副讲师在电波另一头罗里吧嗦地扯了很多专业术语，赫尔曼皱了皱眉，尽量客气地提醒他："麻烦尽量通俗易懂些可以吗？毕竟我们不是医科大的学生，没那么高的文化素养。"

路易斯愣了半晌，顺道回忆了一遍读小学时班上老师的说话方式，然后开始讲述："你看，有两个塑料袋子，对不对？标注着'提取自指甲缝'的那个袋子里，除了有尼龙绳索的纤维，还有些花粉以及一种叫'贝类宁'树的植物纤维，那种树在本州比较罕见，因为气候太冷嘛，它不大好过冬……"

卫瑟朝天翻了个白眼。"他以为我们两个是弱智儿童。"他小声嘀咕。

赫尔曼戳了他一指头，提醒他扬声器还开着呢。

"比较罕见的意思，是还有少部分区域会生长，对吧？"

"没错，你真聪明（卫瑟忍不住又翻了个白眼）。在市区南部郊外的林子里，有少量植株生长，哦，我电脑上的卫星地图显示，那里毗邻着一个正在运营的伐木场。"路易斯三停两顿地说。

"另一个袋子呢？"

"我马上就说到了，另一个袋子里的是锆石。颗粒很小，镀彩加工过，表面有箍抱与摩擦的痕迹，说明原本是固定在什么物件上，然后因为外力脱落下来的。"

"还有其他线索吗？"赫尔曼问。

"目前为止，没有了，除非你们再送什么物证过来。"路易斯说。

赫尔曼很正式地感谢过他，然后挂断了通话。

"聪明的大兵，你有什么想法？"卫瑟调侃道。

赫尔曼报复似的往他胸口轻捶一拳，说："植物纤维混合在绳索纤维里，说明凶手很可能凑巧将她绑在了贝类宁树干上，她挣扎着磨绳索，让那些纤维扎得更深。但西维利亚又说，她曾长期处于黑暗环境中，以至于眼睛因为突然接触强光而出问题，应该是凶手又转移了囚禁地，把她关进了地下室或者暗房之类的地方。"

"或者二合一，凶手把她关在有贝类宁树干的暗房里。"卫瑟用指尖敲了敲手机屏幕，"书呆子不是说，那里毗邻着伐木场，也许是关在某个堆放木料的仓库。但跟那两粒锆石有什么关系？"

"我也不清楚，但至少我们有了些线索。如果我要绑架谁，不是囚禁在废弃无人的地方，就是自己的地盘上。我想凶手跟那座正在运营的伐木场可能有关系，我们开车过去找找。"

他们沿小路往正南方向开了一个多小时，进入那片伐木区所在的林子边缘，把车藏好，徒步摸进了伐木场。

场中广阔的空地上堆放着许多原木，还有几台起重机和木材运输车，七八名工人正在搬运木料。周围几栋低矮简易的建筑物，大多是铁皮顶的移动房，偏远的角落里有座不起眼的小木屋。场外用铁丝网拉了一圈围墙，门口附近挂着"英格力木业有限公司——伐木工程分公司"的牌子。

卫瑟看到牌子时，深深拧起了眉头。"我知道这家公司。"他像怕惊动什么似的，小声对赫尔曼说，"是瑞森拥有的好几个产业中，规模最小的一个。"

"瑞森是谁？"赫尔曼问。

"本州的黑帮头子、吸人血的伪实业家、冷酷无情的刽子手、披着人皮的恶魔。警局里跟他有关的案件档案堆起来得有3米尺高，然而并没有什么卵用，他狡猾得要死，条子找不到可以给他定罪的实际证据。他已经上了三次州法庭啦，可每次都在巧舌如簧的律师团的辩护下全身而退。"卫瑟一口气说完，脸色阴沉得像要滴水成冰。

"你好像对他挺熟悉？"赫尔曼说。

卫瑟不甘愿地吐出一句："我以前是他的手下……但不是管这些产业，而是在街区。"

赫尔曼大概知道他的潜台词：他给瑞森当过打手保镖，或者更高级一些，帮派的小头目、某些人事领域的管理者之类。

如果那样的日子是一片沼泽，他曾陷得很深，淤泥没到了胸口，要不是詹妮弗用自己全部的爱与热情，赌上未来的人生甚至是性命将他拉出来，他早已在里面窒息而亡。

他看着面色苍白的卫瑟，很想再揍他一顿，可又更想对他说一句：你已经逃了出来，现在没事了。

"走吧，我们去那座小木屋看看。其他几个移动房都太显眼了，不是关押人质的好地方。"卫瑟说着，拉着赫尔曼绕开场内工人的耳目，摸进了那座几乎淹没在树丛间的木屋。

木屋看起来很有些年头了，一些木料已经开始发霉长菌，地板上堆积着一层厚厚的灰尘，桌椅上也都是灰，似乎已久无人烟。他们在屋里兜了一圈，没发现什么异常。

"我觉得这栋屋子有点眼熟，好像曾经见过……"卫森皱眉苦思，云遮雾罩的大脑中依稀闪过碎片般的掠影：积灰覆盖的暗门、生锈的铁梯、幽暗逼仄的空间、地面上的斑斑血迹……

大脑深处开始隐隐作痛，他用力甩了甩头，忽然大步走向其中一间卧室，掀开脏兮兮的地毯，地板上一道暗门赫然出现在眼前。

暗门拉开后，浑浊腐朽的臭气扑鼻而来。

卫瑟用袖子捂住口鼻，呛咳不止，赫尔曼拉着他后退几步，等待新鲜空气灌进这个陈腐的地窖。

尘埃落定后，他们准备下去一探究竟。木屋里有灯有电器，估计地窖里也有可以从外面控制的照明设备，但电已经断了——即使没断电，他们也不敢冒着被伐木工发现的风险开灯。幸好手机自带手电筒，赫尔曼抢先卫瑟一步，沿着铁棍焊成的梯子爬下去。

地窖不算太大，但足够堆放不少杂物，还有破床架、小桌椅，角落里甚至还有个马桶，看起来是间简陋的囚室。但所有的东西都蒙覆着时间流逝的影子，像个被虫豸蛀空、岌岌可危的怪物的残躯。

这里，包括上面的屋子，至少已经一年没有人走动过了。

然而那个小女孩才死了不到两天。

赫尔曼问卫瑟："你觉得她之前可能被关在这里吗？"

卫瑟不吭声，举着手机照来照去。不太明亮的光线，在地窖深处支撑空间的木柱下面，隐约照出了一团奇怪的阴影。

那是一具人类的骸骨——他知道，即使眼下看不清楚，但他就是知道，如同反复的梦境，或是回归的记忆。

他神情恍惚地走过去。

骸骨很小，蜷缩在几片烂糟糟的布料里面，颅骨上方还残留着蓬乱的短发，呈现出脏兮兮的棕色。

那是一个孩子早已腐化的尸体。

卫瑟觉得喉咙被一只看不见的手掐住，呼吸困难。他蹲下身，仔细打量着骸骨，忽然伸手，拨开满是污渍，但依稀还能看清原本图案的布料，找到一个在微弱光线中微微发亮的东西。

他吹去上面的浮尘，又用袖子抹了抹，看清掌心中的东西，是一枚小小的、兔子形状的发夹，上面镶嵌着许多细碎的水晶，或者是玻璃。兔子眼睛的地方，是两个麦粒大小的空洞。

卫瑟猛地向赫尔曼伸出手："锆石，给我，快！"

赫尔曼也蹲下身，倒出塑料袋里的那两颗镀彩锆石。卫瑟拈起锆石摁进兔子的眼窝，严丝合缝。

一枚有着彩色眼睛的兔子发夹，也许是父亲送给小女儿的礼物——曾经戴在一个喜欢兔子、连衣服上都印着兔子图案的小姑娘的头发上。

卫瑟握着这枚发夹，转头看赫尔曼，微光中他的眼神幽深峭厉，像个重返人间的亡灵。"你觉得，她们是同一个人吗？"他用极轻的声音问。

赫尔曼没法回答。

如果是，那么眼前的骸骨，和棺材内的尸体，哪个才是真实的存在？

"我们……可以匿名报警，让警察来判断。"赫尔曼说。

这回卫瑟没有反对。

他们顺着铁梯子爬上去，回到木屋，打了报警电话。

"接下来，我们该做什么？"不知从什么时候开始，在两人行动时一直处于主导地位的赫尔曼开始征询卫瑟的意见。

"在警察到来之前，离开这里。以及……"卫瑟纠结起来，似乎在继续追查詹妮弗的下落，与极度不愿接近某个人之间矛盾挣扎。片刻后他在两者中做出了选择，"事情发生在瑞森旗下的产业，而且又是他惯用的绑架、囚禁、灭口的手段，我想这事跟他脱不了干系。我们得调查他，也许就是他带走了詹妮弗，为了……"他苦涩地不想再说下去。

"报复你。因为你身为他曾经的爪牙，却挣脱了他的控制。"赫尔曼沉声说。

卫瑟默认了。

"走吧，去斩敌首。"赫尔曼用强劲有力的胳膊，揽住了他的肩膀，"还有我在呢。"

"好的。"卫瑟下定决心般回答，和他并肩离开了林中木屋。

5

他们开着一辆偷来的车，进入城市东南部的某个街区。

瑞森在很多地方都有房产，别墅、酒店、办公大楼，但他对这个街区里一栋亲手设计的两层建筑物情有独钟——尽管它外形难看得要死，而且建筑师费了好一番力气，才让它基本按照老板想要的形状立在地基上而不垮塌。

这栋可以入评全国最丑前十的建筑物，下层是个灯红酒绿的高级酒吧，上层是个藏污纳垢的养生会所。卫瑟知道瑞森时不时会来酒吧的独享包厢喝几杯，然后去楼上挑个新来的妞儿过夜。

"如果我们运气够好，今晚就能见到他。"坐在附近小咖啡店的角落里，卫瑟对赫尔曼说。

他们喝光了整整一大壶咖啡，直到夜里快十一点，才等到瑞森的专车，依然是前呼后拥，保镖无数。看来警方对伐木场里那具骸骨的调查，并没有对他造成任何影响，他有的是钱和替罪羊。

有人殷勤地开了车门，从车里下来一个西装革履、梳着背头的中年男人。他年约四十，貌不出众却保养得很好，习惯性下撇的嘴角带着久居高位的傲慢与强硬，而从那漫不经心的眼神更深处，又浸透出一股挥之不去的森寒暴虐的气息。

赫尔曼注意到，卫瑟拿咖啡杯的手指轻颤了一下，然后握得更紧，几乎要将它捏碎。

他似乎本能地想转头躲避，可又强迫自己把视线投放在瑞森身上，直到对方在保镖的簇拥下进入店门。

"我们得想个法子，和他单独见面，才能逼问出真相。"赫尔曼说。

"我原本……也有这栋楼的钥匙，后来他们应该把锁重新换过了。但我知道现在谁是这里的'管理员'。"卫瑟松手，把咖啡杯放回桌面，声音里有股微不可察的颤抖，"我们……上吧。"

"'我们上吧！'我喜欢这句话，很英勇。"退役兵摸了摸怀中的枪柄，起身说。

他们在酒吧后门附近的暗巷里，打晕了两个寻欢客，剥下西装穿上，还顺走了会员卡，堂而皇之地走了进去。

里面跟普通的夜店没太大区别，也许更宽阔、豪华和美女如云，客人也更有钱有势，但都一样散发着醉生梦死的腥甜味道。他们穿越喝酒玩乐的人群，来到通往二层的楼梯附近。普通客人止步于此，如果想再上一层，则需要代表贵宾身份的ID卡和指纹验证，或是内部人员专用的电子钥匙。

楼梯口有一群孔武有力的保镖把守，硬攻并不是明智的选择。

卫瑟在几个碰杯的人中间看到了"管理员"艾伦的身影，他低声对赫尔曼说："看到了吗？那个色眯眯的矮个子，你得把他单独钓出来。只能你去，他认得我。"

"怎么钓？"赫尔曼自认为是扛枪打仗的硬汉类型，擅长扔手雷、炸直升机、拧断敌人脖子，而不是穿着西装端着红酒杯去跟敌人钩心斗角的特工间谍。

卫瑟用"我怎么知道"的眼神瞪他："总之你得把他引到个人少的地方，譬如洗手间。我不管你用什么方法，用红酒泼衣服，或者干脆绑架他。反正你比他强壮。"

赫尔曼恼怒地瞪回去："我才出不了那种招！我有我的做事风格！"

"那就按你的风格来。总之，我要偷到他身上的电子钥匙。"卫瑟说。

赫尔曼从错身而过的侍应生手里的托盘上拿了杯酒，一口气喝干，说："看我的。"他带着酒气走过去。

艾伦正在跟一个富商模样的白发男人谈笑风生，对方搂着个金发美艳女郎的腰肢，身后还跟着两个保镖。赫尔曼挤上前，一把抓住了金发女郎的手腕，用一种愤怒中带着伤痛的语气大声嚷嚷："你说要跟我分手，就是为了这个老男人？他能给你什么，钱？更好的生活？他能给你的，我也能给！可是我有的东西，他永远也给不了！"他把呆愣住的金发女郎拽进怀中，用力吻了一下，然后搂着往外走，"跟我回去。"

女郎从震惊中回过神，本能地想要尖叫，但那声尖叫在他英俊的面孔与深情的目光中消弭，她只是磕磕巴巴地说了句："我、我想你是认错人了……"

"雪莉！"富商拔腿追上去，两个保镖比他冲得更快，"快，拦下他！别伤了她！"

周围因为这突然的小变故骚乱起来。吃惊过后，人们以为亲眼见证了一场前男友与现任金主争美的桃色绯闻，开始吃吃地窃笑私语。

艾伦站在原地看着，露出饶有兴趣的笑容，对身后的安防人员说："去帮帮切尼先生，那个大高个子看起来挺生猛，别让他们打起来把装饰弄坏了。"

就在他把注意力都放在看好戏上的时候，卫瑟从他身旁轻巧地擦过，仿佛猫咪跳过一尊雕塑。

随后卫瑟走到洗手间等了一会儿，赫尔曼完好无损地走进来，西装上连一个褶子都没有。

"他们没打肿你的脸，把你扔出去？"卫瑟坏笑着问。

赫尔曼耸肩道："我喝多了酒，一时认错人，而且诚恳地赔礼道歉了，还给那女人开了张大额支票做补偿，哦，支票本来自这衣服的原主，签名我乱写的。大家都是文明人，众目睽睽之下总要讲点风度不是。你呢，得手了吗？"

卫瑟抬起右手，指间吊着一把电子钥匙："你说呢？"

他们利用这钥匙，从专供内部人员通行的电梯上了二楼。

这一层的装饰比楼下更富丽堂皇，大厅之外的空间被分隔成许多豪华套房，铺着昂贵的羊毛地毯，就像个穷奢极欲的顶级酒店。卫瑟带着赫尔曼，轻车熟路地避开守卫，摸向其中一间套房。

这是专属瑞森的安乐窝，开门需要本人的指纹验证，但奇怪的是，门并没有反锁。

卫瑟轻压了一下把手，门就开了。他和赫尔曼对视一眼，心底生出一种不祥的预感。

门内是待客厅，连着一间书房。书桌上的台灯亮着，照出一个半陷入靠背皮椅里的男人轮廓，眉目隐在阴影中看不分明。

"下面很热闹，看来你们玩得很开心。"面对闯入的两个不速之客，男人开口说道。

卫瑟因为这个熟悉的声音，绷紧了肩膀上的肌肉，从齿缝里挤出对方的名字："瑞森！"

赫尔曼早已持枪在手，蓄势待发地指向对方。

"卫瑟，卫瑟卫瑟……"对方反复念着这个名字，语调高低起伏，充满了恶意的嘲讽和虚伪的怜悯，"我听说你妻子死了？真遗憾，你又变成了一只可怜的、无家可归的小狗狗，只能回到瑞森叔叔的怀抱里来。"

"詹妮弗在哪儿？你把她怎么样了！"卫瑟脚下不自觉后退一步，强迫自己甩开过往的阴影——那么巨大而又浓重的阴影，把他的整个青春期，包括所有被奴役的生涯，全部压进血腥的泥潭里，喘不过气，从恐惧、屈服，逐渐到麻木放纵。

"哦，你这是明知故问？你知道她已经病死，还给她举行了葬礼不是吗？这跟我可毫无关系。"瑞森慢条斯理地说。

"可她不见了！棺材里那个小女孩的尸体，木屋地窖里的陈年骸骨，到底是怎么回事？"卫瑟咆哮着，像头极力想要挣脱暗网的野兽，因为惊疑不解而更加愤怒，"那些似是而非的照片、对她视而不见的人……整个世界处处都不对劲，这究竟是怎么回事？！"

"或许不对劲的并非这个世界，而是你自己。"瑞森直视着他，目光意味深长。

"什么意思？"卫瑟反问。

瑞森没有立刻回答，而是起身离开椅子，从容不迫地走到他们面前。"有什么关系呢？反正事情都已经走到这一步了。你看，没了詹妮弗、没了新生活，背叛这条路你从迈出的第一步就是个错误。是你把自己的人生搞得一团糟。你离开了我和我的组织就一无所有。如果你还痴心妄想拥有一些不该属于你的东西——"他歪着头，意有所指地看着赫尔曼，"比如说一个新朋友？那么你的人生还会更糟糕。"

卫瑟从他的语气中，嗅出了冷酷无比的血腥味，那是他曾经熟悉的杀戮的先兆——

瑞森剥夺了他的一切：詹妮弗、爱、安宁、欢笑、正常人的生活……现在还要继续剥夺！他要把赫尔曼也夺走！

他伸出无数根黑暗蠕动、死心不改的触角，想要把他从好不容易接触到的阳光底下拖回去，继续溺毙在那块永无希望的阴森沼泽里！

他不仅践踏了他的人生，还要践踏他的人格、尊严，以及一切他所重视的东西！

从来没有哪个时刻，像现在这样，让卫瑟心中对瑞森充满了痛恨与愤怒，充满了再次失去重要之人的担忧与悲伤，远远超过了对方的积久淫威所带来的恐惧感，超过了那些条件反射似的怯懦与退缩。

卫瑟像头猎豹一样猛扑上去，扼住瑞森的喉咙，高声叫道："赫尔曼，你快走！离开这里，离得远远的！"

瑞森从他手中滑走，全身而退。四壁房门打开，一群群打手、恶棍、魔鬼的爪牙手持武器涌进来。赫尔曼拉着卫瑟，翻滚到宽大厚实的书桌后面。

不知是谁先开了第一枪，紧接着就是子弹横飞、枪声震耳，空气中弥漫着火药的辛辣气味。

这些声音仿佛无数手掌拍击着水面，产生的波纹嘈杂而急切地传到水底，传进卫瑟的脑海里。他的头像要炸裂一样疼痛起来，忍不住用手紧紧捂住颅骨，想把那些四分五裂的保护壳再拼回去——不不，不要吵他！不要叫他！这里面很安全，死一样的平静美好，他不想升上去，不想离开水底。

然而枪击仿佛动作电影或者电竞游戏一样，毫无预兆地升级成战斗，子弹变成了炮火，赫尔曼抱着一挺M4卡宾枪，身上的迷彩作战服满是污泥与血迹。他一边扫射，一边对身边的男人喊道："我会带你回去的伙计！相信我，我们都能活着回去！然后喝瓶啤酒，睡一觉，明天就什么事也没有了！你得坚持住！听见没有？你必须坚持住！"

卫瑟觉得自己没法再坚持下去，他已经尽力了——竭尽全力想将这个世界固定在他想要的正轨上，但它如今被另一种力量牵扯，已然全面失控。

一颗手雷在附近爆炸，掀起了剧烈的冲击波。整栋建筑物被震得摇晃，砖石落如雨下，然后倒下的是成面的墙、一根根水泥柱子……

也许这栋楼从搭建时就违反了力学结构，也许是什么共振效应，反正它就像从一个角开始坍塌的魔方，迅速地由点到面，在轰然巨响中整个儿崩溃瓦解。

一切战斗与杀戮，敌军与我方，都被埋葬在这场崩塌之中。

赫尔曼从短暂的眩晕中醒来，猛烈咳嗽着，忍受身体被重压的痛苦。他努力掀翻压在身上的砖石，在倒塌的柱子与地面构成的狭窄的三角空间中，摸到了同伴的体温。"你没事吧？手给我，我拉你出来……"

"出不去了……我的腿动不了，一点感觉也没有……还有根钢筋刺进腹部，我出不去了。"对方低沉而痛苦地喘着气，"别救我，已经没有这个价值和必要。你走吧，赫尔曼，放弃我。走吧！"

"我不会放弃你，绝不会！"赫尔曼摸到了他的脑袋，把胳膊塞进颈后，小心托起来，"你还记得我们共同遵守的信念，不是吗？'战场上不放弃任何一个伙伴'，我绝不会放弃你，你也不能放弃自己！"他紧握住对方的肩膀，试图将之从砖石堆里抽离出来，一点一点，艰难而耐心，汗水混合着血迹泥土，糊了他一头一脸。

对方一只手抓住他的手腕，用一种虚弱而坚定的力量拒绝了这份拯救："听我说，赫尔曼。你是个好人，我很喜欢你，所以不能看着你被我拖累。我已经没有希望，而你还有。你得学会放手……快走吧，刚才的动静太大，还有敌人会继续追来，快走！"

"别说了！"赫尔曼喝止他，嘴唇颤抖得厉害，目光却坚决如铁。他从绑腿的刀鞘里抽出一把军用折刀，低头开始割那根该死的、穿透了对方腹部的钢筋……

对方发出了声轻微而无奈的叹息，另一只手缓缓移动，将攥着的手枪的枪口，抵住自己的太阳穴。

"活下去……赫尔曼，连同我的那份一起。"他说了最后一句话，然而毅然扣动了扳机。

枪声在狭小的空间内层层碰撞，砸得赫尔曼眩晕耳鸣。

在他终于能听见、看清之后，对方已经成了一具尸体——用自杀这种极度绝望而又极度勇敢的方式，把生还的最大机会留给了他。

"不……不不！"赫尔曼低沉地咆哮起来，从喉咙深处发出伤兽般凄厉的呜咽，"丹尼尔，不，拜托，丹尼尔……上帝啊！"他抚摸着对方湿漉漉的黑发，抚摸着那双永不会再睁开的黑色眼睛，把流血的脑袋抱进怀里，失声痛哭。

他怎么会忘了呢？楼塌之后发生的那些事情，那个人的长相、声音和名字——他叫丹尼尔·莫勒，黑发、黑眼，说话声音温和，笑起来像一道阳光。

他脑中那个空空荡荡的大洞仿佛被瞬间填补——他全都记起来了。

怀中僵冷的尸体动弹了一下，他以为是个错觉。

但这是真的，早已气绝的尸体睁开双眼，用手抹了一把脸，说："我以为我死了……我还活着，你也活着，对吧，赫尔曼？"

这不是丹尼尔，是卫瑟。赫尔曼像从一个梦境里清醒过来，发现自己又置身另一个梦境，有种既真实又错乱的感觉。

"我们得一起逃出去，你觉得我们能成功吗？"卫瑟看着他，湿漉漉的黑发下，黑眼睛幽深而恍惚。

"能。"赫尔曼说，"我失去了一个战友和同伴，绝不会再失去第二个。"他用力掀开彼此身上压着的砖石，一束亮光从缝隙间透进来。

亮光越来越多，最后形成了一个光洞，他们手拉着手，从那里钻了出去。

他们行走在废墟上。

整个世界也像个魔方，身后这栋建筑物是它开始坍塌的一个角，由此带动起的裂变，迅速地由点到面，崩溃瓦解。

卫瑟忽然停下脚步，看见不远处站着个穿着粉红连衣裙的小女孩，胸口的布料上印着一只很大的卡通兔子。她有着一头精心打理过的浅棕色长卷发，耳际别着个亮闪闪的兔子形状的发夹。"爸爸，你一定会来救我的，对吗？"小女孩双眼含泪，忍着哭腔说，"虽然这里很可怕，但我会等你，我知道你一定会来。"

"是的，我一定救出你。"卫瑟咬着牙，眼眶泛红，"克莱尔，我向你发誓。"

"亲爱的，做你该做的事。"

他听见轻柔的话语声，看见詹妮弗站在克莱尔身边，互相牵着手。她还是那么年轻漂亮，就像他们十年前刚刚认识时一样，金发披肩，眼睛蓝得像天空和海。

"别担心，别害怕，做你应该做的事去吧，你一直都是我的勇士。"詹妮弗微笑着对他说。

卫瑟眼中浮起摇摇欲坠的泪水。他伸出双臂，忍不住要扑过去拥抱她们，但她们的身影在空气中消失了。

赫尔曼握住他的手腕，说："我们还得继续往前走。这个世界马上就要彻底崩塌了。"

碎片纷纷扬扬，如水流一般从身边过去。他们逆行其间，在此经历的事情，都在重新演绎，所遇见的人，都发生了离奇的变化……

6

卫瑟仿佛从一场漫长的、恍如隔世的梦中醒来，眼前有一束光线在跃动。

"卫瑟，告诉我，我是谁？"

卫瑟眨了眨眼，看清面前穿着白大褂、戴着眼镜的女医生，说："西维利亚医生……"

"很好。"西维利亚将笔形手电筒插入口袋，握住他的手，柔和地说，"现在告诉我，你的姓名、年龄。"

"卫瑟·特纳……三十二岁。"

西维利亚镜片后的眼中泛起了欣慰的亮光，继续问："你的妻子叫什么？"

"詹妮弗·佩雷斯。"卫瑟垂下眼睑，掩盖逐渐湿润的眼眶，"她已经离开我整整一年了。我们有个七岁的女儿，叫克莱尔。"

西维利亚从椅子上起身，打开病房的门，对外面的一干人说："我们成功了！这真是太棒了，虽然我还觉得有些……难以置信，但它的的确确发生了。"

好几个人鱼贯而入，站在卫瑟面前，为首的是个三十多岁西装革履的男人，梳着背头。

有一瞬间，卫瑟几乎把他看成了瑞森。但他并不是，他是——

"肖恩探员？"他认出了对方。

肖恩似乎很高兴，朝他微笑点头："太好了，卫瑟，你终于清醒了。不枉费我扮演了个十恶不赦的恶棍，你知道，那些台词虽然都是我揣摩瑞森的心理后自己设计的，但说出来，还是有种令人作呕的感觉。"

他的搭档路易斯探员说："至少比我好些，我的角色是个书呆子讲师，情商低到令人发指的那种。其实我一直怀疑，你给我设计那么愚蠢的台词，就是为了趁机整我。"

"我有吗？"

"当然有。"

劳恩穿着一身郡警制服，胸口佩戴着六角星的治安官徽章。但卫瑟知道他的真实身份，他是这家医院的另一名医生。"我向他们主动请缨的，因为一直以来我就想当个警察，而不是医生。"他有些不好意思地朝卫瑟笑了笑。

男护士麦克从房门外探进来半个头，惴惴地补充了句："我的'值班警员'就两句台词，说得还行吧？"

西维利亚回答："没关系，就算你说得再蹩脚，沉浸在妄想中的卫瑟也不会起疑。因为在他虚构的精神世界中，只会看到自己想看的，听见自己想听的，用自行

绘 萌畜

其是的规则帮你们补缺补漏。"

卫瑟发着怔，似乎还有点弄不清楚状况。

"虽然有些话，说起来很困难，听着令人心碎，但我是你的主治医生，不得不说。你在精神上受了很大的刺激，两次。"西维利亚轻叹口气，对他说，"第一次是在一年前，你的妻子詹妮弗的失踪，后来被确认死亡。"

"是的……她一直反对我为瑞森工作，说她整天担惊受怕，希望我脱离那个'沼泽地'。我被她说动了，于是我们收拾东西，带着克莱尔连夜去了西海岸。我以为我们一家三口逃得远远的，就能摆脱瑞森的魔爪，但我还是低估了他的偏执与残忍……那天詹妮弗在参加完朋友的葬礼后，突然失踪，我以为她只是心情不好，想出去走走，可她一直没回来。我报警，疯狂地到处找她，但从那天之后，我就再也没能见到她，直到……"

直到警察在一座荒废的林中木屋的地窖里，找到一具被囚禁后枪杀的女尸，通知他去认尸。

詹妮弗躺在冰冷的金属台面上，心脏中了一枪，手脚有绳索捆绑的伤痕，一头漂亮的金发被铰得七零八落。她的视网膜烧伤了，验尸官说，是因为她在黑暗中被囚禁太久，在临死前骤然接触到强光。

看到她的尸体，他就知道是瑞森下的手——瑞森以鲜血与死亡来报复手下的背叛，这是他一贯的手段。

他陷入了无比的悲痛与愤怒，想要寻仇，却不能不顾及幼小的女儿的安危。他知道如果瑞森非要找到他们，那么他就能找到。他只能带着克莱尔，再度逃亡，东躲西藏。

直到FBI的探员肖恩找上了门。

肖恩告诉他，联邦政府准备逮捕、起诉恶行累累的瑞森，但缺乏强有力的证据。知道内情的帮派中上层人员，也没有人敢背叛瑞森，出庭作证。"为此他已经从法律的裁决下逃走了三次，这一次我一定会将他绳之以法！"肖恩说，"我需要你的帮助，卫瑟，我知道你为他服务多年，手中留存着不少可以将他定罪的铁证。"

他想也不想就一口拒绝了。克莱尔，她还那么小，他得保证她的生命安全。为了反抗瑞森，他已经失去了妻子，不能再失去唯一的女儿。

但肖恩并没有放弃，屡次三番地来找他，试图说服他。

天知道这个风声是怎么走漏到瑞森耳中的。

"第二次，是在两个月前，你的女儿克莱尔失踪了。你非常惊慌、恐惧、痛苦不堪，生怕她也遭遇不测。詹妮弗死亡留下的阴影，也因此而被重新激发，你终日神思恍惚，开始产生错觉、幻觉。然后你收到了一封匿名信，里面装着一把被割下来的头发，和一枚少了眼睛的兔子发夹，还有张纸条，写着'她像她妈妈'。这成了压垮骆驼的最后一根稻草，你的精神彻底崩溃，陷入了自我封闭的妄想中。"西维利亚说。

在妄想的世界中，为了逃离失去詹妮弗的痛苦，卫瑟把世界的时间调拨到了八年前。那是他们私奔后的两年，他设定自己金盆洗手摆脱了瑞森，与詹妮弗朝夕相处，有情饮水饱，那时克莱尔还没有出生，也就不会经历后来的痛苦。

他以为可以在这圆满的妄想世界中，一直无知地幸福地生活下去。

"幸好肖恩探员找到了你，把你送进我们医院进行治疗。你知道，当我刚刚接触你时，简直是束手无策。你的妄想世界自成体系，有着十分强大的防御机制，无论是药物治疗，还是精神引导，都对你毫无用处。就在我准备放弃你，转手给另一位医生时，事情忽然有了转机。"

卫瑟不禁望向邻近的病床，那上面空无一人。

"是的，赫尔曼，一名患了创伤后应激障碍的退役士兵，成了你的邻居。他的主要症状表现为解离性失忆症。劳恩医生认为他是在战场上受到了巨大的压力或者极深的精神创伤，但根据我的了解和诊断，这只是个爆发点，在更早一些的时候，他的精神创伤就已经形成了。果然，我发现他曾有个感情很好的妹妹，在三年前，她在酒吧打工时被一个男人诱拐，不顾家人反对跟对方私奔，最后被警方发现死于破伤风——那个男人甚至连送她去医院治疗都不肯，就这么把她丢在异国他乡，逃之夭夭。他的妹妹，也叫詹妮弗，是一个棕发褐眼的清秀女孩。"

西维利亚感慨地说："你知道这有多巧，并不只是因为一个名字，叫詹妮弗的女孩多了去了。真正的契机在于，赫尔曼有着跟你妻子一样的发色和眼睛颜色，你在面对他的时候，会稍微恢复一点正常的意识，甚至会与他短暂交流。于是我计划了个相当大胆与费力的治疗方案：用一种催眠与角色代入法相结合的精神分析治疗法，利用赫尔曼对你的微弱影响，请他参与进你的妄想世界，把你从里面带出来。

"我用催眠帮你设计每个场景，创建各种建筑、工具，正如你看到的棺材，其实是一个大纸箱子，但没关系，只要给一点暗示，你就会用想象自动修正它，你的大脑觉得那是口棺材，那么你眼中看到就是棺材。但我没法做到的是，请这么多合适的人员，随着你的妄想内容的变化，来和你做相应的交流。这还得感谢肖恩探员，这个方案得到了他的大力支持，他拉了不少人来，甚至为每个角色都设计了身份与台词，并亲身上阵，扮演最邪恶的那个角色。"她朝肖恩微笑眨眼，以示感谢。

肖恩十分绅士地朝她点头还礼，对卫瑟说："我也一直在努力，想要在扮演时提醒你，那只是妄想，并非现实。但我还是太业余，台词里有不少纰漏。"

现在回想起来，卫瑟才有所感觉。

这些努力扮演好各自角色的非专业"演员"们，也有露出破绽的时候。比如在他的妄想世界中，与詹妮弗刚刚在一起两年，两人还没有结婚，一直称呼她为"我女朋友"，而主治医生与瑞森却脱口说出"你妻子"，但他当时被妄想所左右，视而不见、听而不闻，并没有察觉出来。

甚至连他自己也因为潜意识的投射，而无意中吐露过真相：看到伐木场的移动房，他说"不是关押人质的好地方"；他觉得那座木屋似曾相识，并轻易找到地窖入口。

这正是因为他开始苏醒过来的那部分大脑，在絮絮低语：你早已经历过这一切，知道妻子曾经被囚禁在木屋里，而女儿现在又被当作威胁你的人质。也正是因为这逐渐的苏醒，让他把对妻子遭遇的悲痛，与对女儿安危的担忧糅合在一起，变成了棺材里的尸体，与木屋地窖里的骸骨。

而那些演员们，也在角色代入的同时，尽其所能地给他提示。

西维利亚说："我们的大脑虽然在坚硬颅骨的保护内，但依然比果冻还软弱，因为精神没有掩体。"

"瑞森"说："或许不对劲的并非这个世界，而是你自己。"

这些话，都是试图在点醒他，希望能引导他走出妄想与虚构的世界，从自我封闭与自我沉溺中醒来。

然而最后，还是赫尔曼，真正将他拉了出来。

"赫尔曼呢？"卫瑟问。

西维利亚回答："他比你更早清醒，找回了之前遗失的记忆。但那对他的打击依然很大，他说需要找个地方静一静。我就让他先出去了。"

肖恩递给他一个相框，里面是一家三口的照片，卫瑟、詹妮弗，还有克莱尔。

"我想再次恳请你，卫瑟，为了她们，为了更多曾经受害与将要受害的人们，勇敢地提供证据，帮我们将瑞森绳之以法。"

卫瑟在众人的屏息以待中，沉默片刻，问："你们能把克莱尔安全救回来吗？"

"我们已经派出突击队了，一定会把她安然救回来。我发誓。"肖恩说。

"我愿意用我的一切……祈求克莱尔安然无恙。而瑞森，无论他是想以此威胁我，还是报复我，我都不会再让他逍遥法外。我已经恐惧了这么多年、逃避了这么多年，然而这些都没用，只有把邪恶彻底扳倒，才能得到真正安宁的生活。"卫瑟下定决心似的站起身，穿过房间，打开门。

　　赫尔曼站在门外，金发在阳光中跳跃着光芒，靛蓝色的眼睛比天空与海更加湛然。

　　"我们上吧！"他笑着对卫瑟说，伸出一只布满硬茧和伤疤的手。

　　"嗯，我们上吧。"卫瑟点头，紧紧握住了他的手。

{End}

推理剧里的CP亮瞎狗眼

文／派拉斯特

　　读完各位大大的最新推理小说，有没有觉得意犹未尽？那就再推荐几部推理剧给你们解馋，尽管有些年代久远，却也值得一看。剧里有各式各样的CP，总有一款适合你YY。请不要大意，好好观摩吧！（炯炯有神闪闪发光眼）

《临床犯罪学者火村英生的推理》

　　根据有栖川有栖的推理系列"作家爱丽丝系列"改编的一部日剧。

　　英都大学的副教授火村英生从事犯罪心理学研究，此外他还利用自己的学识，帮助警方调查各种匪夷所思的杀人案件。在他身边的是致力于成为推理小说作家的有栖川有栖，有栖川协助火村打理委托的具体事宜，同时对火村的内心状态予以了极大的关注。火村似乎一直在追求完美的犯罪，甚至在自己的梦境中，他也会把自己设想为犯罪凶手。

　　虽然本片推理的点子不够新颖，但是不怕，有CP来吸睛啊！虽然情节也不够跌宕起伏，但是不怕，有CP来吸睛啊！至于在生活中他们到底是如何相处的，就不剧透了。读者们看完便知！

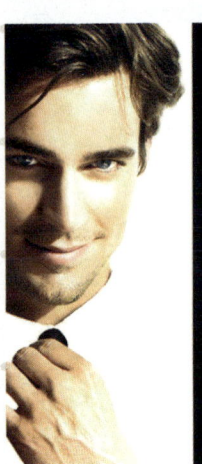

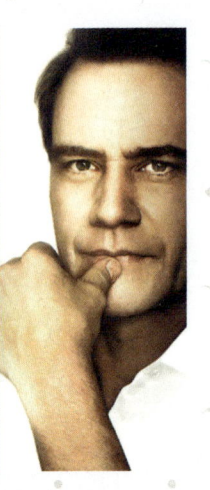

《妙警贼探》

　　一部充斥着阴谋气味的推理神剧。主角是颜值处于巅峰的"孔雀"马特·波莫（当然了人家现在还是那么帅）。Neal这个英俊迷人的犯罪大师，因为一宗伪造国债案被联邦调查局的死对头Peter送进了监狱。Neal因为挚爱Kate的突然离去，毅然选择了在刑满释放的前夕逃狱。Peter在当天就抓捕了Neal，为此Neal的刑期又多追加了4年。Neal为了自由也为了早日找到Kate，利用自己犯罪大师的优势成了FBI的特聘顾问，并且还是死对头Peter的搭档，两人合体屡破奇案。哦呵呵呵呵！

本剧采用了每集一个故事，外加主线任务的模式，吊足了观众胃口。此外，搭档真真太腐了！简直JQ四溢！居然会如此堂而皇之地卖腐！而且一腐就腐了六季，情何以堪！（鼻血大喷……）

《大侦探福尔摩斯》

大侦探福尔摩斯即使在置人于死地之时也异常逻辑清晰，然而办案时有条不紊的他私下生活中简直就是个"怪胎"，至少在他的助手华生医生眼中他是这样一个人。两人一起破案，偶尔也会喝茶聊天。这个版本，两人的CP感很强烈……你问我为什么？

——小罗伯特·唐尼和裘德·洛的颜值还是有保障的。毕竟那时裘德·洛还没有秃头发福，帅得惊为天人，一个眼神就能融化腐女的八卦之心。

观众的眼睛总是雪亮的，比如某豆瓣用户如是说：这是一部讲述集罗伯特·兰登的智慧和佐罗的身手为一体的名侦探与他那伪直男助手之间拉拉扯扯、暧昧不清、欲走还留、欲拒还休、欲罢不能的JQ片！

《暗夜第六感》

1992年制作的古生代动画，暴躁哥哥和柔弱弟弟组合成CP。被亲生父母抛弃的兄弟俩皆拥有可怕的超能力，分别是意念力和读心术（略中二……）。哥哥可以用意念力实施攻击，弟弟则……深受其扰，轻易看到世上形形色色的人的阴暗面。而哥哥为了保护弟弟不受其扰，在15年后逃出秘密基地的结界后，选择破解某饭店发生的连续杀人事件。

最后居然卷入了"变革"和"世界毁灭"中。呃……脑洞有点太大！

什么，你说还有一个很厉害的女主？她超越过去、现在、未来的时间轴，能够自由穿行于时空？

再厉害也只是个炮灰啊！只是个守护兄弟的存在！

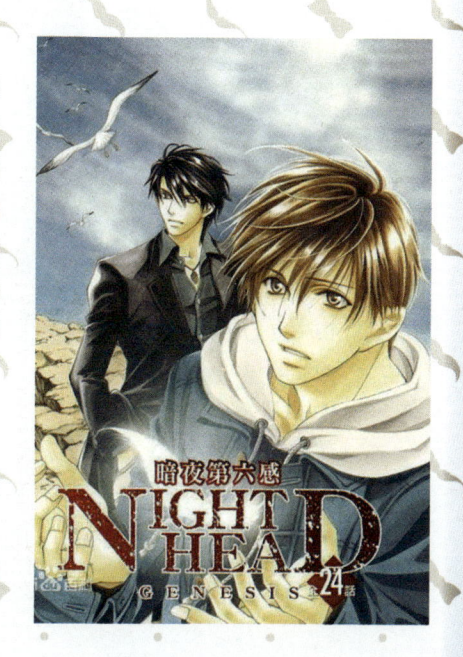

《神探夏洛克》系列

《神探夏洛克》第一季是一部由BBC出品的英国迷你电视剧，该剧将原著的故事背景从19世纪大英帝国国势鼎盛的时期搬到了21世纪繁华热闹的大都市中。

这一次夏洛克不仅是著名大侦探，更是一名时尚潮人。和他的好友兼得力助手华生分别经历了离奇市民自杀案件、黑帮走私事件和倒计时炸弹杀人案。每一个案件看似独立，其实都有联系，两人每解决一个案子，就又会出现新的难题和无辜受害百姓。

此片的精髓在于官方没有进行恶意蹩脚地卖腐，而是腐得自然而坚定，腐得行云流水……于是乎，夏洛克和华生成了全世界人民喜闻乐道的CP组合。

《傀儡师左近》

非常老派的本格推理，又带点精分的感觉。《傀儡师左近》，又名《木偶师侦探左近》，与《金田一少年事件簿》和《名侦探柯南》并称三大侦破漫画名作。

橘左近，是国宝级人物、木偶戏偶人师——橘左卫门的孙子。左近虽然从祖父那学习了腹语的精髓，却不想继承家业，而想当个侦探。他带着明治二年雕刻的古董文乐木偶"右近"做着高雅流浪式的巡回。羞涩的左近只要一操纵起右近，用腹语术吐出泼辣的语调时，好似一身分为两人：左近不动声色地对犯罪事件做出缜密推理；木偶右近活灵活现地点破犯罪心理。

好吧……人和傀儡也可以成为CP的嘛，不要太大惊小怪了！

工藤新一 cn：F　黑羽快斗 cn：颠茄

吴邪 cn：F　张起灵 cn：颠茄

「两人＝世界」

【颠茄&小F】简介：

　　颠茄和小F，被称为国民好CP，二人在COS中神韵真实自然，富有表现力。他们不仅作品高质高量，出的角色更是横跨性别、年龄和物种，从男人到女人，从正太到少年、青年、中年乃至老年，从美型角色到非人类再到巨人，均能轻松驾驭、完美演绎。也因此被粉丝戏称"两个人可以战完全世界"。

　　除了COS，F茄在生活中也不断传递着正能量。在他们的微博上看不到吐槽、纠纷等负能量，而是二人日常生活中幸福恬淡的点滴记录。F茄长达八年的相知相守，让他们的众多粉丝更加相信永恒的存在。

　　代表作《19天》《CIRCLE》《黑塔利亚》《全职高手》《进击的巨人》《盗墓笔记》《黑猫警长》等。

　　本次少年君特别荣幸地请到国民好CP组合——欢迎颠茄小F！

1.两位看过印象最深的推理悬疑小说、电影、动漫是？

F茄：小说印象比较深的是小时候翻老爸书柜看的"亚森罗平"系列，电影喜欢希区柯克的《三十九级台阶》，ACG系列当然是"名侦探柯南"和"魔术快斗"系列啦！前些日子俺们才刚战过新一和快斗这对CP咧。

2.这次参与出演《推理吧！男神》封面人物图的COS，和以往直接演绎一部作品的主角有什么不同？

F茄：应该是头一次出国内小说的COS吧！还是很有纪念意义的！希望以后能出更多国人作品的COS！大家写、画得真的很棒！希望通过俺们的COS让更多人知道和喜欢上！

3.对于买这本书的推理迷弟迷妹们，你们的出现给予他们更多三次元的惊喜。二位想对刚刚认识你们的读者说些什么？

茄：初次见面！谢谢不嫌弃俺们的逗比！虽然俺们的COS作品常被评价为色气满满、脸红心跳，但俺们本人其实是死蠢（有那么点帅吧，哼）狗x霸气（好吧，就一点点傲娇）猫属性！看俺们微博就知道啦！而且有一件初来乍到的同学经常误解的事，在这里一定要解释清楚：俺才是上面的那个！不要被F大型犬的外表蒙蔽了！

F：好好你在上你在上，乖哟！

4.除了玩COS，两位日常生活是如何度过的？（八卦脸）

F茄：日常？日常除了工作、拍COS、参加漫展以外其实也没剩多少业余时间了，所以就是吃饭睡觉还有咩——咳！

基本上日常真正能闲下来的假日确实很少，一般这种时候就逛街、吃大餐、看电影。哦对，最重要的是要先一觉睡到自然醒！这样想着的同时就觉得好奢侈好向往啊……好久都没有在床上滚到日上三竿了……（葛优脸.jpg）

俺们到今年末就进入相知相守的第八个年头啦，时间真的很长很长了……长到俺们养的猫都已经五岁多了（另一只三岁多）！虽然这样说着，但比起一生来，这也不过是第一步罢了。往后的日子也会如此牵着手（抱着猫），一路走下去吧！

5.有没有考虑过将来某一天进军其他领域？比如影视圈？

F茄：一直有在想啊！不如说玩COS前一直都是创作者的身份呢！从中学起就在杂志连载过文章，还和漫画社的同好一起发表过漫画作品。到了大学因为是传媒大学传媒类专业出身，经常和编导、播音的同学混在一起拍小电影、录广播剧，这些其实都是和玩COS在同期进行的！只不过后来二人世界了，之前需要团队作战的爱好就减少啦，专一玩COS啦！

如果以后有机会，还是想画画、写文章，终极目标就是把俺们和周围朋友们的故事拍成一部大电影！（有点遥远的野望）

6.国内现在超人气的漫画动画作品越来越多，像两位出的《19天》的COS就广为人知，还会有其他作品的COS计划吗？透露给大家一下？

F茄：其实俺们出过很多原创作品的COS啦！从《星轨》《黑猫警长》到《19天》《SQ》《头条》……很多人比较熟悉的是俺们的《19天》，确实是从刚开始连载就开始出了，一直出到现在，也快两年啦，真的是陪着角色一路走来、一路成长的感觉，连衣服都慢慢积攒了一堆呢，哈哈哈！

至于近期在拍或筹备的，有《CIRCLE》《河神》《同学关系》等，哎呀，好像暴露了什么和少年君的小秘密呀！（被揍）

总之敬请期待！也很开心接下来和少年君的一系列合作啦！

什么？有福利没？

这个嘛……到时你就知道啦！

当然也欢迎来俺们微博关注俺们的动向啦！前提是你不怕闪&狗粮储备充足！

颠茄：http://weibo.com/dianjie666

小F：http://weibo.com/flameyuki

快去围观俩人放闪光弹虐狗吧！

（少年君前排兜售墨镜）

WEIBO.COM/DIANQIE666

特约COSER
小F

特约COSER
颠茄

「推理吧！男神」特典COS海报
LET'S REASON